UNE JOIE FÉROCE

DU MÊME AUTEUR

LE PETIT BONZI, Grasset, 2005.

UNE PROMESSE, Grasset, 2006 (prix Médicis).

MON TRAÎTRE, GRASSET, 2008.

LA LÉGENDE DE NOS PÈRES, Grasset, 2009.

RETOUR À KILLYBEGS, Grasset, 2011 (Grand Prix du roman de l'Académie française).

LE QUATRIÈME MUR, Grasset, 2013 (prix Goncourt des Lycéens).

PROFESSION DU PÈRE, Grasset, 2015.

LE JOUR D'AVANT, Grasset, 2017.

SORJ CHALANDON

UNE JOIE FÉROCE

roman

BERNARD GRASSET
PARIS

ISBN : 978-2-246-82123-6

À Stéphanie

1.

Une vraie connerie

(Samedi 21 juillet 2018)

J'ai imaginé renoncer. La voiture était à l'arrêt. Brigitte au volant, Mélody à sa droite, Assia et moi assises sur la banquette arrière. Je les aurais implorées. S'il vous plaît. On arrête là. On enlève nos lunettes ridicules, nos cheveux synthétiques. Toi, Assia, tu te libères de ton voile. On range nos armes de farces et attrapes. On rentre à la maison. Tout aurait été simple, tranquille. Quatre femmes dans un véhicule mal garé, qui reprendrait sa route après une halte sur le trottoir.

Mais je n'ai rien dit. C'était trop tard. Et puis je voulais être là.

Brusquement, Mélody s'est redressée. Elle a enlevé ses lunettes noires.
Brigitte venait de sortir une arme de la boîte à gants.
— Mais putain ! Qu'est-ce que c'est que ça ? Tu es dingue ! a crié Assia.
— Il en faut toujours un vrai, au cas où.
— Un vrai quoi ? j'ai demandé.

9

Assia s'est tassée dans son siège, elle avait remonté le voile sur son nez et fermé les yeux.

— Elle a emporté un vrai flingue.

Puis elle s'est dépliée lentement, main tendue par-dessus le dossier du siège.

— Donne-le-moi, s'il te plaît.

Brigitte ne lui a pas répondu. Ses doigts tapotaient le volant. Assia était livide.

— Tu es complètement timbrée !

Garée sur le trottoir, la voiture gênait les passants. Une mère et sa poussette, un vieil homme, des enfants. Un jeune à casquette a eu un geste mauvais.

— Connasses !

Alors Brigitte a ouvert brutalement sa portière.

— On y va !

Elle avait volé le véhicule la veille, dans un parking de Stains.

— On ne laisse rien traîner !

— Complètement dingue ! a grincé Assia.

J'ai remis ma perruque. Mélody ses gants.

— Lunettes !

Brigitte me regardait. J'ai sursauté.

— Mets tes lunettes, Jeanne.

— Oui, pardon.

J'ai respiré en grand. Je tremblais. Mélody est sortie. Assia l'a suivie.

Elle a regardé Brigitte, restée tête nue. Sa perruque et son masque étaient trop voyants pour la rue. Elle se déguiserait sous le porche. En attendant, Mélody et elle joueraient les touristes.

Assia a filé sur le trottoir, bouche mauvaise, regard animal. S'est retournée.

— Jeanne ?

Je l'ai rejointe en trottinant. Nous nous sommes mises en marche en direction de la place Vendôme. Elle, vêtue de la longue robe noire des musulmanes, d'une veste à épaulettes et brandebourgs dorés, hijab bordeaux, gantée de soie, élégante, racée. Et moi, petite chose en tailleur strict, cheveux bruns au carré, lunettes de vue à double foyer, transportant un sac de courses à la marque prestigieuse, pochette monogrammée coincée sous l'aisselle. Une princesse du Golfe et sa secrétaire, cœurs battants, longeant les boutiques de luxe, les immeubles écrasants.

— On est en train de faire une vraie connerie, m'a soufflé Assia.

— Une vraie connerie, j'ai répondu.

Sept mois plus tôt...

2.

La dame au camélia

(Lundi 18 décembre 2017)

Tout se passerait bien. Une visite de routine.

— On va commencer, madame Hervineau. Si je vous fais mal, dites-le-moi.

J'étais torse nu, debout, face à l'appareil, ma main tenant la barre.

— Levez bien le menton, a demandé la manipulatrice.

Mon sein gauche était comprimé entre deux plaques.

— On ne bouge plus.

Elle est retournée derrière sa vitre.

— Ne respirez pas.

— Pardon.

Je n'ai plus respiré.

Il y avait eu cette douleur au sein gauche, au moment de fermer mon soutien-gorge.

— La preuve que tout va bien, avait plaisanté ma gynécologue.

Pour elle, le mal disait souvent des choses sans importance.

— C'est lorsque la grosseur est indolore qu'il faut s'inquiéter.

J'ai insisté. Il me fallait une mammographie, une radio, la preuve que tout allait bien. Nous nous étions vues un an plus tôt. Rien n'avait été décelé. Pourquoi recommencer ?

— Pour ne plus en parler, j'ai répondu.

Elle a haussé les épaules. Puis fait une ordonnance.

Trois jours après, j'étais là, sein écrasé, à attendre.

— Lâchez la barre. Respirez normalement.

Je suis retournée dans mon vestiaire. On m'a demandé de ne pas remettre mon soutien-gorge. Ni mes bijoux. Mon chemisier était glacé. J'ai regardé mes mains. Je tremblais. C'était un examen de contrôle, je n'avais rien à craindre mais je tremblais.

— On va quand même faire une écho, m'a annoncé le médecin.

Il a dit ça comme ça. D'une voix morne. Un homme jeune, affairé. Il a passé le gel sur mes seins comme on se lave soigneusement les mains avant de se mettre à table.

— Vous avez froid ?

Je n'ai pas répondu. J'ai hoché la tête. Je tremblais toujours. J'observais le radiologue sans un regard pour moi. Il passait la sonde sous le sein, autour du mamelon, les yeux sur son moniteur. Photo, photo. J'ai fermé les yeux. Photo, photo. J'avais souvent été palpée mais tout s'était toujours arrêté là. Quelques mots de politesse, une poignée de main avec l'assurance de se revoir.

Personne ne m'avait jamais fait d'échographie.

— Ah, il y a quelque chose, a murmuré le médecin.

Silence dans la pièce. Le souffle de la machine. Le cliquetis des touches. Et ces mots.

— Quelque chose.

J'ai fermé les yeux. J'ai cessé de trembler.

La sonde courait sur moi. Un animal qui joue avec sa proie.

— Oui, il y a quelque chose, a répété le radiologue.

Et puis il a rangé son matériel, me tendant des mouchoirs en papier.

Je suis restée couchée. J'essuyais le gel lentement, autour de la douleur.

— Agathe, voyez s'il y a de la place pour une ponction.

Son assistante a hoché la tête.

— Aujourd'hui ?

— Oui, demandez à Duez s'il peut nous caser entre deux.

Et puis il est parti. Il a quitté la pièce, en jetant ses gants dans une poubelle.

La jeune femme m'a fait asseoir.

— Quelque chose.

Je me suis demandé ce qu'il y avait après cette chose-là. Mon sein gauche avait quelque chose. J'ai pensé à la mort. La phrase cognait ma tête. Je ne respirais plus. Quelque chose. Une expression misérable, dérisoire, tellement anodine.

Je n'avais plus de jambes. Plus de ventre. Plus rien. J'étais sans force et sans pensée. Autour de moi, la pièce dansait.

17

Lorsque la jeune femme a voulu m'aider à descendre, j'ai relevé la tête.

— Je pleure quand ?

— Maintenant, je suis là pour ça.

Alors j'ai pleuré. Elle a pris mes mains.

— Il n'y a peut-être rien, juste un kyste.

Mes yeux dans les siens. Elle n'y croyait pas.

« Voyez s'il y a de la place pour une ponction. »

Les mots du médecin. Une ponction, la crainte du pire.

Agathe m'a installée sur une chaise.

Elle m'a apporté des bonbons pour la chute de glycémie, après la biopsie.

— Je saurai si c'est gentil ou méchant ?

Elle s'affairait à rien. Rangeait des instruments qui m'étaient inconnus.

— Non. Il faudra attendre les résultats.

— Le médecin ne me dira pas ?

— C'est l'analyse qui vous le dira. Lui, il va se faire une idée. En fonction de la consistance de ce qu'il aspire. Mais cela ne vaut pas un résultat.

— Mais il aura quand même une idée ? Il pourra me le dire, vous croyez ?

— Vous pourrez toujours lui demander.

Elle m'a raccompagnée à mon box. Je me suis assise sur le banc. Je n'arrivais pas à remettre mon chemisier, à boutonner mon gilet. Je suis allée aux toilettes. Mon visage dans le miroir. Ma peau grise. Mes lèvres, un simple trait. J'ai passé de l'eau sur mes yeux. Je me répétais que tout irait bien, mais rien n'allait plus. J'avais un cancer. Je le sentais en moi. J'aurais dû demander à Matt d'être là mais il aurait refusé.

— Tu m'as dit toi-même que c'était un simple contrôle.

Parfois, je prenais sa main pour traverser la rue. Il n'aimait pas ce geste. Il n'en comprenait pas l'importance. Et je n'osais pas lui dire que j'avais besoin de lui. Je me souviens de ma main d'enfant, cachée dans celle de mon père. Et celle de notre fils, brûlante dans la mienne, chétive comme un moineau. Aujourd'hui, ne restait que la main de Matt. Et il ne me la donnait plus.

— Jeanne Hervineau ?

C'est moi.

Incision, prélèvement, trois coups secs. Quelques minutes seulement.

Le Dr Duez ne m'a rien dit. Rien d'important.

— De toute façon, il faudra enlever la grosseur.

C'était tout. Et aussi que j'en parle à mon médecin traitant, assez vite.

— Je ne vous lâche pas. Je suis là, avait rassuré Agathe. Elle a posé la main sur mon bras.

— C'est quoi votre stratégie ?

Je l'ai regardée. Pour la première fois depuis mon arrivée à la clinique, quelqu'un employait un terme militaire. J'ai observé mes jambes ballantes, mes pieds nus, le sol carrelé. Je me suis dit que j'étais en guerre. Une vraie. Une bataille où il y aurait des morts. Et que l'ennemi n'était pas à ma porte mais déjà entré. J'étais envahie. Ce salaud bivouaquait dans mon sein.

19

— Vous allez faire quoi, Jeanne ?

— Je vais appeler mon mari, pleurer un bon coup et attendre de voir.

Elle a souri.

— C'est un bon plan. Appelez-moi en cas de besoin.

Lorsque j'ai quitté la clinique, sept patientes attendaient. J'avais lu qu'une femme sur huit développait un cancer du sein au cours de sa vie. Il était là, l'échantillon. Huit silences dans une pièce sans fenêtre. Huit poitrines à tout rompre. Huit regards perdus sur des revues fanées. Huit naufragées, attendant de savoir laquelle d'entre nous.

Ce matin, il avait plu. Une sale pluie d'hiver giflée de grésil. Mais c'est le soleil qui m'a accueillie dans la rue. J'avais appelé Matt, trois fois. Trois fois tombée sur son répondeur. Il devait sortir de table. J'avais besoin de lui, pas de sa voix. Et puis lui dire quoi ?

— Mauvaise nouvelle, j'ai peut-être un cancer. Rappelle-moi s'il te plaît.

Je n'ai pas pris le métro. J'ai marché. Ce matin, j'étais une fille rieuse de 39 ans. Cet après-midi, une femme gravement malade. Six heures pour passer de l'insouciance à la terreur. Je n'arrivais pas à regarder les autres. J'avais peur qu'ils comprennent que je n'étais plus des leurs. Le temps avait basculé. Tout empestait Noël. Les vitrines, les rues, les visages. Je suis entrée dans une papeterie. Il me fallait un cahier, un épais à spirale pour noter ce qui me serait dit. Comprendre ce que j'allais devenir. Je l'ai choisi avec une couverture bleue. Le bleu du ciel, lumineux et gai. Mon premier acte de résistance.

*

Matt s'est lourdement assis dans son fauteuil.

Il m'avait écoutée debout, et puis il s'est assis.

— Merde !

C'est tout ce qu'il a dit. Il s'est assis avec son écharpe, son manteau. J'avais attendu qu'il passe la porte pour tout lui dire. Je l'ai cueilli comme ça, sur notre seuil. Je n'avais plus de larmes. Seulement les mots du radiologue, les gestes de son assistante, mon désarroi.

J'avais pris rendez-vous avec mon médecin. Le lendemain, en urgence.

— Demain, je suis en déplacement, a répondu mon mari.

Il quittait la maison plusieurs jours par mois. Celui-là tombait mal.

— Tu ne pourrais pas repousser ?

Une grimace qui disait non. Il était désolé, vraiment. C'est lui qui avait eu l'idée de ce déjeuner de travail, lui qui avait proposé Londres pour que ses clients n'aient pas à se déplacer, lui qui avait fixé l'ordre du jour, choisi ses collaborateurs. C'était son dossier. Personne d'autre que lui ne pouvait le régler. Mais il serait là le jour d'après, promis. Et il me téléphonerait, il faudrait tout lui expliquer.

Il s'est relevé. A enlevé son écharpe, son manteau. J'étais toujours debout au milieu du salon.

— Tu ne te doutais de rien ?

21

Son dos, devant la penderie. Lorsqu'il était inquiet, il retrouvait l'accent canadien de sa mère.

— Pardon ?

— On les sent ces choses-là, non ? Tu n'as rien vu venir ?

Rien, non. Rien de grave. À part la boule et cette douleur qui faisait sourire ma gynécologue.

— Et c'est vraiment ce qu'ils croient ? Tu ne pourrais pas avoir une bonne nouvelle ?

J'ai secoué la tête. Le matin je n'avais aucune crainte. Au soir, je n'avais plus de doutes.

Il m'a observée, comme s'il me découvrait au milieu de son appartement.

— Qu'est-ce que tu vas faire ?

Je n'ai pas répondu. J'avais espéré qu'il me prendrait dans ses bras. Depuis la mort de notre fils, il ne l'avait plus fait. Je ne lui en voulais pas. Mais aujourd'hui, juste une fois. Serrer sa femme malade, lui murmurer que tout irait bien. Qu'il était là. Qu'il serait à mes côtés, toujours. Et qu'il me dise ce que nous allions faire.

Il est allé dans la chambre préparer sa valise.

Puis il m'a proposé de sortir dîner. C'était au-dessus de mes forces.

— Alors je vais grignoter quelque chose, a-t-il dit simplement.

Je me suis couchée habillée sur le lit, dans l'obscurité de notre chambre. Il s'est assis à côté de moi. Sa main a hésité. Il a effleuré mon bras. Sa paume glacée.

— Tu sais que c'est un cancer qui se guérit très bien ?

« Je sais ! J'ai toujours eu de la chance ! »

Je l'ai pensé tout bas, mais je n'ai pas osé. Non, je ne savais pas. Je ne savais rien. Jusqu'à ce matin, le cancer était une grande cause nationale, un ruban rose dans un journal, un drame de roman, la triste fin d'une héroïne de téléfilm. Dans la vie, il y avait le cancer et moi. Lui d'un côté comme un chien teigneux, et moi très loin, là-bas. Qui mange sain, qui ne fume ni ne bois. Ce matin, le cancer c'était l'autre. J'allais devoir tout lire, tout apprendre, tout comprendre, tout redouter. Aux vacances de Pâques, une fidèle cliente de la librairie a été hospitalisée. On ne l'a jamais revue. Seulement sa photo, son regard au pied du cercueil. Elle s'appelait Nadine. Elle était professeur de français. Elle est morte à 48 ans, du cancer qui se guérit très bien.

Matt a quitté mon bras et il est descendu au café. Comme d'habitude, il commanderait une omelette champignons avec salade verte, un quart de chinon et une assiette de fromages. Il dînerait, les yeux sur son portable, répondant à ses mails comme s'il n'avait pas quitté l'agence. Je me suis demandé s'il parlerait de moi. Mais non. C'était trop tôt. Il terminerait un verre. Prenant garde à ne pas réveiller sa femme lorsqu'il rentrerait. Et aussi, à ne pas l'embrasser.

*

Il est rentré. Je ne dormais pas.
Sur la première page de mon cahier, j'avais écrit : « *Suis-je en train de vivre le début de ma mort ?* » Cette

phrase, simplement. Pour mieux la combattre, j'ai aussi décidé de donner un nom à cette ordure. Le mot cancer était laid. Crabe ? Insupportable. Maladie ? Trop vague. On est malade d'un rhume, d'une grippe, d'un cœur fourbu, de la tête même, lorsqu'elle nous fait confondre les jours. Mais on n'est pas malade du cancer. Pas seulement. Malade ? Le mot est trop petit, trop étriqué. Tout le monde est malade, tout le monde est souffrant, un peu, beaucoup, à la folie. Le cancer n'est pas un rhume. Le cancer ne s'attrape pas, c'est lui qui vous attrape. Dans le mot cancer, il y a de l'injustice. De la traîtrise. C'est le corps qui renonce. Qui cesse de vous défendre. C'est une écharde mortelle. Un visiteur du soir que l'on voit se faufiler en tremblant. Il dormait sur votre seuil, comme un vieux chat fourbu. S'est installé sur le canapé. Puis dans votre lit. Puis s'est senti chez lui partout dans la maison. C'est l'importun. Le nuisible. L'ennemi intérieur. Celui qu'on n'a pas vu venir. Je me suis demandé si le mal était entré en moi par effraction ou si je lui avais offert l'hospitalité. S'il s'était invité ou si je l'avais accueilli.

Quel nom lui donner ? J'ai pensé au camélia. Un bouton rouge sang. Une fleur de décembre, le mois le plus éloigné du soleil. Voilà. Mon camélia. Mon hiver. Et aussi mes brumes, mes corbeaux sur la plaine, mes pluies infinies, mes brassées de chrysanthèmes à étouffer les morts.

Je suis entrée en brouillard comme on part au combat, en me rêvant avril.

Le Dr Hamm avait suivi mon père, ma mère et mon fils. Il m'avait connue enfant, et puis maman, et puis plus rien du tout. Une pelote de détresse qu'il lui a fallu dévider fil à fil. Il était au seuil de la retraite. Mais ne voulait pas encore abdiquer.

— Vous avez quarante-huit heures pour choisir une équipe.

C'est ce qu'il m'a dit.

— Une équipe ?

Il étudiait ma mammographie, mon écho. Il a enlevé ses lunettes et relevé la tête.

— On s'est toujours parlé librement Jeanne, non ?

Oui. Bien sûr. Pour ma mère, mon fils. Jamais Isaac Hamm n'avait hésité sur les mots.

— D'après vos résultats, c'est un cancer.

J'étais bouche ouverte.

— Je dirais, 90 % de probabilité.

J'ai baissé les yeux. Il levait mes radios vers sa lampe de bureau. La dernière fois que nous nous étions vus, c'était pour un problème de dos. Rien du tout. Une douleur de libraire. Le poids des nouveautés, le fardeau des invendus. Une ordonnance, trois pilules, un sirop, une façon de prendre des nouvelles. La première fois, j'avais cinq ans. J'avais les oreillons. Nous venions d'emménager dans le quartier.

— J'aime bien ce docteur, avait dit maman.

Il accueillait, il rassurait, il expliquait. Tout de suite, il m'avait appelée princesse. Je pleurais de douleur et j'étais fière aussi. Princesse. Il m'avait devinée sans rien savoir de moi. Dans un coin de son cabinet, il y avait des peluches, des cubes, des jouets qui venaient de la salle d'attente. Mon préféré était un jeu d'éveil tout simple, des anneaux multicolores à empiler sur un socle en bois. Le violet à la base, l'orange au sommet et la boule rouge qui couronnait l'édifice. Jules, mon fils, avait aussi empilé les « beignets », comme il les appelait. Et ce matin, alors que mon médecin prononçait le mot cancer, je regardais les anneaux, abandonnés dans sa bibliothèque. Depuis toujours, il manquait le vert pomme. Un beignet que j'avais rapporté à la maison, enfant, et caché dans la penderie de ma chambre pour ne plus jamais être malade.

— Public ou privé, il y a des gens bien partout. C'est à vous de décider.

J'avais la bouche sèche. Je ne connaissais pas le nom des hôpitaux, aucun chirurgien, aucun oncologue. Même ce mot, je ne l'avais pas croisé la veille encore. Alors il m'a proposé. Un hôpital et une clinique privée. De bonnes équipes. Il serait là. Il pourrait me conseiller, me confier à eux, me suivre. Mon affection serait de longue durée, avec prise en charge totale. Si j'avais une complémentaire santé ? Oui, depuis peu. Avant, j'étais sur la mutuelle de mon mari. Il hésitait. Il aimait beaucoup la chirurgienne de cet hôpital mais préférait le suivi de cette clinique. Il marmonnait, cherchant des noms dans son agenda.

— Et si vous choisissiez au plus près de chez vous ?

Il me regardait.

— C'est mieux ?

26

Il a haussé les épaules.

— C'est toujours mieux. Il y aura l'opération, mais il y aura les suites. Vous devrez y aller plusieurs fois dans le mois, puis chaque semaine, puis chaque jour. Les transports sont très fatigants lorsqu'on subit des soins.

Alors ce serait l'hôpital. Pas vraiment plus près mais un peu moins loin.

— L'assistance publique ? j'ai demandé.

— Le CHU, oui.

Il a souri.

— Les protocoles sont les mêmes, vous savez.

Il notait quelque chose. Je ne regardais pas. Il parlait tout haut. Six jours pour obtenir les résultats de mes analyses, c'était trop long. Il demanderait au laboratoire qu'on les lui communique.

Ses yeux, par-dessus ses lunettes.

— Vous leur avez donné mes coordonnées ?

Bien sûr. Au médecin, à Agathe, à tout le monde.

— Vous restez à Paris ?

Je reste, oui. Matt n'aime pas trop les fêtes de fin d'année, moi non plus. Nous avions prévu de passer un week-end à Dieppe mais…

— Faites-le. C'est bien de quitter tout ça quelques jours.

Je n'ai pas répondu.

Il me téléphonerait lorsqu'il aurait les résultats. Promis.

En quittant ses patients, le Dr Hamm leur serrait la main en inclinant la tête. Mais jamais il n'avait pris la mienne. Même après la mort de Jules, il n'avait pas eu ce

27

geste. Enfant, je me souviens l'avoir embrassé. Une fois, comme ça. Il avait une collection de stylos-souvenirs dans un pot en plastique. À la place du capuchon, un élan canadien, un kangourou d'Australie, un Pinocchio de Toscane, le trèfle à trois feuilles du saint Patrick irlandais. Ses patients le savaient. À chaque voyage, les plus fidèles lui en faisaient cadeau. Et quand le père ou la mère devait remplir le chèque de consultation, le médecin demandait à l'enfant de choisir un stylo. Lors de ma première visite, j'ai pioché une princesse dans le grand pot. Un souvenir de Vienne. Pour le remercier, je l'ai embrassé. Il a ri, en disant que ce stylo serait toujours là pour moi. Même après, même plus tard, même adulte. C'était le seul stylo dont je me servais. Il ne m'avait jamais tutoyée, mais il m'appelait comme ça. Princesse.

Au moment de payer, j'ai repris mon stylo viennois dans le pot coloré.

— Pas cette fois, a-t-il dit simplement.

J'ai hésité. Puis refermé mon chéquier.

— Nous allons nous revoir, Jeanne. Vous aurez d'autres occasions.

Je me suis levée. J'ai enjambé les livres pour enfants qui traînaient sur le sol. Dans le vestibule, trois personnes patientaient. Toux mauvaise, coup de froid. Les choses de la vie.

Arrivée à la porte, je me suis penchée vers lui.

— Je peux, s'il vous plaît ?

Ce même rire.

— J'en ai besoin.

Il a ouvert les bras.

— Contrairement à d'autres ici, vous n'êtes pas contagieuse.

Alors je l'ai embrassé. Un baiser sur chaque joue.

Il m'a regardée. Mes yeux de fillette, mon front inquiet, ma peur. Il a souri.

— Mais oui, Princesse. Je vous dirai tout.

3.

La lettre K

Lorsque le Dr Hamm m'a téléphoné, je ne lui ai pas répondu. Par respect pour Matt. Et en mémoire de son grand-père. Le portable vibrait dans mon sac, j'en avais presque honte.

— Dieppe, c'est sacré, disait toujours mon mari.

La mère de Matt était canadienne, son père français. Ils s'étaient aimés lors d'un voyage à Paris. Et elle y était restée, laissant sa propre mère et sa sœur au pays. Le 19 août 1982, les deux femmes étaient venues de Toronto pour fêter les 15 ans de Matt. Et aussi, l'emmener en pèlerinage à Dieppe, ville normande où son grand-père était tombé.

Il s'appelait Owen Doohan, il avait 28 ans. Fantassin du Royal Hamilton Light Infantry, le soldat a connu le feu une seule fois. Personne n'a jamais su s'il était mort dans l'eau, sur les galets de la plage, s'il avait posé un pied dans le port, s'il avait percé les défenses du casino transformé en blockhaus, s'il s'était approché des barbelés du théâtre. Il a sauté de sa barge le 19 août 1942 vers 4 h 45, avec ses copains, et nul ne l'a jamais revu. Les Allemands avaient retranché la ville en citadelle. Ils étaient partout, sur les falaises, aux fenêtres fortifiées, dans le ciel occupé. Sur 4 963 Canadiens qui ont participé au raid, à peine plus de 2 000 sont rentrés en Angleterre. 916 sont morts, tous les autres ont levé les mains. Pour eux, les troupes britanniques, les Rangers américains et la poignée de Français libres débarqués ce jour-là afin d'éprouver le Mur de l'Atlantique, Dieppe fut un piège.

En 1982, la tante et la grand-mère de Matt avaient voulu rendre hommage à l'homme disparu quarante ans plus tôt. Comme tant d'autres, son nom n'était inscrit sur aucune tombe du cimetière des Vertus. Et les deux femmes n'aimaient pas l'inscription famélique : « UN SOLDAT CANADIEN DE LA GUERRE 1939-1945 », qui ornait des dizaines de plaques anonymes. Après s'être recueillies un instant devant le front de mer et les monuments commémoratifs qui endeuillaient la promenade, elles ont quitté la cérémonie, les officiels et les vétérans pour marcher dans la ville.

Mon futur mari tenait la main d'Aimie, sa grand-mère, il me l'a raconté bien après. C'est elle, derrière l'église Saint-Rémy, qui a remarqué la stèle toute simple frappée d'une feuille d'érable. Un monument de rien du tout, posé sur le pavé, près d'un mur ruiné par la pluie et le vent marin. La femme s'est penchée.

— Tu peux traduire, Matthew, s'il te plaît ?

Son petit-fils a lu l'épigraphe en français, quelques mots gravés, passés au noir ancien.

— « Ici, le 19 août 1942, sont tombés deux soldats canadiens. »

Pas de noms. Rien de plus. Deux soldats canadiens. Mais deux, seulement. Et non la multitude des seuls *« connus de Dieu »* que pleurait le cimetière militaire. La grand-mère a dit que l'un des deux pouvait bien être son mari. Puis que cela devait être lui. Et puis que c'était lui. Qui avait réussi à quitter la plage sous la mitraille et entrer dans la ville avec un camarade de son unité.

— Voilà, c'est ici, a-t-elle dit.

Cette tombe serait celle de son homme. C'était sa décision. Cette tombe était celle de son homme. C'était sa certitude. C'est là, contre cette borne de granit, que la veuve a déposé deux roses blanches ce jour-là, une fleur par enfant qu'il lui avait laissé. Puis elle a demandé à Matt de réciter un Notre Père et fait promettre à sa fille d'honorer ce lieu tous les ans.

D'année en année, la légende familiale s'était renforcée. Plus de place pour le doute. La mère de Matt racontait à tous que son père était tombé contre ce mur d'église. Mort en brave, l'arme à la main. Debout et faisant face. Et que cette humble pierre célébrait son sacrifice.

En 1982, Aimie avait 71 ans. C'était son dernier voyage à Dieppe. Elle laissait à sa fille le soin de célébrer cet anniversaire. Avant que mon mari n'accepte à son tour de le perpétuer.

En 2002, année de ma rencontre avec Matt, sa grand-mère n'était plus. Il venait aussi de perdre sa mère. Et c'est avec moi, sa petite Française, qu'il a déposé les deux roses blanches derrière l'église, cet été-là. Et aussi les neuf étés suivants. Il rendait hommage sans fièvre ni émotion. Il honorait une promesse. Une habitude domestique entre deux obligations. Paris-Dieppe, aller et retour en voiture dans la journée, avec déjeuner au Café des Tribunaux, la même table sur la mezzanine. Notre fête des Morts, au creux du mois d'août. Un rituel hérité, devant un monument de hasard, que personne n'avait jamais élevé en mémoire du soldat Owen Doohan.

Lorsque notre fils est parti, en juillet 2012, nous n'avons pas eu le courage de revenir à Dieppe. Mon mari avait déserté son serment. Trop de morts à pleurer, cette année-là.

— Nous reviendrons un hiver prochain, a-t-il proposé.

Cinq ans plus tard, nous étions de retour à l'église Saint-Rémy, sous un ciel noir de deuil. Lui avec ses roses, moi avec mon camélia. Et le téléphone trépignait dans mon sac. Matt avait entendu. Il n'a pas tourné la tête. Mains jointes devant la feuille d'érable, il s'est signé, puis y a déposé le coquelicot de papier rouge qu'il portait au revers, en novembre.

Ensuite, il a remonté le col de son manteau. Son regard vers la pluie.

— Écoute ton répondeur, c'est peut-être important.

J'ai hésité. Je me suis éloignée. Quelques pas seulement.

— Jeanne, c'est le docteur Hamm. Merci de bien vouloir me rappeler.

J'avais espéré une autre voix, un mot d'espoir, une

lueur. Mais la phrase était sombre. La porte d'un caveau. Matt m'a regardée.

— Tu préfères que je te laisse ? On se retrouve aux Tribunaux ?

Oui. C'était cela. Aux Tribunaux, notre habitude, notre refuge. Une brasserie Art nouveau, bois chaleureux, vitraux colorés. Le seul endroit au monde où Matt était fier de se dire canadien.

— C'est Jeanne, Docteur.

Son souffle de vieux fumeur.

— J'entends que vous êtes à Dieppe.

Le rire des mouettes.

— Vous n'êtes pas trop fatiguée ?

— Docteur, s'il vous plaît.

Silence. Une petite toux.

— C'est bien un cancer, Jeanne. Il est infiltrant, de grade 3.

Je me suis adossée contre le mur de l'église.

— Ça veut dire quoi ?

— C'est agressif. Il faut opérer.

— Vite ?

— Dès qu'ils le pourront.

— Mais c'est certain ? Ils ne peuvent pas se tromper ?

— J'ai les résultats devant moi, Jeanne.

— Et vous, Docteur ? Vous ne pouvez pas vous tromper ?

— Je crains que non.

Silence encore. Sa petite toux.

— Mais il y a une bonne nouvelle : il est hormono-dépendant.

— Pardon, mais je ne comprends pas.

— Je vous expliquerai, mais pas au téléphone. On ne peut pas parler de tout ça au téléphone.

J'ai remercié.

— Je vous embrasse, j'ai dit.

Une phrase sans y penser. Il pleuvait. J'ai remonté la rue de la Barre, téléphone à la main.

— Grade 3.

Je répétais ce mot à voix haute. Je claquais des dents. Lorsque je suis entrée au Café des Tribunaux, Matt lisait un journal sur la mezzanine, en buvant un verre de blanc. Notre place était prise, il était assis contre le mur. J'ai contourné l'immense arbre de Noël. Je me suis approchée. Il a levé la tête. Je suis restée debout, bras tombés, sans oser m'asseoir.

— C'était le docteur ?

— C'est un cancer, j'ai répondu.

— Merde, a lâché mon mari.

Il a reposé son verre. Et je me suis assise en raclant ma chaise.

*

Matt est arrivé en retard à l'hôpital. Des clients américains, s'est-il excusé. J'étais passée au comptoir des admissions. L'ordinateur ne marchait pas. Un jeune homme, boucle d'oreille, a rempli ma fiche à la main. Il souriait, j'essayais aussi. Lorsque je me suis assise dans la salle d'attente, j'ai réalisé. Jusqu'à présent, je n'étais affectée qu'aux yeux de mon homme et de mon vieux médecin. Je n'avais prévenu ni la librairie, ni mes amis, personne encore. Mais là, dans cette pièce aux murs beige et abricot, j'avais rejoint les autres. J'avais pris place parmi les cancéreux. Cette fois vraiment, j'étais malade. Sur un présentoir, toutes les brochures le grimaçaient. *« Vous êtes touché par le cancer ? Votre peau aussi »*, *« Prise en charge capillaire de votre bien-être »*. Avec moi, trois autres femmes. Une dame âgée, perruque mal posée et maquillage violent, feuilletait une revue à couverture rose. Une autre, bandeau de couleur sur la tête. Et sa fille, peut-être, qui lui remplissait des fonds de verre à la fontaine d'eau. Elles avaient des manières d'habituées. De celles qui s'agacent en maudissant l'horloge.

Matt est entré au moment où l'on m'appelait. Une jeune femme, cheveux blonds retenus sur la tête par une baguette chinoise. Si mon mari pouvait me suivre ? Bien sûr. Deux chaises face à son petit bureau. J'ai cherché sa main. Il ne l'a pas enlevée.

— Vous n'êtes pas la chirurgienne ?

Non. C'était une interne. J'étais déçue. Le Dr Hamm m'avait recommandée à un médecin et je racontais ma vie à une étudiante.

— C'est le protocole, madame Hervineau, vous la verrez après.

Sur la première page de ma feuille de soins, avant même mon nom, mes prénoms, mon âge, mon groupe sanguin et tout le reste, elle avait tracé en rouge la lettre K.

Elle interrogeait, je répondais, elle notait. J'ai cherché en vain son regard.

— Antécédents familiaux ?

Non, rien.

— Une famille normale, j'ai répondu.

Cette fois, elle a levé les yeux.

— Vous le savez, c'est un cancer, a répété la chirurgienne.

J'ai écrasé les doigts de Matt.

— Mais nous sommes là pour vous guérir et nous vous guérirons.

Elle a posé une feuille blanche devant moi. Et elle a dessiné.

— Ça, c'est votre sein. La tumeur fait 23 mm, elle est cachée ici.

Elle tapotait la feuille du dos de son crayon.

— On va vous en débarrasser, nettoyer, recoudre et on n'en reparlera plus.

— Vous n'allez pas lui enlever le sein ?

Matt l'avait interrogée. C'est à moi qu'elle a répondu.

— Non. La tumeur est agressive mais elle est isolée et pas trop importante.

Je regardais ses lèvres, les phrases qu'elle prononçait. Sur mon carnet à spirale, je notais chaque mot. La réunion de concertation qui déciderait de mon sort. Les analyses à faire avant l'opération. L'anesthésiste. Je garderais mon sein, mais serais bombardée. Chimiothérapie, rayons. Mon cancer serait sensible à l'hormonothérapie.

— Une bonne nouvelle.

Les mêmes mots que le Dr Hamm.

Je prendrais des cachets pendant cinq ans. Ne pas offrir la moindre chance à la récidive.

Matt a regardé sa montre. Le médecin l'a remarqué.

— J'en ai presque fini, a-t-elle dit sèchement.

J'ai senti le reproche. Il n'a rien entendu.

J'allais être opérée assez vite. L'hôpital m'appellerait. J'aurais un rendez-vous avec une infirmière qui m'expliquerait tout. Oui, je ressortirais le jour même. La chimio ? C'est l'oncologue qui m'en parlerait. Une chose après l'autre. Allez. Je devais avoir confiance. Tout irait bien.

La chirurgienne m'a serré la main. Elle a incliné la tête pour Matt.

Arrivé sur le trottoir, il a mis les mains dans ses poches.

— Elle a l'air sympa.

Oui, peut-être. Il n'avait pas les mots, je n'avais pas le courage.

— Je t'appelle un taxi ?

Il retournait à son agence. Non, merci. Je préfère marcher.

— Ça va ?

Je ne savais pas. Oui, peut-être, encore. Un voile noir tombait sur la ville, les gens marchaient au ralenti. Au moment où Matt me quittait, un jeune à vélo m'a frôlée sur le trottoir. J'ai eu peur. J'étais seule. J'accrochais mon regard à chaque vitrine. Mon visage, mes cheveux roux. J'avais demandé son dessin à la chirurgienne. Il était dans mon poing serré. Quelques traits rassurants. Mon sein, mon cancer, l'incision, la couture, les semaines à venir esquissées au crayon. Je pensais à la vieille en perruque, à l'autre et son turban. Je me suis arrêtée devant une pâtisserie. Un miroir, encore. Moi avant, moi après. Chacun de mes gestes était engourdi. Matt aurait dû être là, avec moi, sur ce trottoir d'hiver. Il aurait dû pousser la porte du premier café et m'offrir un verre de blanc au comptoir. On aurait dû trinquer. À l'amour qui nous porte, à la guerre qui s'annonce, à nous. Trinquer à l'orage. Aux grands froids. Et au printemps prochain, à l'été, à toutes ces années qui trépignent d'être vécues. On aurait dû boire aux jours d'après, lorsque mon camélia serait fané et moi, resplendissante.

Depuis dix jours, j'avais un colis à récupérer dans un point relais. Un oreiller ergonomique, qui garde la mémoire des formes. Il fallait que la vie continue. Récupérer cet achat, faire réparer la monture de mes lunettes, demander au Dr Hamm une ordonnance pour dormir.

Il y avait du monde dans la quincaillerie, mais peu de gens pour acheter des clous. C'était grâce aux ventes sur Internet que le commerçant survivait. J'étais la troisième dans le rang. Depuis plusieurs mois, la fatigue me grignotait. Je m'endormais dans le métro, tôt le soir, à la librairie même, un lundi matin. Alors que j'arrivais au comptoir, une dame très âgée a brusquement ouvert la porte du magasin. Petite cloche au son grêle. Elle parlait seule, très vite, très haut, maudissant la foule. Puis elle s'est précipitée, traversant la boutique canne levée. Elle m'a poussée du coude et s'est penchée vers le commerçant en agitant son bon de retrait.

Je l'ai observée, sans un mot. Elle s'est tournée vers moi, l'air mauvais. Voix rocaille.

— J'ai une carte d'invalidité, vous voulez la voir ?

40

— J'ai un cancer, vous voulez le voir ?

Je ne sais pas qui a répondu cela. Sûrement pas moi, fillette bien éduquée devenue jeune fille bien élevée puis femme prévenante. D'habitude, j'aurais regardé ailleurs. Une harpie chiffonnée qui portait son malheur en sautoir. Tiens, j'aurais peut-être même eu de la peine pour elle. Un peu de compassion. Une toute vieille, toute seule, toute méchante, en colère contre la vie, les quincailliers, les files d'attente, les filles rousses à beaux seins. Et puis non. Pas cette fois. J'étais en position de combat. Je refusais qu'on me parle mal, qu'on me regarde mal, qu'on m'emmerde. Mon camélia m'obligerait bientôt à tolérer bien d'autres choses, mais ni la morgue ni le mépris.

La vieille était bouche ouverte. Je n'avais pas bougé, mais elle avait reculé d'instinct. Après l'arrogance, ses yeux disaient la peur. J'ai occupé la place. J'ai claqué mon avis de retrait sur le comptoir. Le vendeur m'a souri. Et elle a reculé. Comme elle était venue. Repartie en arrière, dans le fond de la boutique, sur le trottoir, repartie chez elle, dans son mouroir de rance, d'aigre, de poussière, de pisse et de chats, là où personne jamais ne l'attendrait plus. En prenant mon paquet, je m'en suis voulu. Pardon. Et puis non. Pas pardon. J'étais en guerre. J'avais ouvert le feu pour la première fois.

*

Quelques jours avant l'opération, j'ai acheté un pot de camélias. Ils étaient harmonieux, feuillage vert sombre et pétales rouge profond. La fleuriste était japonaise. Elle ajoutait un origami à chacune de ses commandes. Une grue blanche, épinglée sur un éventail de papier.

— C'est pour offrir ?

Non. Noël était passé sans nous. Et aussi le Jour de l'An. J'ai refusé les gestes du cadeau, le papier de soie argenté, le ruban couleur perle, la tresse de raphia. La jeune femme était embarrassée. Je n'ai pas osé lui dire que j'étais venue pour un simple bouton. Ni bouquet, ni fleur, mais seulement un bourgeon. Elle s'est inclinée. Son regard désolé. Je suis partie comme ça, le pot noir dans la main. J'ai tourné une rue, et puis une autre, et une autre encore, pour mettre de la distance entre elle et moi. Je me suis assise à un arrêt de bus. J'avais vu le bouton de fleur en entrant. Il y avait des camélias éclatants, blancs, orangés, bordeaux ténébreux, mais tous étaient grands ouverts et leurs pistils dressés. Ce n'est que dans ce pot qu'il y avait une petite boule. Au pied d'une tige, dissimulée par une feuille. Comme un kyste froissé, un œil fragile fait d'émeraude, de rose et de tendre. Délicatement, j'ai pincé sa tige et l'ai retiré du buisson. Le bus est arrivé. J'ai fermé les yeux. Attendu que les uns montent, que les autres descendent. Le bouton était dans ma paume. Je l'ai glissé dans la poche intérieure de mon sac, avec la photo de Jules, et abandonné le pot flamboyant sur le rebord d'une fenêtre triste aux volets clos.

*

Mon cancer a été retiré.

Matt n'avait pu me conduire à l'hôpital, il est arrivé

après l'intervention. J'avais été endormie. Je l'attendais, allongée sur un lit d'appoint. Tout s'était bien passé. On me l'avait dit, répété. Tout s'était bien passé. La tumeur et le ganglion sentinelle étaient en analyse, pour savoir si le mal était un bourgeon caché derrière sa feuille ou si le reste du corps avait été touché. Des brancards passaient dans le couloir. Un médecin est venu avec mon arrêt de travail. Si je pouvais me lever ? Oui, je crois. J'avais la nausée. Pas vraiment de douleur. J'ai effleuré mon sein gauche, il était là. Recouvert de Bétadine et de pansements, mais il était là.

Pendant le trajet en voiture, Matt est resté silencieux. Il avait le front des jours mauvais. Arrêté à un feu rouge, il m'a fait remarquer que j'avais gardé le bracelet de chirurgie autour du poignet. Une réflexion sans tendresse. Un reproche.

— Quelque chose ne va pas ? j'ai demandé.

Il a haussé les épaules.

— Ma femme a un cancer, elle va perdre ses cheveux, tout va bien, pourquoi ?

Je l'ai regardé.

— Mes cheveux ?

— Oui, tes cheveux. Tu ne vas pas les perdre ?

Ses yeux ne quittaient pas la route.

— Si, bien sûr. Mais je garde mon sein.

— C'est vrai. Tu gardes ton sein.

J'avais oublié de mettre ma ceinture. Il ne l'avait pas remarqué.

— Tu te rends compte ? Je garde mon sein, Matt.

43

Oui. Il s'en rendait compte. Peut-être. Aujourd'hui, je ne sais plus ce qu'il comprenait de moi. Il ne m'en voulait pas, non. Et d'ailleurs, que pouvait-il me reprocher ? Il faisait ce qu'il pouvait. Mais il trouvait cela difficile. Trop difficile pour lui. Sa mère, sa sœur, mortes d'un cancer. Son fils parti à 7 ans. Et maintenant sa femme. Il ne comprenait pas pourquoi le malheur rôdait ainsi autour des siens. Il ne savait pas s'il aurait le courage d'en supporter encore.

— Tu entends ce que tu es en train de me dire ?

Il a hoché la tête. Il entendait.

— Le courage ?

Oui, le courage. Son regard droit devant, dans le rétroviseur, sur le côté gauche de la rue. Jamais les yeux sur sa femme. Jamais. De l'hôpital jusqu'à la maison, il ne m'a pas regardée en face. Pas une fois. Il était en train de renoncer à moi. Il préparait sa fuite, j'en étais persuadée. Et j'étais aussi certaine du contraire. Pas Matt, pas lui. Difficile à vivre, plein d'habitudes solitaires, de certitudes étouffantes, plein de secrets aussi, de mots sans qu'il les dise. Plein de la froideur de sa mère, de sa sœur et des siens. Moi qui parlais, lui qui écoutait. Moi les gestes, lui le silence.

— Vous êtes comme le jour et la nuit, avait grogné sa mère.

Ce n'était pas une gentillesse. Mais il n'avait pas protesté. C'était avant la disparition de notre fils, avant que je rejoigne mon mari en crépuscule. Avant que je me taise à mon tour. Avant que ma joie s'éteigne. À la mort de notre enfant, il m'avait dit que c'était trop pour lui, qu'il n'aurait pas le courage. Que voyant mes yeux, il croisait son regard. Il disait que je lui avais tout donné, la rousseur de mes cheveux, la blancheur de ma peau, la pâleur de mon sourire. Que son fils errait en moi depuis cinq ans. Matt disait ne pas avoir le courage, et pourtant, il est resté. Plus sombre, plus terne, plus gris encore, mais il est resté.

— Cela veut dire quoi : « Je n'aurai pas le courage ? »

Nous étions arrivés au bas de notre immeuble. Il ne m'a pas répondu. Ma tête tournait. Il fallait que je me repose. Mon mari marchait devant moi comme si nous étions déchirés. Je me suis mise à trembler. J'avais mal à la poitrine, j'étais épuisée, inquiète, et trottais misérablement derrière mon homme. J'avais 25 ans lorsque je l'ai connu, il en avait 35. J'étais jeune et il n'était pas vieux. Quinze ans plus tard, nous étions claudicants. Moi avec mon sein, lui avec sa peur.

Sa vie entière, Matt s'était demandé ce qu'allaient en penser les autres. Les autres. Le regard des autres. L'attention portée. Que vont-ils croire, les autres ? Imaginer ? Dire de nous ? Quand les autres me voyaient en robe d'été, pendue à son bras, il était fier. Une jeunesse gourmande qui dévorait son cœur. Fier aussi lorsque je marchais à ses côtés, en riant et le ventre rond. Fier encore lorsque je promenais le landau de Jules au soleil. Et puis il a eu peur. Parce que notre enfant n'arrivait pas à se mettre debout, à marcher, puis à courir. Parce qu'il titubait en se tenant aux murs. Parce qu'il pleurait en haut des escaliers. Il a eu peur lorsqu'il a fallu l'installer à 6 ans dans un fauteuil roulant. Les médecins nous ont dit qu'il était différent.

Et qu'il ne marcherait jamais. Ses muscles étaient rongés, son cœur grignoté. Mais d'où venait-elle, cette maladie ? Portée par lequel d'entre nous ? Quel sang ? Quel gène ? Quelle famille ? Lequel de nous deux avait empoisonné le fils de l'autre ?

— C'est la mère qui transmet ce mal, avait craché la sœur de Matt.

Ils se sont violemment fâchés. Qu'en savait-elle ? Et de quel droit ? Pour la dernière fois de notre vie, il m'avait longuement consolée, embrassée, prise dans ses bras. Il n'y avait pas de coupable. Seule la maladie. Désigner un responsable était injuste. Pour la première fois de notre vie aussi, il s'était désintéressé des autres. Seul notre fils comptait. Nous étions forts. Nous étions trois. Et nous le sommes restés jusqu'à son dernier souffle.

Le jour où notre enfant a fermé les yeux, les nôtres ont cessé de briller. Matt ne m'a plus tenu la main. Ce n'était pas une punition, juste une évidence. Nos peaux n'avaient plus rien à se dire. Notre fils n'était plus, nous avions cessé d'être. J'avais encore besoin de lui, lui restait simplement avec moi. Nous marchions vers notre fin. Notre couple ne tenait plus à rien. Nous avions vidé la chambre de notre fils, plié ses vêtements, rangé ses jouets dans des sacs, son doudou kangourou, ses dessins de fêtes des Mères, des Pères, de Noël, de Pâques, de rien du tout. Ses gribouillis de nappes, ses colliers d'école, sa boîte magique, ses petites voitures, sa collection de cailloux, son herbier, son journal intime, sa cape de héros, ses pâtes à modeler et ses béquilles.

Nous avons continué notre route. Matt en agence et moi en librairie. Nous savions que tout était fragile. Qu'il y aurait cet avant et plus aucun après. Lui, moi, nous seuls au monde. Aucun amour en trop, aucun autre à venir, aucun rire d'enfant dans la maison. La mort avait volé notre lumière. Elle était entrée chez nous par effraction, un matin d'été. Elle connaissait sa proie. Le petit, le blafard, le fragile, le plus facile à emporter sur son dos. Elle avait tourné longtemps entre nos murs. Elle ne hurle pas, comme disent les contes. Elle furète. Elle jappe. Elle court partout. Presque heureuse. Un jeune chiot. Celui que la famille recueille sans crainte. Et que l'enfant suit avec bonheur.

J'ai mal dormi. Peur de ne pas me réveiller. Peur de mourir. Rêves de fièvre. On m'enlevait le sein, la gorge, et mon homme aussi. Matt s'est invité dans mes cauchemars comme un soudard ravage une salle de bal. Il n'était ni aimant, ni accueillant, ni même bienveillant. Il ne me chassait pas, il partait. Il emportait ses affaires dans un panier d'osier posé sur sa tête. Il se dandinait, main sur la hanche. Une marchande indonésienne en Kebaya doré. Il ricanait, Matt. Il dansait sur le seuil comme un pantin mou. Il grimaçait. Il jetait mes robes, ses casquettes, mon oreiller bleu. Il brandissait les peintures de notre enfant. Il ne voulait rien. N'exigeait rien. Il se balançait. Il devenait culbuto en pantalon de clown. Et moi je hurlais. J'essayais de lui arracher mes vêtements, les dessins, de lui reprendre un à un les petits bonheurs que je lui avais offerts.

Lorsque je me suis levée, j'ai trouvé son message sur la table de la cuisine.

« Je suis à l'agence. Bonne journée quand même. »

Quand même. Pauvres mots. Avant la mort de notre fils, chacune de ses phrases pour moi était ornée d'un cœur. Rouge, bleu, noir, le stylo qu'il avait sous la main. C'était sa signature. Après sa mort, il écrivait « quand même ». Et je m'en contentais.

J'avais peur que Matt me quitte. Qu'il cesse de menacer de partir et qu'il le fasse vraiment. Qu'il rompe le silence pour me le dire en face.

— Je te quitte.

Voilà, ce serait fini. Le père de mon enfant me laisserait à moi-même. L'homme de ma vie renoncerait. Mon amour fané. C'était insupportable. Impossible. Pas Matt, pas lui. Mon cancer le ramènerait à moi. Mon camélia l'obligerait. Il ne pouvait abandonner la jeune gourmande en robe d'été. Que penseraient les autres ? Ils diraient quoi, nos amis, les siens qu'on croyait proches. Matt quitte sa femme parce qu'elle est tombée malade ? Mieux encore : parce qu'elle a tué son fils ? Impensable. Impardonnable. Tellement insensé qu'on va lui offrir une seconde chance, à l'homme. Le temps de se reprendre, de revenir, d'offrir mille et une roses blanches à sa femme.

Sous le pansement, mon sein était noir. Matt n'avait pas voulu voir ma poitrine, ni les cicatrices, ni rien de mon cancer.

— C'est trop dur, avait-il dit.

Trop dur. Depuis l'enfance, il ne supportait pas la vue

du sang. Ni les piqûres, ni les vaccins. Éther, ammoniaque, Javel, sueur aigre, désinfectant, les parfums de l'hôpital le dégoûtaient. J'ai pris une douche prudente, lavant longuement mes cheveux comme si je les quittais.

— Tu vas les perdre quand ? avait demandé mon mari.

J'avais rendez-vous avec l'oncologue. C'est elle qui me le dirait.

*

Flavia expliquait, j'écrivais sans la quitter des yeux. Fatigue, douleurs, maux de tête, nausées, vomissements, diarrhée, constipation, lésions de la bouche, troubles allergiques, fourmillements dans les mains, les pieds, vertiges, anémie, anxiété, baisse des globules blancs, des globules rouges, des plaquettes, problèmes de vision, de sommeil, allergies, bouffées de chaleur, arythmie cardiaque, troubles cutanés, perte des cheveux, des cils, des sourcils, des ongles, la cancérologue passait d'un mal à l'autre avec l'accent chantant. Elle était italienne.

— C'est le prix à payer ?

Elle a balayé l'air de la main, penchée sur son bureau.

— Il n'y a pas de prix à payer. Surtout pas ! Mais je suis obligée de vous informer des effets secondaires possibles de la chimiothérapie. Même les cellules saines en prennent un coup.

Pendant le traitement, je pourrais souffrir de tout, de rien du tout, cela dépendrait de ma constitution, de mon état d'esprit, de ma capacité à supporter le mal. Elle m'a dit que des femmes s'en sortaient avec un aphte. Et que d'autres vomissaient avant même d'être perfusées.

— J'ai connu des patientes qui retournaient au boulot juste après leur séance.

J'ai souri. J'avais le cœur au bord des lèvres.

— Ça fait beaucoup quand même, j'ai dit.

Flavia venait de Sienne, en Toscane. Un peu forte, brune de peau, les cheveux courts.

— Savez-vous ce qui peut faire enfler la gorge, provoquer des crampes abdominales, des nausées, des allergies graves, des saignements du nez, de l'estomac, des selles noirâtres, des nausées fortes et une perte de l'audition ?

J'ai secoué la tête.

— L'aspirine.

Elle a ri, encore.

— Si on commence à lire les petites lettres des notices, on n'en finit pas. Pareil pour la chimio. Je vous dis tout, mais vous n'êtes pas obligée de tout écrire.

Elle a étalé des ordonnances devant elle.

— Pour chaque risque, je vous donne un remède. Achetez tous ces médicaments, gardez-les au cas où. Et avec un peu de chance, vous les rendrez à votre pharmacien pour qu'il les détruise.

J'aurais trois premières séances, espacées chacune de trois semaines, puis neuf autres avec un produit différent, chaque lundi matin. On allait m'implanter un porte-cathéter sous la peau. Un PAC, comme ils disent, pour ne pas me percer à chaque injection. Et aussi, vérifier

50

l'état de mon cœur chaque semaine, me scintigraphier et multiplier les prises de sang.

Voilà. Nous avions presque fini. J'étais libraire ? Quelle chance ! Elle m'a parlé avec passion d'Elena Ferrante, je lui ai répondu mal de dos. Cartons, piles, stock, libraire est aussi un métier de force. Mais quand même, lire les livres avant qu'ils ne paraissent ! Un bonheur, non ? Oui. Bien sûr. Et une chance. Elle testait ma résistance aux choses. Je l'avais senti. Verre à moitié vide ? À moitié plein ? Qui êtes-vous, Jeanne, qui allez repartir de mon bureau avec trop d'informations, le ventre noué, la tête lourde, une besace remplie d'ordonnances et sept mois de traitement ? Jeanne, qui serez ensuite bombardée de rayons chaque matin pendant trente-trois jours, le torse marqué au feutre indélébile, rouge, noir, tatouée de croix pour que le médecin n'ait pas à recalculer les angles d'attaque. Jeanne, qui prendrez des médicaments pendant cinq ans, qui serez palpée, surveillée, contrôlée, qui vivrez le reste de votre vie avec cette crainte nouvelle.

Je regardais cette femme. Elle était belle. Elle me donnait son temps.

— J'aurai le plaisir de rencontrer votre mari ?

Peut-être. Je l'espérais. Il voyageait beaucoup en ce moment.

— L'autre est très important dans ce que vous traversez.

Je le savais. Je l'avais dit à Matt. Il fuyait. Trop dur pour lui, il me le répétait. Et s'inquiétait de mes cheveux.

— Et mes cheveux ?

Machinalement, l'oncologue a relevé une mèche tombée sur son front.

— Vous les perdrez, Jeanne. Mais ils repousseront encore plus beaux.

— On m'a parlé d'un casque réfrigérant.

Elle a haussé les épaules.

— Vous les perdrez. C'est la seule chose que nous ne pourrons pas empêcher. Pas plus que le traitement ne pourra empêcher qu'ils repoussent.

Elle a refermé mon dossier. En haut à gauche, sur la première page, la lettre K.

— Et l'acupuncture ?

Elle a souri, encore et encore. Son visage ne renvoyait que la clarté.

— Ne vous refusez rien. Si vous croyez quelque chose bon pour vous, accueillez-le. La seule chose que je vous déconseille, c'est le pamplemousse. Il pourrait entrer en interaction avec le traitement et ajouter aux effets secondaires.

Elle s'est levée, je l'ai suivie jusqu'à la porte de son minuscule bureau.

— Et la prière ?

Cette fois, elle a éclaté de rire.

— Pour cela, adressez-vous à sainte Catherine !

Je la connaissais bien, Catherine. Elle avait accompagné la vie de ma grand-mère. Avant même d'être veuve, elle trouvait la dévotion de cette femme admirable. Une mystique en guerre contre la sensualité, qui vouait une « *sainte haine* » à tous les sens humains. Qui est morte sous son propre fouet, mangeant de l'herbe et buvant ses larmes.

Pour ma première communion, « Granny » m'avait offert d'elle une image pieuse. Une gravure colorée, la religieuse en douleurs, couronne d'épines sur le front et mains stigmatisées.

J'avais 8 ans. Ce marque-page me terrorisait mais je n'ai jamais osé m'en séparer.

— Ce n'était pas une sainte très sympathique, j'ai dit.

Le médecin a levé les yeux. Elle avait ouvert la porte, elle l'a refermée.

— Pas sympathique peut-être, mais c'était aussi ma sainte à moi. Comme votre grand-mère.

Nous étions debout sur le seuil. Élégante, elle parlait en dessinant ses mots.

Flavia avait été éduquée par les dominicaines et Catherine avait longtemps été son héroïne. La petite maigre, qui avait revêtu l'habit blanc des sœurs de la Pénitence de saint Dominique. La jeune femme de Sienne, qui se proclamait « *épouse fidèle de Jésus-Christ crucifié* » et disait sentir à son doigt l'anneau qu'il lui avait passé.

— Alors les prières, Catherine connaît bien !

J'ai souri.

— Pardon mais, vous priez toujours, Docteur ?

Elle a secoué les mains devant elle en riant, comme si elle repoussait quelqu'un.

— Un peu moins depuis que j'ai lu Gramsci.

Je ne connaissais pas vraiment. Elle l'a compris à mon regard. Le sien était voilé.

53

— Le fondateur du parti communiste italien.

Elle allait ouvrit la porte. Sa belle humeur était revenue.

— Et puis j'ai découvert la vraie vie. Scola, Visconti, Taviani, Pasolini, Fellini, bien sûr.

Elle a tendu les bras.

— On s'embrasse ? Ça se fait chez moi.

Je me suis laissé faire. Une douce accolade au parfum citronné.

Des femmes attendaient dans le couloir. Un instant, j'ai regretté de partager Flavia.

— Docteur, c'est quoi la lettre K ?

Le médecin a fait signe à une femme âgée, assise à l'autre bout.

— Madame Josselin ?

Elle a tourné la tête vers moi. Toujours ce visage en paix.

— Rien de très important. Une abréviation médicale pour le mot cancer.

*

— Je veux bien que vous insistiez sur les cils.

La maquilleuse a souri. Ils étaient blond roux, presque invisibles à la lumière, comme mes sourcils. Insister, c'était seulement les gainer de noir et les recourber légèrement.

— Vous voudrez un mascara waterproof ?

Non. Surtout pas. Que son travail tienne le temps de la photo. Et d'ailleurs, est-ce qu'elle démaquillait après la séance ? Non ? Des lingettes et de la crème ? Ce serait parfait. La jeune femme était contrariée. Alors même qu'elle allait me farder, je songeais à retrouver ma pâleur.

Petite éponge de fond de teint, nez, front, cou jusqu'à mon col, le dessus de mes mains.

— Avez-vous l'habitude du blush ?

Non. Mais pourquoi pas ? Mes pommettes étaient de craie.

Elle a choisi un gel rosé, lumineux. Brosse douce, ses doigts tapotaient ma peau. Elle me sculptait. Elle maquillait en silence. Je ne lui parlais pas. Mon visage, dans le miroir entouré de lampes blanches. Puis elle a dessiné mes lèvres au pinceau avant de m'offrir des cils le temps d'une image. Le photographe est entré. Il a salué mon reflet de la main. Tandis que la femme ourlait ma bouche, il tournait autour de la pièce.

— Je vous propose un fond tissu noir.

Ce n'était pas une question.

Noir ? Pourquoi pas.

— Rien ne doit faire oublier vos yeux.

Et puis il a quitté la pièce main levée, sans un mot de plus.

La maquilleuse a plongé ses doigts dans mes cheveux.

— Une coiffure ?

Au plus simple, brouillonne comme toujours, avec quelques mèches échappées.

— Vous avez de beaux cheveux, a murmuré la jeune femme.

Je le savais, oui. Lorsque nous nous étions rencontrés, Matt m'appelait sa lionne.

— Je vais les perdre. C'est pour ça que je suis venue vous voir.

55

Elle me brossait, mèche par mèche. Sa main s'est arrêtée.

— Je suis désolée, a dit la jeune femme.

J'ai haussé les épaules. Désolée de quoi ?

Elle s'est penchée sur mon siège, nos regards dans le miroir.

— Ça repousse très bien, vous verrez.

Oui, on me l'avait dit.

— Ils sont souvent plus jolis qu'avant. Même frisés, parfois.

Maintenant, elle parlait vite. Des mots en vrac, des phrases qui tremblaient. Petits rires énervés. L'une de ses amies avait eu « *ça* ». Et une cousine aussi. Et plein de clientes. Elle-même avait failli l'avoir mais c'était une fausse alerte. Mon Dieu ce qu'elle avait eu peur ! Alors elle faisait bien attention. Visites de contrôle, palpations. Parce que, hein ? C'est drôlement courant cette chose ! Son problème, à elle, c'était le transit. La constipation. Rien n'y faisait, ni les plantes, ni les fruits, ni les médicaments. Elle était ballonnée et nauséeuse. Et un mal de tête avec ça ! C'est fou de se lever chaque matin avec les tempes qui protestent.

Brusquement, j'ai enlevé les serviettes qui protégeaient mon pull noir. Un geste irrité. Elle est restée comme ça, brosse en l'air.

Et je m'en suis voulu.

— C'est très bien, merci.

Je me suis levée, tournant le dos à mon visage de clown.

— Vous êtes ravissante, a osé le photographe.

— De la poudre aux yeux, j'ai répondu.

56

La maquilleuse m'avait accompagnée jusqu'au studio. Il l'a interrogée du regard, elle a eu un mouvement d'épaules. Alors il m'a proposé de me mettre là, devant ce velours nuit. Son assistant orientait les boîtes à lumière, les réflecteurs. J'avais demandé un portrait en plan rapproché, jusqu'à la poitrine, tirage noir et blanc mat. Le photographe m'a observée.

— Prête à sourire ?

J'ai baissé les yeux. J'avais envie de pleurer.

— S'il vous plaît, il a murmuré.

Je ne lui avais rien dit. Il ne savait rien de moi. Rendez-vous pris comme ça, sans explication.

— Je suis certain que cela va bien se passer, vous verrez.

J'ai été saisie. Un livre ouvert. Alors je me suis abandonnée. Je me suis mise de trois quarts, comme il le demandait. Mon col en V était profond mais il protégeait mes seins. On ne voyait rien du pansement, de la tuméfaction, du boîtier sous ma peau.

— Ne manque que le sourire.

Je n'y arrivais pas. Une fois encore, Matt était absent. Je commençais ma chimio le 14 février, jour de la Saint-Valentin. Il ne serait pas là. Il me téléphonerait, me parlerait par Skype. Mais promis juré, il serait à Paris pour la deuxième séance. Il l'avait notée dans son agenda.

Penché sur son appareil, le photographe attendait de me rendre un peu de lumière.

Il a penché la tête sur le côté. Petite grimace.

— S'il vous plaît.

Il a fait signe à son assistant de quitter la pièce. Puis il est venu vers moi. Du bout des doigts, il a arrangé deux mèches sur mon front, juste au-dessus de la paupière. Je n'ai pas bougé. J'ai froncé les sourcils, légèrement. Je voulais que mon regard lui parle. Qu'il lui raconte. Qu'il soit droit, clair et pur. Qu'il hurle, qu'il cogne, qu'il oblige au respect. Je voulais la colère et la fragilité. Mes lèvres étaient sans peur. Je ne tremblais pas. J'étais prête. Alors j'ai souri. À peine. Pour lui, pour moi, pour les jours à venir. Et j'ai senti une force immense éclairer mon visage. Une lumière me baigner. Le photographe a semblé stupéfait, bras flottants, lèvres ouvertes. Et puis il a levé le pouce, sans un mot.

Il est retourné à son appareil. Il a regardé dans son viseur, relevé la tête, appuyant sur le déclencheur en rafales et murmurant que tout allait bien. Il m'a fait mettre de face, de trois quarts encore et puis presque de dos, avant de reculer, mains croisées sur le devant.

— Je suis content. Je crois que nous y sommes, a-t-il dit en éteignant les projecteurs.

Mes photos seraient prêtes dans quinze jours. Non, je ne voulais pas d'encadrement, ni marie-louise, aucun effet. Ce n'était qu'un souvenir. Une simple trace de moi.

Il m'a raccompagnée à la porte, main tendue.

— Merci pour ce cadeau, Madame.

Mon sourire ne m'avait pas quittée.

— Vous êtes une combattante.

J'ai attendu de tourner le coin de la rue pour pleurer.

Rien n'avait changé mais tout était différent. Lorsque j'ai poussé la porte de la librairie, Hélène s'est levée de la caisse, bras grands ouverts. Ce n'était pas de cette façon qu'on saluait une employée. Mais c'était comme ça qu'on accueillait une cancéreuse. Je lui avais téléphoné avant qu'elle reçoive mon arrêt maladie. De loin, les mots étaient plus simples à dire. Clarisse a traversé la pièce pour me serrer contre elle. Et aussi Nicolas, le jeune stagiaire. Tous les quatre, au milieu des étagères, à nous contempler comme un coucher de soleil.

— Tu as l'air super en forme ! a lancé Hélène.

— Tu es resplendissante, a osé Clarisse.

Nous étions en début d'après-midi. Il n'y avait presque personne. Nous formions une ronde enfantine, les mains des unes sur les hanches des autres. Seul le garçon restait en retrait.

— Sincèrement, tu es somptueuse, a répété Hélène.

Elle interrogeait mes cheveux comme on pose une question. Alors j'ai tiré dessus.

— Ce sont encore les miens.

J'ai ri. Elles aussi. Bien obligées.

Avec moi, une malade était entrée dans le magasin.

Alors, ils ont cherché leur Jeanne. La rieuse, la passionnée, celle qui défendait les romans comme d'autres plaidaient en cour d'assises lorsqu'une vie était en jeu.

M'asseoir ? Non merci. Je passais mes jours sur des chaises de médecins.

Une cliente est entrée. Elle se faisait appeler Madame Gérard, le prénom de son mari. C'est aussi comme ça qu'elle avait rempli sa carte de fidélité. Je la connaissais bien. Une institutrice à la retraite, qui m'avait raconté sa mère qu'elle disait admirable, puis une vie entière passée à la regretter. Un samedi après-midi, elle était venue à la librairie avec des photos d'elles. De vieilles images dentelées, épuisées par le temps. La mère occupait tout le cadre, et sa fille était là, dans l'ombre ou dans un coin. Sur une photo, prise en bord de Loire, l'enfant était coupée en deux pour lui laisser la place. Jamais un sourire devant l'objectif. Sécheresse chez l'une, fragilité chez l'autre. Ces scènes empestaient le silence.

— On ne s'embrassait pas. C'était l'époque.

Lorsque la fillette a eu 12 ans, sa mère admirable a été internée.

— Elle n'était pas folle, seulement mélancolique.

Sur une autre photo, prise après l'hospitalisation de sa mère, la petite était cachée par une plus raide encore. Sa tante, dont elle ne m'a rien dit.

Depuis dix ans, Madame Gérard était veuve. Ses enfants dispersés. Chaque fois qu'elle passait la porte, elle me demandait une histoire de mère et de fille.

— Je lis autre chose, mais c'est sur quoi je travaille.

Depuis des années, elle voulait écrire un livre sur son enfance, alors elle apprenait des autres. Elle annotait les pages. Une phrase, un mot, une situation. Pas pour recopier. Bien sûr que non, pensez-vous ! Mais justement, pour ne pas répéter ce qui avait été écrit. Il y a quelques années, elle m'avait fait lire quelques pages de son travail.

Tout ce qu'elle avait souligné chez les autres était là. La folie d'une mère, l'amour d'une fille, le pire des reproches et le meilleur du pardon.

— Alors ?

Je l'avais félicitée. Non. Je ne connaissais pas d'éditeur. Mais j'étais copine avec quelques représentants de maisons d'édition. L'important n'était pas là. Il fallait qu'elle raconte la petite fille sur les photos. Son enfance, pas celle des autres. Je ne lui ai pas dit comme ça. Je n'ai pas osé. Je l'ai encouragée. Je l'ai recueillie encore et encore. Avec sa douleur de petite ombre et sa mère admirable. Mais elle a continué à choisir d'autres mots que les siens.

Cette fois, elle cherchait un premier roman de la rentrée d'hiver. N'importe lequel. Elle est venue vers moi. Si je pouvais l'accompagner au présentoir ? Clarisse a hésité, Hélène m'a souri. Bien sûr. Et puis quoi ? J'étais ici chez moi. Trouver les mots pour convaincre un lecteur était toute ma vie. Et faire trente pas jusqu'aux piles ne violerait pas mon arrêt de travail.

— Ça va aller ? a murmuré Hélène alors que je suivais ma cliente.

Bien sûr, ça irait. Non, je n'allais pas faire un malaise au milieu de la boutique, ni pleurer, ni vomir. Qu'elle ne s'inquiète de rien. Je ferais comme d'habitude. Comme toujours. Comme avant ma maladie. Je cueillerais un ouvrage comme on choisit un fruit.

Sans m'attendre, l'institutrice avait ouvert *Fugitive parce que reine*, signalé comme « Premier roman coup

61

de cœur » par Hélène et moi. Elle m'a demandé de lui résumer la quatrième de couverture. Depuis toujours, la vieille dame s'amusait à oublier ses lunettes.

— Ça vous oblige à me faire la lecture, disait-elle en riant.

Puis elle a soulevé la pile de livres pour acheter le dernier exemplaire.

— Ne me racontez pas la fin, hein ?

— Mère et fille.

C'est tout ce que je lui ai dit. Elle n'en demandait pas plus. Après être passée à la caisse, Madame Gérard est revenue vers moi. Elle a posé une main sur la mienne.

— On s'en sort très bien, Jeanne, vous verrez.

La nouvelle s'était répandue.

J'ai surpris le regard d'Hélène. Le sourire embarrassé de Clarisse.

La libraire au camélia était le coup de cœur de leur rentrée littéraire.

4.

La tondue

Matt a tenu parole, il n'est pas venu à ma première séance de chimio. C'était peut-être mieux comme ça. Quatre femmes dans la salle d'attente. Trois étaient accompagnées, la dernière semblait seule. Elle m'a tendu la main en souriant.

— Brigitte.

Lorsque j'étais entrée dans la pièce, elle lisait. *Les Intermittences du cœur*, de Marcel Proust. Un livre, un vrai, avec des pages en papier. Et quand je lui ai dit que cela faisait du bien de rencontrer une lectrice à l'ancienne, elle a ri.

— Vous devez être prof de français vous, non ?

— Non, pardon. Je suis libraire.

— Pardon de quoi ?

Elle a ri.

— Et moi cheffe de cuisine. Avec un « f » ou deux. Ce qui vous arrange.

Je me suis installée à côté d'elle, mon sac plastique sur les genoux. En chemin, je m'étais dit qu'il faudrait quelque chose de plus solide pour transporter mes radios, les feuilles de rendez-vous, les convocations. De moins transparent aussi. Dans le métro, j'avais croisé les yeux d'une femme, assise en face de moi. Son regard faisait peine. Elle avait remarqué les documents glissés dans ma pochette. Les mots qui claquent au matin. Dossier clinique, Unité de médecine nucléaire, Laboratoire de biologie médicale, Centre de pathologie, même le petit guide des informations pratiques *Cancer à Paris* édité par la ville. Elle forçait son sourire, hochait la tête, grimaçait des mines désolées. Compassion, affliction. Véronique prête à essuyer le visage de Jésus. Écœurement. J'ai glissé mes papiers sous mon manteau. Et tourné la tête contre la vitre. La dame patronnesse a eu un pincement des lèvres. Elle était vexée.

Brigitte m'observait.
— Première séance ?
Oui, la première. Sein gauche. Le début d'un voyage, plusieurs mois qui me mèneraient à l'été. J'avais déjà été opérée. Maintenant, ils nettoyaient.
Elle a hoché la tête.
— Et vous ?
Cancer du vagin. Troisième séance. Presque la routine. Après un cancer du col de l'utérus, sept ans plus tôt. J'avais gardé mon sein, je lui ai dit. Elle ne m'a pas parlé de son ventre.
De toutes les femmes présentes, elle seule était tête nue. Ni bandeau ni turban. Un crâne lisse, brillant, parfaitement dessiné. Tandis qu'elle me parlait, je n'arrivais pas à détacher mes yeux de cette peau blanche. J'avais décidé de

m'acheter un bonnet de nuit, deux turbans et un foulard coloré. J'avais même pensé à une perruque. Matt disait qu'anticiper la calvitie lui était insupportable. Évoquer la perte de mes cheveux la rendait inévitable. Il voulait croire au miracle. Et je n'imaginais pas mon crâne offert à tous. Les cheveux ne protègent pas seulement la tête.

Mais Brigitte était venue comme ça, sans gêne et le front haut.

— Je revendique ma chauvitude, dirait-elle bien plus tard.

J'étais arrivée sans même un journal. Flavia m'avait pourtant expliqué qu'une séance durait quatre heures et qu'il faudrait m'occuper, mais j'étais trop inquiète pour penser au confort. Pendant la perfusion, des femmes lisaient, d'autres tricotaient, regardaient la télévision, les films qu'elles avaient téléchargés, ou discutaient avec un proche. C'est long, quatre heures. Un aller-retour Paris-Lyon en train. Brigitte avait remarqué mon sac ouvert.

— Tu n'as pas pris de lecture ?

Le tutoiement était brutal. Je ne m'y attendais pas.

Non ? Pour une libraire, c'est mal. Elle a souri. De sa besace en cuir gris, elle a sorti trois hebdomadaires. Elle les a tenus devant ses yeux, en jeu de cartes ouvert.

— Une préférence ?

Je n'ai pas osé. Elle m'a dit qu'il le fallait. Que c'était important. Une fois passée cette porte, nous étions seules et dans un autre monde. Brigitte était bretonne, nièce d'un pêcheur de Roscoff. Elle a comparé le cancer du sein au gros temps et la chimio au grand large.

— Entrer dans la salle d'attente, c'est comme arriver au ponton pour l'embarquement.

Ce qui est à terre reste à terre. Ici, nous sommes loin des côtes, de tous et de tout. Elle m'a expliqué que deux marins, même s'ils se haïssaient, attendaient leur retour pour en découdre. Le mal de terre s'affronte seul, mais le mal de mer se combat à deux.

J'avais du mal à la comprendre. Peut-être même, à l'écouter. J'étais trop inquiète des heures à venir. Elle l'a senti. Mes yeux erraient dans la pièce. Le visage épuisé d'une vieille femme, les mains d'une autre cachées dans celle de son mari.

— Tu ne m'as pas donné ton prénom.

C'était vrai. Le sourire de Brigitte, sa main tendue, ses yeux rieurs, et rien en face. Une fille perdue, recroquevillée sur son siège, attentive aux bruits derrière les portes, à une plainte lointaine, aux lumières blanches qui creusent les cernes et font les yeux rougis.

— Jeanne, pardon.

Le petit rire de Brigitte.

— Jeanne Pardon ? C'est joli.

Alors j'ai pris un magazine pour filles, plein d'apollons gonflés et de poupées gonflantes. Je le lui rendrais après, quand tout serait fini.

Parler, parler, parler. Ne pas laisser s'installer le silence. Nous avions pris la mer. Brigitte était dans son box et moi dans le mien. Une infirmière a tiré le rideau qui me séparait du couloir aux malades. Une petite pièce, fauteuil incliné avec tablette, lavabo, paillasse à produits nettoyants, le pied à perfusion et cette étrange machine parcourue de tubes. Je parlais. De tout, de rien. De l'odeur troublante de l'infirmière entre poivre et musc. De livres, tiens. Cette jeune soignante lisait-elle un peu ? Oui ? Des romans ? Quel genre ? Avait-elle essayé des choses plus modernes ? Il faudrait me le demander, la prochaine fois. Et puis j'aimais beaucoup ses cheveux. Vraiment. Une coiffure africaine, mal domestiquée par le calot médical. Elle rêvait de cheveux raides comme les miens.

— C'est quand même plus facile à coiffer, a lâché la jeune femme.

— Surtout avec ce qui m'attend.

Son gant de latex posé sur mon bras. Son sourire, encore.

Elle avait installé un champ stérile de couleur verte sur une desserte. Puis passé de larges compresses sur le renflement qui dénonçait mon PAC, quatre produits colorés, étalés en cercles et avec soin, avant d'introduire l'aiguille sous la peau. Elle a assemblé les tuyaux à perfusion, les prolongateurs, les robinets en plastique. Elle a préparé une poche de sérum physiologique, l'a écrasée à pleine main pour purger la tubulure.

— Je chasse l'air.

Je lui avais demandé de m'expliquer. De parler encore et encore, de ne me quitter ni des yeux ni de la voix. Elle a suspendu les solutions aux crochets. L'une était d'un rouge inquiétant.

— J'ai peur.

Je le lui ai dit.

Elle m'a répondu par le prénom qui était inscrit sur mon box.

— Je m'appelle Bintou, je suis là.

Pour tenter de ralentir la chute de mes cheveux, j'avais demandé un casque réfrigérant. Au bout de deux heures, je l'ai enlevé. Il me serrait la tête, la sangle écrasait mon menton et le tissu glacé perçait mes tempes.

— Vous les perdrez, Jeanne. C'est la seule chose que nous ne pourrons pas empêcher, avait prévenu mon oncologue.

Les produits pénétraient mon corps. J'ai pensé à un poison.

— Un mal pour un bien, avait expliqué le vieux Dr Hamm.

Il voulait me voir après cette première séance.

Je n'ai pas ouvert le magazine. Ni allumé la petite télévision. J'ai fermé les yeux. J'attendais. Avant même de prendre place dans le fauteuil incliné, ma tête tournait. Le matin, j'avais vomi. Mon corps était terrorisé. Il refusait l'épreuve. J'avais posé mon portable sur la tablette. J'ai fait une photo de moi. Un souvenir de la première fois. Et puis j'ai fermé les yeux, encore. Paris-Lyon. J'arrivais en gare de nulle part. Rase campagne. Le retour serait encore plus long.

Dans le couloir, Brigitte m'attendait. Elle a agité une petite bouteille d'eau.

— C'est pour toi. Penses-y la prochaine fois.

Elle m'a aussi proposé une crêpe faite maison.

Une jeune femme l'accompagnait. Elle m'a tendu la main.

— Assia.

J'ai rendu son magazine à Brigitte.

— Ça va ?

J'étais fatiguée, un peu molle. Comme lorsqu'on se réveille d'une sieste après avoir trop bu.

J'ai voulu aller à l'accueil, pour commander un taxi conventionné. Brigitte a éclaté de rire.

— Dans Paris, à cette heure-ci ?

Elle m'a prise par le bras.

— Autant rester dans la salle d'attente. Tu seras sur place pour la prochaine séance.

Elle s'est tournée vers son amie.

— On la raccompagne ?

Assia a haussé les épaules, sans un mot ni un regard.

— Tu vis où ? a interrogé Brigitte.

Du côté de Père-Lachaise.

— Ça fait un détour, a grogné Assia.

Brigitte lui a vivement plaqué son sac sur la poitrine.

— Cache ta joie, ma chérie !

Brigitte était grande et belle. À peine plus de cinquante ans. Elle portait un blouson de cuir noir et des bottines à bouts pointus. Visage large, fossette au menton et les yeux très bleus, la calvitie durcissait ses traits. Aussi, elle dessinait ses sourcils suivant son humeur. Lorsque la journée était colère, elle forçait sur le crayon gras jusqu'à recouvrir sa paupière. Heureuse ? Elle les ouvrait en smileys sur le front. Assia n'avait pas quarante ans. Peau mate, nez grec, fluette, pantalon, pull en coton beige et manteau de laine à col large, elle relevait ses cheveux très noirs en chignon. Les deux femmes cherchaient la main de l'autre. Je leur ai dit qu'il ne fallait pas se déranger pour moi. Je me débrouillerais. Je trouverais un taxi sur le boulevard.

Geste excédé d'Assia.

— Bon allez ! On ne va pas palabrer pendant deux heures.

Brigitte a posé une main sur mon épaule. Clin d'œil. Son truc à elle.

— Je crois que ma petite femme t'a adoptée.

Assia conduisait. Vite et bien. Assise à ses côtés, Brigitte avait fermé les yeux. Je regardais les trottoirs en redoutant le pire. À quand, le mal de tête ? La vue qui se brouille ? L'écœurement ?

Brigitte, les yeux toujours fermés.

— Tu veux bien me tutoyer ?

J'ai accepté. Bien sûr. Mon éducation m'avait long-temps privée de cette audace. À la librairie, j'avais mis un an à tutoyer Hélène. Je vouvoyais Nicolas, comme tous les autres stagiaires avant lui. Mais pour Brigitte, c'était différent. Elle et moi n'appartenions pas au rituel commun. Le cancer et la chimio étaient les lieux d'autres codes. Je l'ai su au premier de ses mots. Lorsqu'elle m'a accueillie dans la salle d'attente, expliqué la procédure, donné des conseils, prêté sa revue. Et plus encore après la séance, lorsqu'elle m'a tendu la bouteille d'eau en proposant de me raccompagner. Ce n'était pas charitable, c'était solidaire. Nous rentrions au port. Nous revenions de guerre. Allez, en route pour l'arrière !

70

Quelques jours de répit avant de remonter au front. Et dans ces moments-là, jamais tu ne laisses une copine derrière toi.

— Si tu veux un conseil, Jeanne, on te dépose et tu dors.

Brigitte s'était retournée, bras posé sur son appui-tête. J'hésitais.

— Mon mari va rentrer, il faudra bien que je lui raconte.

Regard d'Assia dans le rétroviseur. Belle voix grave.

— S'il t'avait accompagnée, il saurait tout.

Brigitte s'est retournée.

— Fais comme moi. Après chaque séance, je me couche et je fais le vide.

J'ai hoché la tête. Pourquoi pas. Cette fin de journée pourrait bien se passer de moi.

Nous arrivions rue de la Roquette.

— Des nouvelles de Mélody ? a interrogé Assia à voix basse.

Brigitte dessinait dans la buée de sa vitre.

— Elle a changé sa séance. Son rendez-vous est à 17 heures.

Bref regard de la jeune femme brune.

— Vous me direz où je vous dépose ?

Je préparais mes affaires.

— À droite, un peu plus loin.

Brigitte est descendue de voiture. Elle m'a serré la main sur le trottoir.

— Bienvenue au club des K, Jeanne.

71

Penchée sur son volant, menton posé sur ses mains jointes, Assia m'a fait un signe de la tête.

Et offert un premier sourire.

Je suis rentrée dans l'appartement, j'ai ouvert la porte de la chambre, ma couette. J'avais froid. Je me suis glissée dans le lit en chaussettes, avec mon pantalon et mon chemisier.

C'était la Saint-Valentin. Mon cœur battait à peine. Je me suis endormie, au milieu d'images de perfusions et de seringues, dans une odeur d'éther et de sueur inquiète.

*

Pour ma deuxième séance, Matt aurait pu rester avec moi dans le box, mais il n'a pas voulu. Quelques hommes accompagnaient leurs femmes, s'installaient sur une chaise et regardaient la télévision.

— C'est un peu comme à la maison, avait plaisanté une patiente.

Chaque semaine, cette femme et son mari parcouraient deux cents kilomètres en voiture pour venir à l'hôpital. Il patientait dans la salle d'attente, puis la rejoignait lorsqu'elle était perfusée. Lui devant son écran, elle avec ses mots fléchés. Thermos de thé froid, cookies frais de la veille, bonbons acidulés et lingettes déodorantes, ils pique-niquaient.

Matt m'a déposée à la porte, sans un regard sur les femmes qui patientaient.

— C'est trop dur. Je suis désolé. Je reviendrai te chercher à la fin.

Le regard amusé de Brigitte.

— Tu es venue avec ton père ?

Elle a ri. Je n'avais pas le cœur. Elle avait posé son sac sur la chaise à côté pour me garder une place. Je me suis assise sans un mot.

— Tu fais la gueule ?

Je fouillais dans mes ordonnances. Légère bourrade du coude.

— Hé oh, Jeanne Pardon ! Je plaisante.

J'ai haussé les épaules.

Elle a regardé le plafond et écarté les bras.

— Moi aussi un jour, j'ai craqué pour les cheveux gris.

— Tu te moques ?

Elle est revenue à moi, vivement.

— Mais pas du tout ! Il est joli comme tout, ton mec. La vraie classe !

Matt était beau, élégant. Un peu raide, parfois. Il avait le rire rare et le sourire poli.

— On ne montre pas les dents, lui répétait sa mère lorsqu'il était enfant.

Il avait pris sa matinée pour m'accompagner à la deuxième séance. Il voulait bien être là, mais pas plus. Les souffrances de ses parents lui avaient suffi.

J'ai offert une bouteille d'eau à Brigitte et un livre de poche.

— C'est qui la fille sur la photo ?

— Lou Andréas-Salomé, la jeune amante de Rainer Maria Rilke.

Brigitte avait ouvert le livre. Petite moue embarrassée.

— Connais pas.

73

— Le poète autrichien.

Toujours pas. Elle avait aussi enflammé Freud et Nietzsche.

— Pourquoi tu me donnes ça ?

Son regard clair, posé sur moi.

Je lui ai expliqué. Une sacrée bonne femme, romancière, psychanalyste, à la fois séductrice et chaste. Et puis j'aimais bien le titre : *Lou, histoire d'une femme libre*.

Brigitte a ouvert la bouteille d'eau, bu au goulot.

— Tu ne serais pas en train de me draguer par hasard ?

Elle a ri. Le rire de Brigitte, une fois encore. Un éclat de cascade joyeuse, sans pudeur ni retenue. J'ai eu un geste de défense, main levée. Je crois que j'ai rougi. Je me suis entendue dire que pas du tout, loin de moi cette idée, on pouvait bien offrir un livre de Françoise Giroud sans penser à mal ? Mes mots en vrac, une drôle de voix aiguë, une pantomime de film muet. Brusquement, je m'en suis voulu d'être gênée, ridicule et tellement vulnérable.

Elle a posé deux doigts sur le dos de ma main et fermé les yeux.

— Jeanne ? Allô Jeanne ? Ici la Terre. Nous sommes en train de vous perdre. Donnez-nous votre position.

J'ai inspiré en grand.

— Pardon.

— C'est ça, respire un bon coup, Jeanne Pardon.

Elle riait encore. Elle ne m'en voulait pas.

La porte s'est ouverte. On m'a appelée la première. Bintou m'a conduite au box.

— Comment vous sentez-vous ?

74

Fatiguée, mais ça allait. J'étais inquiète. J'attendais toujours le grand délabrement.

Matt patientait dehors, assis sur un banc du jardin. Il était passé à la poste, à la banque. Il lisait ses mails au soleil d'hiver. J'avais froid. Brigitte lui a tendu la main, pas Assia.

— Nous sommes soignées ensemble, j'ai dit.

Il regardait le trottoir. Il avait du mal avec le crâne nu de mon amie.

— Tu rentres et tu te couches, Jeanne. Promis ?

J'ai promis. Matt me raccompagnait mais il partait travailler ensuite. Assia marchait vers sa voiture lorsqu'une toute jeune femme est arrivée en scooter.

— Tiens, voilà la môme, a lâché Brigitte.

Elle a garé son engin, enlevé son casque trop grand. Sa chevelure blond platine était enserrée dans un bandana rouge et blanc, à la mode corsaire.

Elle a fait trois bises à Brigitte. Assia a reculé.

— Tu pourrais donner des nouvelles, quand même !

La jeune a eu un geste désolé. Brigitte l'a saisie par l'épaule et emmenée jusqu'à moi.

— Mélody, je te présente Jeanne.

Grand sourire, trois baisers.

— Et Matthew, son homme.

Elle a pris ma main, l'a examinée.

— Faites attention à vos ongles, c'est ce qui souffre en premier.

Et puis elle nous a tourné le dos.

— On se retrouve au Bro Gozh, les filles ?

— Le temps d'y aller, a répondu Assia.

Mélody a remis son casque. Elle m'a fait un signe de la main.

Brigitte a sorti un carnet de son sac, un stylo.

— Mon numéro, Jeanne.

Elle a regardé Matt qui s'éloignait sans un mot. Et puis moi, mes jambes en papier mâché. Elle a froncé les sourcils. Elle chassait une vilaine pensée.

— Merci pour le livre, Jeanne. Et surtout, appelle.

Matt était déjà installé au volant. Il avait mis le contact et réglait le rétroviseur.

Brigitte m'a embrassée.

— Salut femme libre.

Elle ne se moquait pas. Son étreinte était fraternelle.

— Jour et nuit. Surtout, n'hésite pas.

*

J'ai eu envie de pleurer mais je ne l'ai pas fait. Je me suis assise lentement dans la douche, sous le jet. J'ai ouvert la main droite. La gauche. Mes paumes étaient couvertes de cheveux mouillés. Il y en avait partout sur l'émail, sur mes épaules, mes seins, dans mes yeux, dans ma bouche. Et la bonde refluait. Devant le miroir, j'ai massé le haut de mon cou, mes tempes. J'ai tiré doucement. Entre mes doigts, il y avait assez de crin pour garnir la tête d'une poupée.

Nous étions le 17 mars et j'avais 40 ans.

Il y a quelques jours, Matt avait trouvé des cheveux sur le canapé de velours. Et il m'avait conseillé d'acheter un rouleau adhésif anti-poils. La veille aussi, il avait remarqué mon oreiller, devenu le coussin d'un vieux chat pelé.

— C'est assez dégueulasse, avait-il murmuré.

Jamais je n'avais reçu un mot d'une telle brutalité. J'ai répondu que je n'y étais pour rien, que c'était le traitement, que nous savions tous les deux que cela devait arriver. Je lui ai dit que c'était lui qui était dégueulasse. Qu'à ses côtés, je ne me sentais pas seulement malade, mais sale aussi. Et moche. Et vieille. Et presque morte. Il était parti en claquant la porte. Et ce n'est que le soir qu'il s'était excusé. Il regrettait. Vraiment. Il ne savait pas ce qui lui avait pris. Il était tellement fatigué ces temps-ci. À l'agence, la finalisation d'un contrat majeur venait d'être confiée à un autre, alors qu'elle lui revenait de droit. Un Anglais, un plus jeune. La sorte de petit salaud qui te fait un bras d'honneur à travers la vitre de séparation. Une canaille en costume trois-pièces. C'est pour cela qu'il était énervé. Au début de l'année, il pensait être associé à son entreprise, mais ce ne serait pas pour cette fois. Il restait simple collaborateur. Il avait bon espoir mais c'était dur. Même ses collègues trouvaient que la direction s'était mal comportée avec lui. Je ne les connaissais pas, ses collègues. Je ne les avais vus que quelques fois, à Noël, lors d'un « Repas Famille », comme ils disaient, mais ils étaient entrés dans ma vie. Chaque soir, Matt les invitait à notre table. Il parlait d'eux. Ne parlait que d'eux. Sans même mettre un visage sur leurs noms, tous m'étaient familiers. Freychet, Germain, Nassoy, Bradin, ils partageaient nos repas, nos vacances. Je savais tout de ces inconnus. Même de la petite Farge, à peine sortie de son école de commerce, et qui faisait tourner les têtes de Norgeot et Bontemps.

— C'est vrai qu'elle a quelque chose, répétait aussi mon mari.

Au début, il me demandait si je voulais me joindre à un repas de « pièces rapportées ». Et puis notre fils est tombé malade. Après sa disparition, il ne me l'a plus proposé. Et je ne l'ai jamais souhaité. Les dîners de Noël se sont passés de moi.

Cette fois encore, il m'a raconté. Bontemps et Freychet avaient été exemplaires. Ils l'ont fermement soutenu face à la direction, rappelant que c'était lui qui avait monté le dossier « Red Card ». Qu'il était allé chercher ses clients avec les dents jusqu'en Lituanie. Mais ces traîtres de Norgeot, Germain et Bradin lui avaient fait remarquer que c'était l'associé britannique qui avait élaboré toute la stratégie de communication et favorisé la mise en production du projet.

— C'est lui qui a optimisé le truc, mais ça n'enlève rien à ton boulot, avait balancé Norgeot.

Freychet et Bontemps avaient protesté pour rien. Matt avait perdu l'affaire. Il était rentré à la maison en colère, avait dîné de rien, sans un mot. Et au matin, il avait ouvert les yeux sur cet oreiller qui hurlait la maladie. « *Dégueulasse* », c'était pour ça. Et il le regrettait. D'autant qu'en une seule journée, Germain, Nassoy et la petite Farge étaient passés dans le camp de ses soutiens. Et que la direction réfléchissait désormais à une alliance tactique entre lui et le Britannique. Même Norgeot le lâche répétait partout que l'idée était excellente. D'ailleurs, c'est Matt qui partait en éclaireur pour Barcelone et pas l'autre. Une première victoire. Lorsqu'il rentrerait, on fêterait mon anniversaire, dans ce restaurant japonais que sa sœur aimait tant.

Voilà. Matt parlait de Matt. Il était son seul sujet. Lui qui était venu deux fois à la librairie. Et qui ne connaissait ni Hélène, ni Clarisse, ni le jeune Nicolas, ni personne de ma vie.

— Brigitte ? Pardon de te déranger, c'est Jeanne.

J'ai pleuré, enfin. À travers mes sanglots, je lui ai raconté les cheveux, la douche, l'oreiller et le mot dégueulasse.

— Quel con !

Que me conseiller pour retarder la chute ? On m'avait parlé d'huiles essentielles, de sauge, de romarin, de salive de cheval.

— Tu oublies la poudre de perlimpinpin, a rigolé Brigitte.

Elle s'adressait à quelqu'un d'autre, main en cache sur son téléphone.

— Tu m'as fait peur. J'ai cru que tu avais eu un pépin.

Non. Ça allait. La fatigue, parfois un peu de nausée et la peau sèche. Rien pour l'instant.

— Tu fais quoi, là ?

— Pas grand-chose.

Si j'avais déjà acheté un foulard ? Un turban, oui. La semaine dernière. C'était un vendeur âgé et très coquet qui me l'avait fait essayer.

— Serez-vous amenée à perdre vos cheveux ?

Il m'avait dit cela comme ça, mon regard et le sien en

79

reflet dans la glace. J'avais trouvé le mot d'une extrême douceur.

Brigitte m'a donné rendez-vous à 14 heures devant l'entrée du parc Monceau.

— Fais-moi confiance.

— Confiance ?

— On va prendre les devants. Emporte quelque chose pour couvrir ta tête.

J'ai compris. J'avais peur. Je n'avais pas demandé son avis à mon mari. Il existait peut-être un moyen d'empêcher cela ? Brigitte m'a parlé d'elle. De son premier cancer. Ses cheveux qui l'avaient quittée l'un après l'autre, et puis par poignées, enfin par plaques. Elle m'a raconté le regard des autres. La contagieuse, la galeuse, la lépreuse, tous ces mots qu'elle entendait rire. Alors, avant de ressembler à une damnée, Brigitte avait tout coupé. C'est elle qui avait décidé, pas le venin. Son corps n'appartenait ni au cancer ni à ceux qui voulaient l'en guérir. Et voilà qu'elle me proposait de faire de même. Maintenant. Prendre mes cheveux par surprise. Elle serait là. Et Assia, et la jeune Mélody. Elles m'accompagneraient. Ni devoir ni obligation, amitié. Un peu comme si j'allais essayer une robe. Les copines attendraient derrière le rideau d'essayage. Rien de plus. Je ne savais pas. J'hésitais. J'avais peur, toujours. Machinalement, téléphone coincé entre mon épaule et mon oreille, je suis allée tout de même ouvrir la pochette aux foulards. Et j'ai cherché la photo maudite dans la boîte aux souvenirs, pour la montrer aux filles.

— En plus, c'est mon anniversaire, j'ai dit.

— C'est mieux d'être venue aujourd'hui, a murmuré le coiffeur.

Il a relevé mes cheveux à deux mains.

— C'est bien mieux.

Il a humecté ma tête d'eau, une brume légère.

— Ça repousse encore plus joliment, vous savez ?

J'ai regardé Brigitte dans le miroir. Elle était grave.

— Il paraît. Même un peu frisé, m'a-t-on dit.

Je n'osais pas me voir. Je regardais ailleurs. Dans la poche de mon manteau, j'avais glissé deux boucles d'oreilles Wonder Woman. Les filles de la librairie me les avaient offertes le jour où j'avais réussi à organiser une rencontre avec l'écrivain irlandais Colum McCann.

— Voulez-vous que je couvre le miroir ?

Un volet roulant surplombait la glace. J'ai été soulagée. Oui, mais pas jusqu'en bas. Je ne voulais pas mon visage, mais regarder quand même les cheveux qui tomberaient.

Il a baissé le store. Puis il a pris une tondeuse dans sa boîte argentée.

Je me suis retournée. Brigitte a levé le pouce. Assia semblait très émue. J'ai été surprise. Cette jeune femme était sombre, dure, elle ne donnait rien. Nous n'avions pas échangé dix phrases depuis notre première rencontre. Et là, avant que les dents métalliques ne ravagent mes reflets d'enfance, elle a déposé un baiser dans le creux de sa main avant de le souffler vers moi. J'ai été bouleversée. Je me suis retournée, face au rideau. Le salon était vide. Mélody s'était assise dans le fauteuil de gauche, à côté de moi. Elle avait passé une jambe par-dessus l'accoudoir. Elle ne me quittait pas des yeux. D'un mouvement ample,

81

elle a ramené ses cheveux blonds derrière ses oreilles. Au bruit de la tondeuse, j'ai sursauté. Un jeune bourdon au cœur de l'été. Doigt posé sous mon menton, le coiffeur m'a relevé le front. Il a commencé par le sommet de la tête. Je ne respirais plus. J'avais espéré que Brigitte me parlerait, qu'elle plaisanterait, qu'elle prendrait place à mes côtés, mais elle me laissait seule. L'instant était sacré. Il réclamait le silence. J'ai cueilli une mèche sur mon épaule. Je l'ai regardée, glissant entre mes doigts comme le sable à la plage. Ce bourdonnement métallique. Cette émotion. Je n'aurais jamais pensé qu'un salon de coiffure puisse empester le deuil.

— Penchez un peu la tête.

— Oui, pardon.

Mes tempes, une à une. Après chaque morsure de la tondeuse, le coiffeur caressait ma peau du plat de sa main. Il enlevait les cheveux tombés, il rassurait, il consolait.

— Baissez la tête s'il vous plaît.

J'ai senti l'acier sur ma nuque. J'ai repoussé un amas fauve tombé sur mes genoux. J'avais une belle couleur de cheveux. Tout le monde me le disait. Même Matt, après notre rencontre, qui m'appelait « *Ginger* » comme on siffle une fille dans la rue.

Lorsque je m'asseyais dans le fauteuil du coiffeur, j'en avais pour des heures. Cette fois, il a suffi de quelques instants pour réduire mon image à rien.

J'avais tout perdu. Je crois. J'étais nue. L'homme a passé une dernière fois sa tondeuse sur le dessus, les côtés, derrière. Puis une éponge molle, légèrement humide, légère comme une brosse pour bébé. Ensuite, il a lissé ma peau au rasoir. Et puis sa main encore, comme s'il flattait un bois précieux.

Je n'ai pas bougé. Pas tout de suite. Le sol était couvert de moi. Je me suis retournée lentement. Brigitte s'était levée. Elle a applaudi. Quatre coups au ralenti.

— Magnifique !

J'avais envie de pleurer. J'ai cherché le regard d'Assia. Elle a eu un geste d'évidence.

— Tu es comme au premier jour.

Je me suis levée lourdement du fauteuil, chassant mes derniers cheveux de la main. Le coiffeur a enlevé la cape grise qui me recouvrait.

— Vous voulez voir ?

J'ai refusé. Plus tard. J'avais le temps. J'ai mis mes boucles d'oreilles de Wonder Woman. Je tremblais. Lorsque j'ai sorti mon turban, Brigitte a fait la moue.

— Rose ? Beurk. On dirait un bonnet de bain.

Elle me l'a enlevé des mains. L'a examiné.

— Et c'est quoi, ça ?

— Un complément capillaire.

Une couronne de cheveux, avec frange et nuque, à poser autour du crâne avant de le couvrir. Le vendeur m'avait promis que l'illusion serait parfaite.

— Oui, je connais, a soupiré Brigitte.

Elle s'est tournée vers le coiffeur.

— Tu n'as rien de mieux, Fabrice ?

L'homme m'a prise par le bras. Dans le fond du salon, des têtes en polystyrène blanc recouvertes de foulards colorés. J'ai hésité.

— Cadeau d'anniversaire, m'a annoncé Brigitte.

Je me sentais fragile. Je me suis laissé faire. Un turban à carreaux orange et rouges, chaleureux comme une coiffe antillaise. J'étais au milieu du salon, tête nue.

— Je vais le nouer, a proposé Mélody.

Brigitte était à la caisse. Elle payait tout. Le coiffeur, le turban.

— T'inquiète. Offrir, c'est son truc, m'a soufflé Mélody.

Elle a plié le foulard dans le sens de la longueur, l'a posé sur ma tête, croisé dans la nuque avant de le remonter, le nouer et rentrer les pans sous le tissu. Une fois encore, j'étais les bras ballants. Je regardais une jeune femme balayer tranquillement la masse de mes cheveux. Assia s'est baissée. Elle m'a tendu une mèche.

— Souvenir, a-t-elle dit.

Mélody, tête légèrement penchée sur le côté. Elle semblait contente de son drapé. Cette jeune fille était radieuse, le visage pâle et fin, les yeux rieurs. Face à son élégance, au regard jais d'Assia, à la force de Brigitte, j'étais vulnérable et laide.

Une fois encore, la jeune fille a élégamment rejeté ses cheveux en arrière.

— Ils sont tellement beaux.

J'avais dit ça comme ça. Un compliment chagrin. Mélody a eu un étrange regard. Ironique et grave à la fois. Et puis elle a souri. Elle a passé la main par-dessus son crâne, enfoui ses doigts près de sa tempe et retiré brusquement Marilyn. C'est comme ça qu'elle appelait sa perruque. Mélody avait la tête d'un mannequin de vitrine, un visage de porcelaine, des joues creusées et des oreilles translucides. J'ai été stupéfaite. Les trois filles ont éclaté de rire. Moi aussi. Comme une enfant. Debout dans le salon, entourée de mes sœurs de cancer, j'ai ri. Et j'ai pleuré aussi. Encore et encore. Mes dernières larmes, je leur ai promis. Juré craché, mains levées toutes les quatre avec le coiffeur qui nous était témoin.

— Tu me prêtes ton bonnet de bain moche ? m'a demandé Mélody.

Elle ne voulait pas remettre Marilyn en public. Sa pudeur à elle.

Avec la frange rousse sur le devant, les mèches sur les épaules et les pointes en désordre dans le cou, elle était encore plus ravissante.

Nous nous sommes retrouvées sur le trottoir.

— L'homme invisible rentre à quelle heure ? a interrogé Brigitte.

Il était à Barcelone pour deux jours.

Elle s'est tournée vers les autres.

— Assia ? Tu en dis quoi ?

— Tu poses la question ?

— Et toi, la môme ?

Mélody, qui hérissait sa frange. Elle a tordu la bouche comme un enfant.

— Tu as de quoi ?

— Pour fêter un anniversaire ? Toujours !

Brigitte m'a prise par le bras.

— En route pour les Quarante rugissants !

Mélody est partie devant, son casque à la main.

— Je vous retrouve à la datcha !

85

Je me suis raidie. Je ne savais pas. Il était tard. Il faisait froid. Sans l'avouer, je n'étais pas tranquille. Ces femmes étaient à la fois lumineuses, puissantes et déroutantes. Je connaissais Brigitte depuis moins de deux mois. Dans la salle d'attente, elle était mon repère. Sa gentillesse, ses attentions, son humour entre noir et gris. Avant la séance, elle me rassurait. Elle savait trouver les mots, les gestes. Chacun de ses regards était une main tendue. Mais ici, sur ce trottoir, dans ce vent et sous cette pluie glaciale, je ne savais pas si je devais la suivre. La rue n'était pas l'hôpital.

— J'hésite, pardon.

— C'est toi qui décides, Jeanne Pardon, a souri Brigitte.

Assia faisait sauter les clefs de voiture dans sa main.

— Y'en a toujours pour des plombes avec toi.

J'ai inspiré en grand, relevé mon col de manteau.

— Je veux bien passer un moment.

Brigitte a claqué des mains.

— Yes !

Elle a posé son bras autour de mes épaules et m'a attirée à elle.

— Mais pas trop longtemps, vraiment.

— Promis ! Juste le temps que tes cheveux repoussent.

Le livre de Françoise Giroud était posé sur une commode, dans l'entrée. Un meuble Louis XV ravissant, marqueterie florale, bois de rose et palissandre, recouvert d'un plateau de marbre vert.

— Tout est chic comme ça chez toi ?

— Ne t'emballe pas, c'est une copie. Du mobilier de cinéma.

Nous entrions dans l'appartement. Elle avait les clefs à la main. Je parlais, je parlais. Plus la gêne m'étrangle et plus les mots se pressent. Non, tout n'était pas chic. Un mélange brouillon de trois vies. Celle de Brigitte, faite de meubles montés sur un coin de parquet, de tabourets hauts, d'objets chinés, de souvenirs marins et cette fausse commode, empruntée à un ancien amant, accessoiriste de plateau. Celle d'Assia, entourée de voiles colorés, de cuivres, d'arabesques et de tapis d'Orient. Celle aussi de Mélody, qui tenait dans quelques valises au-dessus de la penderie. Pas un écrin, une bulle. Un repaire de femmes qui n'attendent plus rien du dehors.

Brigitte m'avait laissé sa place, un fauteuil club tanné, écorché aux accoudoirs. Assise en tailleur, elle mélangeait du tabac et de l'herbe. Mélody la regardait, couchée sur le ventre au milieu de la pièce, le menton dans les mains. Assia a claqué dans ses mains.

— Champagne !

Elle a fait sauter le bouchon. J'ai rentré la tête dans mes épaules.

— C'est compatible avec la chimio ?

Verre levé, Brigitte observait le liquide doré à la lumière de l'applique.

— Rien n'est compatible avec la chimio.

J'ai d'abord refusé de prendre ma coupe. Et puis je l'ai tendue une seconde fois.

— Bon anniversaire, Jeanne, a chantonné Brigitte.

Le champagne était frais. Légèrement acide. Les bulles

ont agacé l'intérieur de mes joues. J'ai pensé à un aphte. Et puis à rien. J'avais 40 ans, un cancer et un mari fantôme. Brigitte et Mélody étaient tête nue. Chez le coiffeur, tout à l'heure, je m'étais demandé si la chevelure lourde et frisée d'Assia était une perruque. Si elle n'allait pas, elle aussi, l'enlever d'un mouvement théâtral en souriant. Mais ici, dans l'appartement surchauffé de son amie, elle l'avait relevée en masse sur sa tête. Ses cheveux étaient vrais.

Brigitte s'était mise à l'aise. Pyjama bleu clair un peu grand et pieds nus. Elle collait les feuilles de papier à cigarette tout en m'observant.

— Tu devrais enlever ton turban.

J'avais chaud. Une perle de sueur coulait sur ma tempe.

— Et puis, te découvrir avec nous c'est mieux que seule dans ton coin, non ?

J'ai délicatement enlevé le voile créole. Comme un papier cadeau que l'on n'ose abîmer.

Les autres me regardaient.

— Ça te va trop bien, a juré Mélody.

Pour la première fois, j'ai passé la main sur mon crâne. Des sourcils jusqu'à la nuque. Le crâne du squelette, avec le sang qui bat. Un frisson. J'ai failli remettre mon foulard en place.

— Ce ne sont que des cheveux, tu sais.

J'ai regardé Brigitte. Que des cheveux. Oui, je le savais. Mais le sein tuméfié et les cheveux rasés, que restait-il de la femme que Matt avait aimée ? Qu'allait-il reconnaître de sa Ginger ?

Brigitte a allumé le joint, tiré une bouffée et l'a passé à Assia. Puis elle s'est avancée vers moi, main tendue.

— Allez, viens.

Je me suis enfoncée dans le fauteuil.

— Où ça ?

— Face au miroir.

Je lui ai donné ma main gauche. Et la droite à Mélody qui la réclamait. À deux, elles m'ont levée de mon fauteuil.

— Assia, éteins tout. Sauf le couloir, a commandé Brigitte.

Demi-obscurité.

— Ferme les yeux.

J'ai fermé les yeux. Malgré le chauffage de l'appartement, je tremblais comme sur le trottoir. J'ai fait quelques pas dans la pièce, en aveugle. Un instant, je me suis dit que j'étais folle. Sous emprise. Fais ceci, disait Brigitte, et la petite Jeanne faisait. Pense cela, et la petite Jeanne pensait. Bois ce champagne, et la petite Jeanne buvait.

— Ouvre les yeux.

Et la petite Jeanne a ouvert les yeux.

J'ai porté les mains à ma bouche et je n'ai pas lutté. J'avais juré aux filles qu'il n'y aurait plus de larmes. Mais celles-là sont venues de loin et par surprise. Elles patientaient en bord de cœur depuis mon enfance. Il savait, mon chagrin, qu'il lui faudrait un jour pleurer la tondue de Lyon. Et l'indignité de mon grand-père. Au moment d'ouvrir les yeux, les filles riaient encore. Leurs regards brillaient, leurs lèvres, leur courage intact. Mais quand j'ai plaqué les mains sur mon visage, leur joie s'est défaite. Le miroir ne parlait pas de moi, ni de Brigitte, ni de Mélody, ni d'aucune fille de notre temps. Dans ces presque ténèbres, serrées les unes contre les autres, se tenaient toutes les victimes des hommes. Les réprouvées. Les prostituées d'hier. Les femmes adultères. Les bagnardes. Les sorcières promises au bûcher. Ma terreur venait de les réveiller. Nous étions tête contre tête, peau nue contre peau nue, les mains des unes agrippées à la taille des autres. La cohorte des apeurées. Mélody a pleuré aussi, en silence. Elle n'a même pas cherché à s'en cacher. Masquée par le jeu des lumières, déformée par nos ombres, Brigitte avait mille ans. Je l'ai regardée, pieds nus dans son pyjama bleu. Son crâne blanc, cette veste trop ample. Cette image. Ghetto. Camp. J'allais le dire. J'ai ouvert la bouche. Elle l'a compris. Avec une infinie douceur, elle a posé un doigt sur mes lèvres.

Elle a chuchoté.

— Pas ça, Jeanne.

Elle savait nos corps barbelés. Comme moi, elle les avait vus.

— Personne n'a le droit d'invoquer ça. Je t'en supplie.

Sa main a quitté ma taille. J'ai lâché celle de Mélody. Et je l'ai prise dans mes bras.

— Deux coupes et le monde part en vrille, a grogné Assia.

Brigitte lui a repris la cigarette d'un geste brusque et a allumé le grand lampadaire.

— C'est un caveau, ici.

Et puis elle s'est assise dans son fauteuil, me passant le joint. Elle était tendue.

J'ai demandé :

— C'est de la drogue ?

Stupéfaction générale.

Assia a posé deux doigts sur sa bouche.

— Peux-tu répéter cette phrase lentement.

Mélody a essuyé ses yeux d'un revers de manche. Elle riait.

— Tu es sérieuse ? a demandé Brigitte.

Très, oui. J'avais vu des gens fumer dans des soirées, mais c'était tout. Je n'en connaissais ni le goût ni l'odeur.

— Tiens, fume !

Et alors, la petite Jeanne a fumé. J'avais arrêté le tabac lorsque j'étais enceinte de Jules, et je n'avais jamais recommencé. L'herbe crépitait. Les volutes me brûlaient les yeux.

— Mais c'est compatible avec...

— Tout ! C'est compatible avec tout, a coupé Brigitte en riant.

Elle m'a expliqué que le cannabis avait des vertus thérapeutiques. Contre le stress, la douleur, toutes ces saletés que cachent les pinces du crabe et les toxiques pour le détruire. Tiens, il y a des pays où les médecins le prescrivent ! Elle en était sûre ? Presque. Pas tout à fait. Mais cela serait juste et bien. Et puis, si j'étais arrêtée avec un pétard dans la rue, je n'aurais qu'à dire au flic que j'avais un cancer. Il comprendrait. Petit doigt sur la matraque et main à la casquette, il s'excuserait de m'avoir interpellée. Vrai ? Oui. Peut-être. Brigitte ne savait pas.

Elle l'espérait. Et Mélody aussi. Et aussi Assia, qui en roulait un autre.

Brusquement j'ai eu faim. Mon ventre. Un mauvais bruit de tuyauterie.

— Tu es plutôt cidre ? Thé ? Café ?

J'ai regardé Brigitte. Elle était à la porte de la cuisine, je ne l'avais pas vue se lever. Thé, plutôt. Mais cidre aussi, café, jus de tomate, bière, blanc bien frais, rosé, beaujolais, pisse de chat, bave de crapaud, jus de crabe, tout. Je riais toute seule. Mon rire niais. Celui que je me réservais. Un rire secret, un rire pour moi. Une joie d'enfance qui revenait parfois en crécelle étouffée. Matt n'aimait pas ce rire. Matt n'aimait rien. Matt aimait Matt. J'ai ri, encore. Je venais de dire que la cigarette ne me faisait rien et je riais des mimiques idiotes de Mélody. Pourquoi faisait-elle ça ? Elle tordait son visage, clignait les yeux, fronçait le nez, dilatait ses narines en mordillant sa lèvre inférieure. Elle imitait le singe, peut-être. Son cri était celui de la porte qui grince. Elle hoquetait en agitant ses mains en ailes d'oiseau. Et plus je riais et plus elle grinçait.

— Mais qu'est-ce qu'elle fait ? j'ai demandé.

— Elle t'imite ! a répondu Brigitte.

J'ai tout recraché sur la table basse. Le thé, la bouchée de crêpe, le beurre, la salive et le sucre en pluie. Le liquide brûlant était remonté dans mon nez, labourant mes sinus et irritant mes yeux.

J'étais effondrée.

— Oh non ! Pardon ! Pardon !

J'ai commencé à essuyer les dégâts avec ma manche.

92

— Laisse tomber, ce n'est rien ! a rigolé Assia.

Brigitte arrivait avec une éponge.

— Tout va bien, Jeanne. Ne t'inquiète de rien.

Ma tête tournait. Le champagne, l'herbe, l'émotion. Un instant, j'ai fermé les yeux.

— Reprends mon fauteuil.

Et j'ai repris le fauteuil.

Tout était retombé. Le calme. Chacune dans ses pensées. Brigitte avait mis un disque de jazz. Elle était assise à table, triant des papiers. Mélody tapotait sur son portable. Assia rapportait les tasses et les assiettes à la cuisine. Chacune des trois était ici chez elle. Et je les ai enviées toutes à la fois. L'appartement était grand. Immeuble haussmannien signé. Quatrième étage. Un salon, une salle à manger, trois chambres et une cuisine immense. Assia et Brigitte s'étaient installées ensemble il y a cinq ans. Et Mélody les avait rejointes l'année dernière.

— Un oiseau tombé du nid. On l'a recueillie, avait expliqué Brigitte.

Les parents de Brigitte étaient finistériens. Ils avaient tenu un restaurant ouvrier à Roscoff. Le père aux casseroles, la mère en salle. C'est là, entre les tables et les fourneaux, que la fillette avait grandi. Et découvert la cuisine. En octobre 2010, au nord de Batz, un naufrage les avait emportés tous les deux. Et son oncle avec. Il était le patron du Ker Loquet, un vieux coquillier, et il les emmenait souvent traquer la Saint-Jacques. *« Pêchées par le patron »*, écrivait le père avec fierté sur son ardoise du jour. Mais, ce matin-là, une « croche » a fait chavirer le petit chalutier. La drague s'est refermée sur un obstacle et le patron n'a pas voulu sacrifier son filet de fond. Alors il a tenté de la ramener, jusqu'à ce que le bateau se couche. C'est juste après leur mort que son premier cancer avait été découvert. À 43 ans, elle s'était retrouvée orpheline, malade et seule.

Je savais peu d'elles. Je n'avais rien demandé. Une fois encore, l'impression dérangeante d'avoir été appelée d'une fenêtre et d'être montée faire la fête sans poser de questions.

J'avais mon sac à mes pieds. Je l'ai ouvert. C'est pour elles que j'avais emporté la photo maudite, comme l'appelait ma mère. C'était maintenant ou jamais.

— J'ai quelque chose à vous montrer.

Voilà ce que j'ai dit. Mélody s'est assise sur un accoudoir, Assia s'est accroupie et Brigitte est restée debout derrière moi. Elle s'est penchée sur l'image.

— Mon Dieu !

— Pourquoi tu te balades avec ça ? T'es ouf ! a grimacé Mélody.

Le document montrait une femme entourée d'hommes. Sa jupe noire avait été déchirée. Son chemisier blanc arraché. Une manche pendait, son col bâillait jusqu'à son ventre, l'un de ses seins pendait, sorti du soutien-gorge. Une croix gammée noire avait été barbouillée sur son front. Elle portait un collier de chien et une pancarte autour du cou : A COUCHÉ AVEC L'ENNEMI. Autour d'elle, une fête populaire et sauvage. De jeunes hommes, des plus vieux. Casquettes, bérets sur les yeux, cigarette en

94

coin de lèvres. Beaucoup parlaient entre eux. Une infirmière à blouse était juchée sur une carriole. Un policier, képi, vareuse boutonnée et sifflet à la bouche. Il souriait. D'autres riaient, un peu partout. Dans le coin, un homme à brassard mettait en joue la suppliciée. Pistolet mitrailleur pointé et regard amusé qui fixait l'objectif.

Assise sur une chaise, les mains jointes, la femme baissait les yeux sur ses pieds nus. Debout derrière elle, un jeune homme la tondait. Il était penché sur son crâne. L'œil droit fermé, à cause de la fumée de sa cigarette, il s'appliquait, une tondeuse mécanique à la main.

J'ai retourné la photo. Une légende au crayon à papier. Écriture fine, penchée, élégante.

Une poule à Boches
3 septembre 1944, Place Bellecour à Lyon

J'ai relevé la tête. Brigitte s'était démaquillée. Aucun sourcil à froncer. Elle s'est éloignée.

— Tu crois vraiment que c'est le moment ?

Assia m'a arraché la photo des mains. Je me suis levée brusquement.

— Rends-moi ça !

La jeune femme hurlait, le visage à quelques centimètres du mien.

— T'es dingue ou quoi ? C'est quoi, ton truc ? Faire flipper les autres ?

Brigitte a posé les mains sur ses épaules. Elle la retenait.

— Qu'est-ce que tu nous dis, là ? C'est quoi le message ? Putes rasées, c'est ça ?

95

J'étais calme, main tendue.

— Donne.

Assia a jeté ma photo par-dessus sa tête. Elle m'a prise par le col à deux mains.

— Qu'est-ce que tu es venue faire ici ? Qu'est-ce que tu cherches ?

Le visage de Brigitte, enfoui dans son cou.

— Calme-toi ma chérie. Calme-toi. Elle va nous expliquer.

— C'est mon grand-père, j'ai dit.

Assia a ouvert la bouche, ses mains ont lâché prise.

— Quoi, ton grand-père ?

— C'est lui qui tond. C'était un gamin. Il avait 28 ans.

Elle m'a repoussée vivement.

— Et alors, qu'est-ce que ça peut nous foutre ?

Brigitte a ramassé la photo. L'a regardée encore.

— À vous, rien. Mais je voulais que vous sachiez ce que j'avais en plus.

Assia s'est retournée. Jamais je n'avais soutenu un tel regard.

— En plus de qui ? De quoi ? De la souffrance en plus, c'est ça ? Tu es plus chauve que Brigitte, que Mélody, que les copines de la chimio ?

J'étais perdue, effrayée. J'ai murmuré :

— Pardon.

Brigitte s'est interposée.

— Assia, tu arrêtes ça, maintenant.

Son amie a ouvert les mains. Elle hurlait.

— Arrêter ? Arrêter quoi ? Tu acceptes qu'elle débarque ici avec son truc en plus ?

Mélody s'est approchée d'Assia.

— Ce n'est pas ce qu'elle a voulu dire.

L'autre était stupéfaite.

— Putain, la libraire ! Deux avocates pour te défendre ! T'es trop forte, vraiment. Bravo !

Elle a quitté la pièce. Elle a claqué une porte. Elle est revenue, pâle, au bord des larmes.

— Écoute bien, Jeanne je ne sais quoi, on n'est pas coupable de son cancer, d'accord. Ce n'est pas parce que Brigitte a été en taule qu'elle a chopé le sien. Ce n'est pas parce que Mélody a déconné avec sa gosse qu'on lui a arraché le sein. Et ce n'est pas non plus parce que ton grand-père a joué les salopards que tu te retrouves tondue. OK ?

Je n'ai pas répondu. Je ne pouvais pas. J'ai regardé Brigitte. Quelle taule ? Qu'est-ce qu'elle avait fait pour aller en prison ? Et Mélody, quelle gosse ?

Assia était en rage.

— Tu sais quoi ? Mon père a rasé ma sœur de force parce qu'elle s'était teint les cheveux en blond ! Lui-même ! Avec sa saleté de rasoir à barbe ! Et je te fais chier avec ça, moi ?

Brigitte avançait doucement vers elle, qui reculait.

— Mais putain, Brigitte ! Dis-lui que vous n'êtes coupables de rien !

Son amie lui ouvrait les bras.

— Et toi, tu fais chier avec tes sourires à la con ! lui a balancé Assia.

Elle est rentrée dans sa chambre.

Presque une heure, nous sommes restées sans un mot. Moi retombée dans le fauteuil, le cœur chaviré, la photo de mon grand-père posée sur ma cuisse. Sa vie entière, il avait montré cette photo en riant. Mélody était couchée sur le dos au milieu du tapis, écouteurs dans les oreilles et portable à bout de bras. Brigitte, elle, avait ouvert mon livre de poche, enfoncée dans le canapé.

J'ai pris ça pour un geste de paix.

— Brigitte ?

Elle a levé les yeux vers moi.

— Tu as été en prison ?

Elle a hoché la tête. Et puis a plaqué les mains sur ses tempes. Elle souffrait en silence.

— Il n'a pas l'air mal ce livre.

— Réponds-moi, s'il te plaît.

Clin d'œil.

— Une autre fois, Jeanne. Pas ce soir.

Je me suis tournée vers la jeune femme.

— Mélody ?

Elle a enlevé un écouteur, m'interrogeant du regard.

— Tu as un enfant ?

— Une fille, oui.

Elle s'est assise en tailleur, téléphone en main, chassant les écrans avec son doigt.

— Tu veux la voir ?

Je ne savais pas. J'avais le vertige. Une ancienne prisonnière, une mère qui avait déconné. Ces histoires n'étaient pas les miennes.

Mélody m'a tendu son portable sans bouger. Alors je me suis levée. J'étais harassée. Je m'en voulais d'être venue, d'être restée.

— Mon Dieu, qu'elle est belle !

C'est sorti comme ça.

— La plus belle petite fille du monde, a souri Mélody.

Une enfant baignée de soleil. Visage de marbre blanc, des yeux immenses, une frange parfaitement dessinée, des cheveux bruns tombant jusqu'au bas du dos. Robe lilas à papillons, chapeau de paille et panier d'osier rempli de fleurs, elle posait dans un champ de lavande.

— Je te présente Eva.

Brigitte s'était rapprochée. Je me suis assise sur le tapis. Elle est venue à côté de moi.

— Montre-lui sa petite bouille avec les perles d'oreilles.

Mélody a fait défiler ses photos. Elle m'a tendu l'appareil. Des yeux de chat, vraiment. Bleu profond, soulignés de longs cils noirs. Et une couronne de tresse.

Puis elle a posé son téléphone sur le tapis.

— Je voulais l'appeler Lioubov. C'est joli, Lioubov. En russe, c'est un mélange d'amour, d'affection et de piété.

— Son père est russe ? j'ai demandé.

— C'est très compliqué, a répondu Brigitte.

Distraitement, elle a passé une main dans le dos de la jeune femme.

— Très compliqué ? Parle pour toi, a lancé Mélody.

Elle s'est rapprochée de Brigitte avec une drôle de petite moue.

— Tu ne serais pas maman toi aussi ?

Brigitte l'a repoussée en riant.

— Tu ne serais pas en train de dévoiler nos petits secrets devant une étrangère ?

La porte s'est ouverte. Assia est revenue dans la pièce, je me suis tendue. Elle a fait quelques pas, embarrassée. Elle avait glissé les mains dans ses poches.

— Le chichon n'est pas bon pour ce que j'ai.

Elle s'est accroupie devant nous.

— Je venais m'excuser, Jeanne. Voilà. C'est dit.

C'est comme si l'air me revenait. Elle m'a tendu la main. J'ai offert la mienne. Je crois bien que nous tremblions toutes les deux.

Elle a baissé les yeux sur le portable de Mélody, resté allumé. La petite Eva nous observait. Assia s'est redressée brutalement. Elle était sans voix. Elle m'a désignée du doigt. Brigitte a secoué la tête. Ses yeux lui criaient de se taire.

— Vous l'avez mise dans le coup ?

Brigitte a agité la main.

— Calme-toi, Assia. On n'a rien dit, tout va bien.

— Non mais je rêve !

Elle a pris son manteau jeté sur une chaise. Nous a tourné brusquement le dos.

— Mais vous êtes tarées les filles ! Tarées !

Et puis elle est sortie en claquant la porte.

Je n'ai pas aimé le regard de Brigitte à Mélody. Un éclat brutal, entre abattement et reproche. Cette fois, tout m'échappait. Ma présence était coupable. Je me suis levée. J'ai plié mon foulard, je l'ai posé sur ma tête sans trop chercher à le croiser.

— Je pars.

— C'est mieux, a répondu Brigitte.

100

Je me suis arrêtée à la porte.

— Pardon mais, j'ai fait quelque chose de mal ?

Elle m'a serré le bras.

— Rien, Jeanne. Tu n'as rien fait de mal.

J'ai appelé l'ascenseur. Elle a passé la tête. Son clin d'œil.

— Un jour, je te dirai. Mon fils, la prison, Eva, tout.

— Promis ?

— Non, Jeanne. Je suis en train de ne rien promettre.

5.

Prends soin de toi

Matt est rentré à la nuit, j'étais assise dans le salon, en chemise de nuit. Je l'attendais, bouche sèche. J'avais peur qu'il surprenne mon crâne sur l'oreiller. Je voulais le lui dire en face. J'avais noué le foulard antillais. Un tour croisé, un autre, tissu coloré.

— Tu ne dors pas ?

Sa voix dans le vestibule. Son sac jeté à terre.

— Jeanne ?

Dans le canapé, bras autour de mes jambes et les genoux sous le menton. Une habitude de petite fille. Hélène m'avait fait livrer une dizaine de pépites de la rentrée littéraire de janvier. Des deuxièmes romans. Mes préférés. Ces pages inquiètes où tout est encore possible ou déjà terminé. J'avais lu les quatrièmes de couverture et empilé les livres par thèmes sur le sol.

Matt est entré dans la pièce. Il ne souriait pas. Lorsqu'il m'a vue, il s'est défait. Debout dans l'angle de la porte, il a plaqué son épaule contre le mur. Voix lasse.

— Que s'est-il passé, Jeanne ?

Geste d'évidence.

— Tes cheveux sont tombés d'un coup ?

J'ai ajusté mon turban.

— En fait, je les ai rasés.

Il a secoué la tête, ouvert la bouche, les yeux.

— C'est de la folie !

— Qu'est-ce qui est de la folie ?

Il a enlevé son manteau, son écharpe.

— Mais que tu te rases ! Pourquoi tu n'as pas attendu de voir comment ça évoluait ?

J'ai glissé ma main sous le madras.

— Ils partaient par poignées. La douche était même bouchée. Je n'ai pas eu le choix.

Il m'a regardée encore, sans un mot. Et puis il est allé à la cuisine se servir de l'eau. Il s'est retourné. M'a examinée longuement, le verre à la main.

— Il existe des foulards pour la nuit ?

Des bonnets, oui. J'en avais acheté un. Il couvrait le crâne comme une coiffe de bain.

En buvant, Matt faisait un bruit désagréable.

— Tu ne m'avais pas parlé d'une perruque ?

Si, aussi. Elle était dans mon placard mais je ne l'aimais pas. Une perruque médicale en fibres synthétiques. Vendue comme indétectable, elle faisait faux sous la lumière.

— C'est peut-être quand même mieux, a lâché mon mari.

Il m'a tourné le dos et a traîné sa valise à roulettes jusqu'à la chambre. Je suis restée là, dans le fauteuil, mon beau foulard créole pour rien.

Bruits de placard, de linge, de rideaux tirés. Sa voix, de l'autre pièce.

104

— C'est toi qui as eu cette idée ou tes copines ?

— C'est moi.

Silence de notre vie à deux. J'avais fermé les yeux. Il devait être sur le lit, à défaire ses lacets. Une chaussure jetée près de la chaise, une autre.

— Je ne suis pas sûr que l'idée était bonne.

Bruits d'eau. Je me suis levée. Il était dans la salle de bains, porte mi-close. J'ai enfilé la coiffe de nuit. Elle me serrait comme un bonnet de piscine. Couvrait mes oreilles, coupait mon front en deux. Dans le miroir, j'ai vu une toute petite chose. Et de grands cernes noirs. Alors je me suis couchée avant qu'il ne sorte. J'ai éteint le plafonnier, ne laissant allumée que sa lampe de chevet.

C'était le premier soir. Je voulais le protéger.

Il s'est arrêté au milieu de la chambre, en tee-shirt et caleçon. Jamais Matt n'avait dormi nu. Il trouvait cela dégoûtant. Et il m'avait aussi obligée à m'habiller pour la nuit.

J'étais sur le côté, face à lui. Il a ouvert les draps, m'observant une fois encore.

— Ça fait vraiment bizarre.

Je me suis accoudée, joue posée dans ma paume de main.

— Qu'est-ce qui fait bizarre ?

— On dirait un mec, a répondu Matt.

Je suis retombée sur l'oreiller.

— Tu n'y es pour rien, mais c'est très spécial.

Je lui ai demandé s'il voulait que j'enlève la coiffe. Qu'il me voit nue, une fois pour toutes. Notre vie ne pouvait pas devenir une partie de cache-cache. Qu'est-ce que ça lui coûtait d'être confronté à cela ? Cela durerait jusqu'à la fin de l'été. Ensuite, mes cheveux repousse-raient. Un centimètre par mois. Pourquoi ne voulait-il pas partager ces instants ?

— Je ne peux pas te voir comme ça, a-t-il dit simplement.

Il s'est couché, éteignant sa lampe. Et puis il m'a tourné le dos. Sans un geste tendre, sans un mot de plus. Le dos de Matt. Mon image de nuit depuis la mort de Jules.

Il était 3 h 40. Je me suis réveillée brusquement. À côté de moi dans le lit, la place était vide.

— Matthew ?

J'ai appelé doucement. Notre chambre baignait dans une lumière dorée. Il avait allumé la salle de bains et refermé la porte à demi. Je me suis dressée. J'ai eu peur de la silhouette qui me faisait face. Matt était là, silen-cieux dans la pénombre, assis sur une chaise au pied de notre lit. Il me regardait, légèrement penché en avant, mains posées sur ses cuisses.

— Qu'est-ce que tu fais ?

Silence.

— Matt ? Qu'est-ce qui t'arrive ?

Il a secoué lentement la tête.

— Je ne peux pas.

J'ai allumé ma lampe de chevet. Le bonnet avait glissé, il découvrait mon oreille gauche, ma tempe et la peau blanche. Je l'ai remis en place, enfoncé jusqu'aux yeux.

— Tu ne peux pas quoi, Matt ?

Il a inspiré longuement. Posé une main sur son front comme s'il interrogeait une fièvre.

Sa voix brisée.

— Toi, ta maladie, nous. Je ne sais pas. Je ne peux plus.

Le cœur m'est remonté aux lèvres. Envie de vomir. J'ai caché un reflux derrière la main.

Matt a eu une moue dégoûtée.

— Excuse-moi, a murmuré mon mari, et il a quitté la pièce.

J'ai attendu qu'il revienne. Longtemps, j'ai attendu. Il avait ouvert le canapé-lit du salon, cherché des draps dans le placard. Je l'ai entendu se coucher, soupirer, respirer lentement puis dormir. Alors je me suis endormie aussi, ma lampe allumée, au cas où il reviendrait. Mais il n'est pas revenu.

Le lendemain, il avait laissé un mot sur la table de la cuisine. Il était perdu. Il voulait réfléchir. Mon mal le torturait. Il ne supportait pas de me voir souffrir. Il valait peut-être mieux, pour lui et moi, de renoncer à partager nos vies. Au moins pour un temps. Depuis mon cancer, comme après la mort de Jules, il se demandait ce qu'il faisait là. Il se trouvait encombrant, glacial, distant, incapable de m'aider. Il me quittait pour mon bien. Pour ne plus être un poids. Je marchais devant lui mais il me retardait. J'étais forte. Je méritais mieux que lui. Telle-ment. Parce que quand même, est-ce que je me rendais compte de la violence qui lui était faite ? Un homme qui ne pouvait rien pour sa femme ? Son impuissance le dégradait. Il m'aimait, cela ne changeait rien. Mais j'avais besoin de soins plus que d'amour. Je devais me reconstruire. Je m'en sortirais. Je guérirais. J'avais en moi toute la force du monde et il n'en était pas digne.

« *Prends soin de toi.* »

J'ai mis longtemps à réaliser. J'ai lu, relu, essayé de comprendre chaque triste phrase, puis chaque pauvre mot. Je ne savais pas s'il me quittait comme deux corps se déchirent, ou s'il me demandait de le retenir. De lui dire que sans lui, mes yeux cessaient de voir. Et ma peau de frissonner. Et mes lèvres de dire. Et mon cœur d'espérer.

Je suis restée comme ça, assise à cette table jusqu'à l'heure de ma chimio. J'ai failli la rater. Je suis partie sans téléphone, sans dossier médical, sans prise en charge pour le taxi, sans mon sac de séance, sans mes livres, mes biscuits et mon eau.

Matt me quitte. Ces mots cognaient mon ventre. Je ne pleurais pas. J'étais pétrifiée. Pour la première fois, en entrant dans le métro, mes jambes me faisaient mal. Et ma tête. Mes yeux se sont brouillés. J'ai essayé de respirer lentement. De déglutir. L'intérieur de ma bouche brûlait. Ma gorge avait enflé. Mes doigts aussi. Sans Matt, le poison me prendrait.

Il y avait une place dans la rame. J'ai vu la mère baisser le bras de son enfant. Il me montrait du doigt. J'ai tourné les yeux vers la vitre. Mon reflet. J'étais sortie en bonnet de nuit. J'ai eu honte. La curiosité du garçonnet, encore, encore. Pas un mot. Il contemplait la folle. Une femme s'est levée en face de moi. J'ai changé de place. Mais je sentais son regard qui mordillait mon cou.

Les filles n'étaient pas là. Ni Brigitte, ni Assia, ni Mélody. J'ai patienté seule. Attendu l'aiguille dans ma peau. Contemplé l'arbre de printemps au coin de la vitre. Bintou ne m'a pas parlé, ce jour-là. Elle me devinait. Me rendait mes sourires, respectait mon silence. Mais je crois que c'est elle qui m'a envoyé l'abeille. Elle a passé la tête par le rideau, un plateau à la main.
— Une madeleine ?
J'ai sursauté. Dehors, une pluie glacée frappait les vitres.
— Un chocolat chaud ?
Brigitte m'avait parlé d'elles, les abeilles. Des bénévoles en blouse jaune, retraitées souvent, qui offraient leurs heures aux malades. Celle-ci s'appelait Valentine, prénom épinglé sur le cœur. Elle avait le regard mouillé de ma mère, de gros yeux derrière ses lunettes. Un chocolat, bien sûr. Et une madeleine aussi. Mais je n'avais pas de mots. J'ai simplement hoché la tête.

Elle a posé la madeleine sur une serviette et cherché dans ses poches la carte pour la machine à café. Elle l'a sortie et brandie au-dessus de sa tête.
— Je la perds toujours !
Elle est revenue en trottinant, m'apportant le gobelet comme une offrande.
Je l'ai porté à mes lèvres. Elle a tiré une chaise.
— Je peux ?
Elle pouvait. J'ai trempé le gâteau dans le liquide brûlant. Un instant, j'ai fermé les yeux.

— Ce n'est pas trop difficile ?

Non. Pour l'instant ça allait, mais j'avais peur du lendemain. Des suites, des troubles, du corps qui proteste. J'étais très fatiguée, mais vraiment rien de plus.

— Mais ?

J'ai souri à l'abeille.

— Mais quoi ?

— Il n'y a pas que le corps, n'est-ce pas ?

Elle avait posé ses mains sur ses genoux, et me regardait avec tendresse.

— Je crois que mon mari m'a quittée.

Je n'aurais pas dû. Je n'ai pas réfléchi. Je m'en suis voulu. Mais cette phrase errait en bord de lèvres. Valentine a hoché la tête. Le jour pleurait sur les carreaux.

— Trop compliqué pour lui, c'est ça ?

Elle observait les nuages gris. Elle n'attendait pas de réponse.

— C'est ça.

— On n'a que ça en ce moment, dans le service. Des hommes qui se sauvent.

Elle a lu la surprise dans mes yeux.

— Ça vous étonne ?

J'ai ouvert la bouche.

— Et il y a de tout, vous savez. Les messieurs qui en profitent pour se refaire une jeunesse, le garçon qui ne supporte pas l'épreuve, et aussi le pur salaud, qui laisse sa femme dans le brasier pour survivre à l'incendie.

Elle a eu un petit geste. Elle a baissé la voix.

— Je m'excuse pour le mot salaud. Ce n'est pas mon genre.

Elle a froncé le nez comme une enfant.

— Mon salaud à moi, il n'a pas supporté d'être père. Alors j'ai fait un bébé toute seule.

Elle a jeté un bref regard du côté du rideau. Une infirmière passait dans le couloir.

— Je vais me faire attraper.

— Pourquoi ?

— Je suis censée vous distraire, pas vous ennuyer.

Alors je me suis redressée. J'ai donné le change. Les mains sur les accoudoirs du fauteuil, j'ai pris une grande respiration et éclaté de rire. Tellement, qu'une larme a coulé sur ma joue. L'abeille a eu un mouvement de recul. Mais lorsque Bintou a passé la tête, elle a compris.

— Je préfère vous voir comme ça, Jeanne, a souri l'infirmière en ouvrant le rideau.

Elle s'est approchée de Valentine.

— Madame Grangier n'est pas dans un bon jour.

— J'y vais, a répondu l'abeille.

Elle a attendu que Bintou quitte le box. Elle s'est approchée de mon oreille.

— Vous allez guérir, ne l'oubliez jamais.

*

— Pour les prières, adressez-vous à sainte Catherine, avait plaisanté Flavia.

J'avais gardé cette phrase dans un coin de ma tête.

Ce dimanche-là, l'église Notre-Dame-du-Rosaire était pleine. Briques dorées, voûte en bois et charpente apparente. Des femmes avaient gardé leur chapeau, alors je

111

n'ai pas enlevé mon foulard. Jamais encore je ne l'avais quitté. Cela faisait trois jours que Matt était parti. Il profitait d'un séminaire à Bruxelles pour réfléchir. Cela avait été son mot : réfléchir. Mais je n'ai pas su à quoi. Rester, partir ou savoir ce que deviendraient notre appartement, nos souvenirs, les débris d'une vie à deux. Je suis arrivée en retard pour la messe mais personne n'a tourné la tête. Devant moi, sur sa chaise, une petite fille bâillait. Son frère feuilletait le magazine *Magnificat Junior*. Les aventures de « Tom et Zoé, les copains du caté ». Leur père priait à genoux dans la travée et leur mère lissait sa jupe. Ma gorge avait enflé. Mon cœur frappait trop vite.

Le prêtre, derrière l'autel.

— À six reprises Il parle de Sa chair comme d'une nourriture à avaler et de Son sang comme d'une boisson à boire.

Sainte Catherine était derrière lui, surplombant le chœur. La sainte maigre que ma grand-mère vénérait. Agenouillée, couronne d'épines sur la tête, elle se tenait à la gauche de la Vierge. Marie assise en majesté, l'enfant contre son sein, qui glissait un rosaire dans la main de la religieuse. C'était une grande statue de pierre, enchâssée dans une niche en forme de grotte aux bords dorés et bleus, décorés de feuilles de vigne et de raisins en grappes.

— Ce pain, ce vin, laissons-les agir en nous, même si nous n'y comprenons pas grand-chose.

Enfant, j'allais parfois à la messe avec ma mère. Je trouvais injuste qu'aucune fille ne soit enfant de chœur. Après son départ, je continuai à entrer dans les églises, parfois, lorsque la porte était grande ouverte. Et aussi quand les amis se mariaient ou partaient pour de bon.

Matt était catholique par habitude. Il avait accepté que notre fils soit baptisé. Il pouvait aussi réciter le Notre Père en anglais sur la tombe de son grand-père, mais ne communiait pas. Même aux pires heures de mon fils, jamais je n'avais imploré Catherine de Sienne. Son corps martyrisé n'invitait pas à la guérison.

C'est saint Jude Thaddée que je priais pour lui. Je le faisais en cachette de tous. J'étais à la fois un peu honteuse et pleine d'espérance. Il y avait une église à côté de « Livres à Vous », notre librairie. J'y allais parfois, me faufilant entre deux pauses. Dans un coin reculé, sous une représentation de la IXe Station, où Jésus tombe pour la troisième fois, il y avait un tableau de l'apôtre, appuyé sur un bâton de marche, flammèche au-dessus de la tête et médaillon du Christ autour du cou. Pendant sept ans, j'ai prié. Ici, ailleurs, partout, souvent, en marchant sous la pluie, en étiquetant les livres et les rangeant dans les rayons, en préparant les bouillies de mon fils, en le promenant dans sa chaise roulante, en le veillant, assise dans l'obscurité de sa chambre, ma respiration répondant à la sienne. Et plus je priais, et plus j'étais impatiente. Je ne récitais rien, ne répétais aucun des mots de la liturgie. Je parlais de Jules à Jude en lui demandant de l'aider. J'ai aussi fait brûler des cierges. Quelquefois, c'est mon enfant qui les plantait dans le sable. Lui aussi qui glissait les pièces dans le tronc, en riant du bruit mat qu'elles faisaient en tombant. Sept ans à croire, à espérer, à menacer du poing le ciel refermé sans que Jude daigne. À la

113

mort de Jules, j'ai pris congé de Dieu, de la Vierge et de tous ses saints.

Le prêtre a levé le calice. Moi seule n'ai pas baissé la tête. Je l'avais trop fait, et devant trop de monde. La Catherine de pierre détournait les yeux. Une fois encore, je me suis demandé ce que je faisais là. J'ai fredonné le Notre Père. La musique, pas les paroles. Et puis j'ai sursauté.

— La paix du Christ.

Je n'avais pas vu la main tendue. Et une autre. Une autre encore. Quelqu'un m'a tapé légèrement sur l'épaule. Je me suis retournée. C'était une vieille Antillaise, une jeune femme à ses côtés. La jeune était très maigre, les lèvres minces, les yeux cernés de bleu. Elle portait un foulard comme le mien. La plus âgée a pris mes mains dans les siennes. La plus jeune s'est juste inclinée.

— La paix du Christ.

D'une caresse impudique, ses yeux dans les miens avec une mine navrée, la femme âgée a désigné le foulard de la plus jeune. Nous étions démasquées. Elle et moi. Les perfusées, les tondues. La vieille qui nous poissait de sa pitié. J'ai hoché la tête. Grimacé un sourire. La malade était agacée. Elle a tiré son voile pour couvrir son front. Nos regards se sont croisés. J'ai posé ma main sur son bras. Ce geste lui demandait pardon. Nous étions du même voyage.

À la fin de l'office, Catherine de Sienne n'avait pas levé les yeux sur moi. Je lui avais tout dit, à voix basse, mes lèvres tremblant comme à la prière. Mais elle ne m'a pas répondu. Alors je me suis levée. J'allais partir lorsque la vieille Antillaise m'a prise par le bras.

— Venez, a-t-elle soufflé.

La jeune suivait, embarrassée. Elle m'a emmenée près de la verrière, devant une pile de feuilles posée sur une petite table. C'étaient de mauvaises photocopies, un pauvre papier et une encre fade. Elle m'en a tendu une. J'ai reculé. Elle a insisté, la feuille entre les doigts. Je l'ai lue.

Saint Jude, Apôtre des causes désespérées

Dans le coin à droite, une reproduction de l'homme qui m'avait trahie. Son bâton, sa flamme, son collier. « *Cette neuvaine de prière doit être récitée chaque jour six fois pendant neuf jours consécutifs. Faire 81 copies de cet exemplaire et laisser 9 copies dans une église pendant neuf jours consécutifs. Votre demande sera exaucée avant la fin du neuvième jour, quelque impossible que puisse sembler sa réalisation. Cela n'a encore jamais failli.* »

J'ai relevé la tête, la main de la femme n'avait pas quitté mon bras.

— Lisez tout, je vous en prie.

« *Béni soit saint Jude Thaddée* » et Jésus, et Marie, tous les cœurs sacrés du ciel et de la terre. « *Priez avec foi* », ordonnait la neuvaine. J'ai remercié. Je lui ai rendu la feuille.

— Non, non, c'est pour vous. Prenez la prière, autrement ça ne peut pas marcher.

Elle devait avoir 60 ans. Une petite dame voûtée et frêle.

— C'est vous qui avez mis ça là ?

Elle a hoché la tête avec force.

— Oui, et c'est le cinquième jour.

Elle a désigné la jeune femme.

— Dans quatre jours, ma fille ira mieux.

Elle s'est tournée vers la statue de sainte Thérèse. S'est signée.

— Je ne demande même pas qu'elle guérisse, seulement qu'elle souffre moins.

J'ai pris la feuille. Lentement, je l'ai pliée sans quitter la jeune fille des yeux.

— Vous vous appelez comment ?

Elle a hésité. Elle portait des gants de dentelle. Elle a passé un doigt sur ses lèvres.

— Rosane.

— C'est joli, Rosane.

J'avais gardé la neuvaine à la main.

— Rangez-la dans votre sac, a commandé la mère.

Elle m'a observée.

— Vous allez la photocopier ?

J'ai soupiré.

— Je ne crois pas, non.

Elle a haussé les sourcils.

— Mais vous connaissez saint Jude, quand même ?

Je connaissais, oui. Je lui avais demandé de l'aide. Pendant sept ans, je l'avais prié.

— Mais c'était la bonne prière ?

Non. Pas exactement. Plutôt une conversation entre amis. Je lui racontais mes jours et mes nuits, les respirations empêchées de mon fils, ses toux au sang, ses douleurs partout.

— Et alors ? Il s'est passé quoi ?

J'ai regardé les deux femmes. La vieille, la jeune, lèvres ouvertes toutes les deux. La mère ne respirait plus. Quatre jours encore à espérer.

— Qu'est-ce qu'il a fait pour vous, saint Jude ?

Elle s'était rapprochée de moi. Elle me touchait presque. Autour de nous, la vie s'écoulait lentement. Et les fidèles avec, qui avaient enlevé leurs masques de piété. Cloches de fin de messe, dernière discussion avec les prêtres, un dimanche. Catherine, dans sa grotte de pierre. Et puis Rosane, la jeune malade. Et puis sa mère qui attendait une réponse. J'ai souri aux deux femmes. Comme le faisait Brigitte qui me voulait du bien.

— Mon fils s'appelle Jules. Il a 13 ans. Il est entré en 5ᵉ cette année.

La vieille Antillaise a ouvert de beaux yeux. Elle était bouleversée.

— Il a été guéri par l'apôtre ?

Je lui ai offert un rire.

— L'apôtre ? Je ne sais pas. Mais je l'ai prié très fort et il a guéri, il y a six ans.

La jeune femme, tête baissée. Sa mère lui a passé une main sur le visage.

— Tu vois ?

La petite malade a hoché la tête sans me quitter des yeux.

— Tu vois, ma chérie. Je ne fais pas ça pour rien !

Elle a ouvert les bras. Une mère.

— Je peux vous embrasser, Madame ?

J'ai accueilli l'étreinte. Et puis elle m'a tourné le dos, pour picorer un curé qui passait.

Nous sommes restées seules, la jeune fille et moi. Contre le mur de briques, dans la lumière du grand vitrail. Elle a enlevé son gant droit et m'a tendu la main, les yeux voilés. Elle était brûlante.

— Je vous remercie pour ma mère.

Puis elle a murmuré :

— Et je suis désolée pour votre fils.

*

— Quel salaud !

Brigitte m'avait appelée pour prendre des nouvelles.

— Prépare un sac, on vient te chercher.

J'ai protesté. Non. Tout allait bien. Mon mari rentrerait après son séminaire et nous aurions une explication, face à face. Quitter la maison ferait de moi une coupable.

— Coupable de quoi ?

Silence.

— Pardon ! Pardon ! Tu n'en as pas marre de t'excuser de vivre ?

J'étais assise sur notre lit à deux. Mes photos sur la cheminée et aussi toutes les siennes. Celle de sa mère, de son père, Matt enfant, adolescent, marié, cette jeune et belle fille rousse à son bras. Une seule image de Jules. Je l'avais imposée. Un gros plan menteur, sans chaise roulante, sans béquilles, sans couche. Le sourire de mon fils, caché par la photo du mausolée de Dieppe.

— Dans une heure ?

Brigitte m'avait passé Mélody. Sa voix criarde de dessin animé. Je pourrais rester jusqu'à ce que Matt revienne,

118

pour ne pas être seule. Il était parti combien de temps à Bruxelles ? Huit jours ? Alors j'avais tout ce temps pour moi. Brigitte cuisinait bien, Assia était de bonne humeur, cela me changerait du silence. Et s'il rentrait en me demandant de quitter notre appartement, je resterais chez elles, le temps de trouver autre chose. D'accord ?

Téléphone en main, j'ai ouvert le placard à valises.

— Une heure, ça te va ?

Brigitte, de nouveau.

Je n'ai pas dit oui, j'ai donné mon adresse, mon code, mon étage, avant de raccrocher sans un mot. J'ai pris un grand sac. Mes médicaments, mon dossier médical, mes affaires de toilette, quelques romans, la photo de Jules. Et puis des chemisiers, des pantalons. Du noir, du gris, le mauve des funérailles. Depuis la mort de mon fils, je redoutais la couleur. Je n'achetais plus de vêtements de femme, mais des habits de deuil. Assise dans le salon, mon sac posé à terre, j'ai encore hésité. Une feuille, une enveloppe. Pour écrire quoi ? Il partait, pourquoi m'en excuser ? J'ai laissé la feuille blanche au milieu de la table, et le stylo dessus. Le silence de cette page était pire que tout. Ce n'était pas juste. C'était rude. J'avais besoin de cette violence.

C'est vrai, Assia avait l'air bien. Elle s'était mise à côté de moi dans la voiture, Mélody devant et Brigitte au volant, qui ne cessait de m'observer gaiement dans le rétroviseur.

— Le club des K au grand complet, a-t-elle lancé.

— Parlez pour vous, les malades, a répondu Assia.

L'autre a haussé les épaules. Clin d'œil pour moi.

— Madame nous rappelle qu'elle est d'une santé insolente.

— Insolente, c'est exactement ça, a répété Assia en levant le pouce.

Mélody s'est retournée, battant la mesure doigt levé, comme un chef d'orchestre.

— *Let's go girls ?* Un, deux, trois… « *Oh ! Je suis…* »

Les autres n'avaient pas réagi.

— Ah désolée ! s'est excusée Brigitte. OK ! Allez, on y va.

— Un, deux, trois, a repris Mélody.

« *Oh je suis insolente, c'est la faute à qui ?* » Les trois filles se sont mises à chanter, comme ça, secouant leur tête en rythme. J'ai serré mon sac sur mes genoux. J'étais perdue.

— C'est quoi ?

Je ne connaissais pas.

— La chanteuse Aynine ? Il faut vraiment qu'on fasse ton éducation, a souri Mélody.

Brigitte tapait sur son volant. Assia claquait des doigts. Mélody battait des mains. « *Je suis le genre de meuf affolée quand on me récite des poèmes.* »

J'étais stupéfaite. Deux femmes frappées par le cancer qui chantaient à la vie. Elles n'avaient plus de temps à perdre. Et moi, avec mon foulard créole, qui avais donné un nom à mon cancer, qui le craignais comme on craint de mourir. Moi qui suais la peur, vraiment.

— Tu devrais te doucher deux fois dans la journée, m'avait conseillé Matt.

Je m'étais enfermée dans la salle de bains en cachette.

120

Mon corps gonflé. La blessure sur mon sein. La boursouflure qui cachait mon PAC. Mes aisselles nues. Elles étaient humides de cette même angoisse. Comme ma nuque. Mes jambes étaient brillantes, mes bras doux. Je savais que je perdrais mes cheveux, je n'avais pas pensé à mes cils, aux sourcils, aux poils. Je ne me souvenais pas de mon sexe. Il était bombé et clos.

— T'inquiète, les mecs adorent ça ! avait plaisanté Brigitte.

Je la regardais dans la voiture, qui chantait. Elle et les autres se moquaient de la maladie. Elles riaient de la mort. Allaient à la chimio comme d'autres à la manucure. C'était dur, pourtant. Chacune souffrait, pleurait, poussait un cri de douleur au moment du lever. Mais aucune ne se plaignait. Un vertige ? Une histoire drôle. Un vomissement ? Une pirouette. Une bouffée de chaleur ? Une glace pour faire passer. Comme moi, elles avaient peur. J'en étais persuadée. Mais jamais elles ne le montraient. Elles ne vivaient pas, elles bouffaient les heures. Elles trinquaient, fumaient, confondaient les jours et les nuits. Un instant, j'ai eu honte de mon camélia. De mon carnet à spirale. Honte aussi de m'être agenouillée. D'avoir prié en vain pour que mon fils vive. Pour que je ne meure pas. Pour que Matt me reprenne. Honte de ces cierges brûlés, ces prières secrètes, ces formules magiques pour chasser le monstre caché sous le lit, pour ne plus avoir peur, pour grandir en étant si petite. Alors j'ai crié le refrain. *« Je suis insolente ! »* J'étais insolente. Enfin et pour la première fois. C'était gênant, insensé, magnifique.

Brigitte a déposé mon sac au milieu du salon.

— Je t'explique. Trois chambres dans cet appartement. La chambre bleue, c'est la mienne. La rose, celle d'Assia, et la grise est occupée par Mélody, notre petite manucure.

Je me suis assise.

— En fait, la rose est très peu occupée. Elle sert à se calmer. C'est une chambre au cas où.

Je regardais Assia, Brigitte.

— Vous êtes sûres ? Je ne suis pas en train de vous déranger ?

— Tu nous obliges à ne pas nous engueuler ! a rigolé Assia.

— Et si on s'engueule, il reste le canapé, a soupiré son amie.

Elle m'a montré les chambres. La rose semblait inoccupée. Un petit lit fait, mais les murs nus, aucune photo, pas de dessin, de bibelot, rien de ces choses qui font les souvenirs. Des rideaux colorés, une armoire, une table de travail, une autre de chevet. Un lampadaire, un tapis.

— Installe-toi, m'a proposé Brigitte.

— Tu es ici chez toi, a ajouté Mélody.

J'ai ouvert l'armoire et j'ai reculé. Posée sur une couverture, un gros pistolet noir.

— Assia ?

La jeune femme est entrée. Elle a vu mes yeux inquiets.

— Ah oui, merde ! C'est le seul mec qui vit ici !

Elle a saisi l'arme. Un geste naturel.

— Je t'en débarrasse immédiatement.

Elle allait sortir de la pièce, j'ai levé une main.

— Attends ! C'est quoi, ce plan ?

122

Assia a souri.

— Le cadeau d'un ex. Certains hommes offrent une bague, lui, c'était un flingue.

J'étais tombée sur le lit, assise, jambes serrées, minuscule. Une fois encore, je ne savais rien de ces femmes.

— C'est un vrai ?

Elle a éclaté de rire.

— Mais non ! C'est une copie. Regarde.

Regarder, je ne faisais que cela. L'acier brutal et sa peau fine.

— Je baisse la sécurité. J'arme la culasse.

Bruit mat du ressort.

— Je pose le doigt sur la détente et...

Elle a dirigé le canon vers le sol. Clic. Clic. Clic.

— Et voilà. C'est tout. Après les feux de l'amour, reste un grincement de sommier.

Brigitte est arrivée.

— Tu veux que Jeanne fasse des cauchemars ?

Assia a haussé les épaules.

— Désolée, mais c'est elle qui l'a trouvé.

Et puis elle est sortie de la chambre, comme si elle progressait sous le feu, tenant le jouet à deux mains et balayant l'espace jusqu'au milieu du couloir.

— Elle vivait avec un sérieux connard, a murmuré Brigitte en ouvrant les tiroirs pour moi.

— Pardon, mais comme nous toutes, si j'ai bien compris.

— Oui, Jeanne Pardon. Je crois que tu as bien compris.

6.

Brigitte Meneur

À 25 ans, Brigitte avait aimé un mauvais garçon. « Le Pirate », comme elle l'appelait. Il était interdit de séjour à Roscoff, chez ses parents. Absent aussi des tables amies. Avant de devenir le père de son fils, il avait été son amant pendant des années. Ni ami ni compagnon. Un visiteur de nuit qui prenait son plaisir. Il s'appelait Tiziano. Se disait argentin, mais parlait mal espagnol. Un soir, dans un restaurant cubain de la Bastille, c'est Brigitte qui lui a traduit la plaisanterie d'un serveur. Il a haussé les épaules. Lui a expliqué que sa mère était une Amérindienne, une indigène guarani. Que ses ancêtres avaient été évangélisés de force au XVIIᵉ siècle. Que l'espagnol était pour lui la langue des colonisateurs. Et aussi, que ses parents avaient fui la dictature militaire, en 1980. « C'étaient des subversifs », lui a-t-il dit, simplement. Ils craignaient pour leurs vies et pour la sienne. À 15 ans, leur fils avait été arrêté avec des tracts de la jeunesse péroniste. C'était en 1979, à Córdoba. Tiziano avait parlé à Brigitte de l'« Opération Condor », des « Escadrons de la mort », mais il était resté discret sur ses trois semaines passées aux mains de la police.

— J'ai souffert, mais d'autres ont connu bien pire, avait-il murmuré.

Une nuit, il s'était réveillé en hurlant. Depuis sa jeunesse, il rêvait des « Vols de la mort ». Des soldats le jetaient à la mer d'un avion, drogué mais vivant, comme la junte l'avait fait avec des milliers d'opposants. Après ses cauchemars, le Pirate disparaissait plusieurs semaines. Il ne donnait aucune nouvelle. Au début, Brigitte s'en était inquiétée, puis elle s'était habituée. Elle aimait ce garçon mais avait du mal à croire à son histoire. Jamais il n'avait participé à un meeting sur l'Argentine, une réunion, un colloque, un débat. Jamais il ne lui avait présenté l'un de ses camarades, un ancien militant, un réfugié comme lui, pas même un Argentin. Jamais. Il répétait que cela ne regardait personne. Sa vie était secrète. Son appartement aussi. Une seule fois, Brigitte avait franchi sa porte. Un studio presque vide, sans rien de lui. Nulle part. Une photo, épinglée sur un mur, montrait un couple d'Africains en costume de noce. Brigitte n'avait rien demandé. Brigitte n'exigeait rien de lui. Sa présence suffisait. C'était comme un cadeau. Plus jeune, elle avait trop joué. Alcool, drogues, amants sans respect. Quittant Roscoff en claquant la porte, elle s'était perdue à Brest, puis à Paris. C'est là qu'elle avait rencontré Tiziano. Elle travaillait dans une crêperie, une guérite sur le trottoir. Il lui a souri, attablé en terrasse de l'autre côté de la rue. Bras levé, il l'épiait à travers son verre. Elle l'a trouvé charmant. Elle lui a tourné le dos pour sourire en secret. Il l'a remarqué. Alors il s'est levé, et puis il est parti.

126

— C'était un sacré malin, m'a raconté Brigitte.

Lorsqu'il a tourné au coin de la rue, elle s'est penchée sur sa crêpière, spatule à la main. Elle était persuadée qu'il ferait demi-tour. Mais il n'est revenu que le lendemain. Même place, même verre en longue-vue sur l'œil. Même sourire immense. Le Chat d'Alice. Cette fois, il a traversé la rue, toréant avec les voitures. Il lui a demandé un « *panqueque* » au sucre.

— Pancake ?

Non. Il a épelé. Panqueque. Il venait d'Argentine. Et l'a appelée « *kuña* », comme les femmes de chez lui. Brigitte a relevé ses cheveux. Répondre, vite ! N'importe quoi. Le surprendre.

— Appeler une crêpe bretonne Panqueque, c'est nul !

Le garçon avait ouvert de grands yeux, puis éclaté de rire. Elle aussi.

C'était au printemps 1993. Il avait 29 ans, elle en avait 25.

Cet homme n'était pas comme ceux que Brigitte avait connus. Il lui a fait la cour. Vraiment. Et ne l'a pas touchée avant qu'elle ne le souhaite. Alors elle l'a aimé. Et il l'a inquiétée. Présent, absent, parti au loin, revenu sans prévenir. Elle lui avait offert un double de ses clefs. Le plus beau cadeau qu'une femme puisse faire à un homme. En 1998, lorsque Brigitte attendait leur enfant, le Pirate n'est plus parti. Mais ne parlait que d'argent. Le logement était petit pour deux. Pour trois, il était invivable. C'est Brigitte qui payait le loyer, l'eau, l'électricité, la crèche, les courses, la vie. Tiziano, lui, se débrouillait. C'était son mot.

— On se débrouillera toujours.

Parfois, il lui mendiait dix euros. D'autres fois, il sortait de sa poche une liasse de billets roulés et emmenait sa famille en week-end en Normandie. Plus Matias grandissait, plus son père s'inquiétait. Jamais il n'aurait pensé qu'un enfant coûtait si cher. En mars 2010, Brigitte n'a pas pu payer le loyer. Ni le mois d'après. Ni le mois suivant. Elle implorait la cantine scolaire, les commerçants. Jurait que tout serait bientôt réglé. Tiziano était de plus en plus nerveux. Il ne buvait pas, ne fumait pas non plus. Jamais il n'avait levé la main sur Brigitte ou sur leur enfant. Mais au premier « *commandement de quitter les lieux* », il a déchiré l'acte des huissiers et défoncé le placard de l'entrée.

La suite, Brigitte l'a survolée. Elle ne voulait pas entrer dans les détails. Qu'est-ce que je voulais savoir ? Pourquoi un homme se retrouve un jour, une arme factice à la main, devant le caissier principal d'un grand magasin ? Et pourquoi sa femme l'attend dehors, au volant d'une voiture volée en priant pour que rien ne lui arrive ? Les problèmes d'argent, la peur du déclassement, le besoin de dignité. Ce que ça faisait de devenir un bandit ? C'est ça que je lui demandais de me raconter ? Eh bien non. Pas envie. Elle avait le visage gris, les yeux dans le vague. Elle revivait ce matin-là.

Le fourgon de transport de fonds s'était garé devant le grand magasin. Ce n'était pas prévu, ça. Pas à cette heure. Leur informateur avait juré que les convoyeurs arriveraient à 11 heures, jamais avant. Son homme aurait tout le temps d'accéder au responsable du coffre, de tenir en joue le personnel de caisse, le directeur même, s'il avait la mauvaise idée de passer la porte. Voilà Tiziano et son pistolet, au milieu des employés de la comptabilité. Une femme a hurlé. Il a murmuré qu'il n'y avait rien à craindre. Un vigile a surgi par-derrière, et aussi les deux convoyeurs de fonds, vrais revolvers au poing.

— C'est un faux ! C'est un jouet ! a crié l'Argentin.

Il a levé les mains, s'est agenouillé face aux canons braqués, posant lentement son jouet d'enfant sur le sol. Et puis il s'est couché de lui-même, mains jointes dans le dos. Et le vigile s'est jeté sur lui, écrasant son dos d'un coup de genou.

— Et toi ?

Brigitte a attendu. Lunettes de soleil ce jour où il ne pleuvait pas. Elle avait baissé sa vitre, ouvert la portière de son pirate. Elle a vu le fourgon. Et puis les voitures de police, les hommes qui en sortaient en courant, ajustant un brassard orange à leur bras. Blousons, cheveux longs, mal rasés, jeans troués aux genoux. « On dirait des voyous », a pensé Brigitte. Elle a attendu, les mains sur le volant, sans mettre le contact. Et ils sont venus, arme au poing. Ils ont couru vers sa voiture. L'un d'eux s'est agenouillé, visant le pare-brise.

— Descends mains en l'air !

Alors elle a enlevé ses lunettes. Elle s'est couchée comme son homme, face contre terre. Longtemps, elle s'est demandé comment ils avaient fait le lien entre elle et lui. C'était le vigile. Il avait tout vu. Brigitte et

Tiziano s'étaient garés sur un espace réservé aux livraisons. L'agent de sécurité avait fait quelques pas pour leur demander de circuler. Mais il s'était arrêté au milieu du trottoir et avait tourné prudemment le dos au véhicule. Un chiffre de la plaque d'immatriculation se décollait. Il avait suivi d'instinct le manuel de formation, préférant le reflet discret à la brutalité du face-à-face. Dans la grande vitrine, il avait observé l'homme qui sortait de la voiture. L'inconnu semblait inquiet. Il avait regardé à droite, à gauche, puis passé quelque chose dans sa ceinture. Il était entré par la porte réservée au personnel. Son blouson faisait une bosse dans le dos. Il avait badgé deux fois. Et pris l'escalier de service, le vigile sur ses traces.

Au procès, l'accusation d'« appartenance à une bande organisée » n'a pas été retenue. Brigitte a pris deux années de prison et Hervé dix. Tiziano s'appelait Hervé. Il était né à Mont-de-Marsan. Son père était agent à la Chambre de Commerce et d'Industrie des Landes et sa mère travaillait au greffe pénitentiaire de la maison d'arrêt. Elle était d'origine espagnole, mais n'avait rien fui du tout. La justice et les cours d'assises n'aiment pas les belles histoires. Lui a été incarcéré à Poissy, près de Paris. Il avait déjà une dizaine de petites condamnations à son casier. Vols, escroqueries astucieuses. Son sursis est tombé. Et Brigitte a été emprisonnée dans une maison d'arrêt normande.

Onze cellules dans le quartier des filles, trente-sept lits. C'est là, derrière les barreaux, qu'on lui a annoncé la mort des siens. Mère, père, oncle, volés par la mer à cause d'un chalut de fond. Condamnée à moins de cinq ans, Brigitte a eu trois jours de sortie exceptionnelle pour assister à leur enterrement. « Circonstances familiales graves », a estimé le juge de l'application des peines. Elle a redouté l'image de la taularde menottée, accompagnée par des gendarmes en bord de tombe, mais le magistrat a décidé qu'elle sortirait seule et se rendrait à la cérémonie sans escorte. C'est là aussi, entourée de filles perdues, qu'elle a appris qu'elle avait un cancer. À la maison d'arrêt, le généraliste ne faisait pas de prélèvements médicaux et la gynécologue se faisait rare. Brigitte n'était pas à jour de ses visites. Quatre mois durant, elle a refusé un frottis, cédant un jour qu'elle était de bonne humeur.

— Elle m'a dit que j'avais quelque chose.

Maladie, conduite irréprochable, travail en détention, efforts de réadaptation sociale, Brigitte a été libérée après seize mois. Et puis elle a trouvé Assia sur son chemin, serveuse dans un restaurant de Saint-Denis. Le patron connaissait bien le « billet de sortie » que la Bretonne lui a tendu. Le solde de tout compte du prisonnier. Deux de ses plongeurs l'avaient en poche. Il y a jeté un coup d'œil distrait. « Solde du compte nominatif lors de la levée d'écrou : Cent vingt et un euros et cinquante centimes. »

— Il va falloir arrondir tout ça, a-t-il dit simplement.

Brigitte a travaillé un an à Saint-Denis. En 2013, elle a appris que ses parents lui avaient laissé la crêperie de Roscoff, et de l'argent sur deux comptes bancaires. Malgré la prison, les menaces de son père et les malheurs de sa mère qui détestait « l'Argentin », ils n'avaient pas désavantagé leur enfant. Ou n'en avaient pas eu le temps. Brigitte ne le saurait jamais. Alors elle a vendu le restaurant, la maison familiale cernée par les vieilles qui la montraient du nez. Elle a tourné le dos au pays, aux langues méchantes, à la poignée de cousins aigres qui lui restent. Elle a ouvert son restaurant en plein cœur de Paris, emportant le cœur d'Assia avec elle.

— Et ton fils ?

Brigitte a baissé la tête. Je ne connaissais pas encore la femme douloureuse. À 12 ans, Matias a été placé en foyer, puis chez des « tiers dignes de confiance », comme dit la loi. En accord avec l'Argentin de pacotille, la justice a confié le fils de Brigitte à des grands-parents paternels qu'il ne connaissait pas. Pour eux, Brigitte était la seule coupable. Elle, la fille des crêpiers. Une adolescente attardée. Une immature qui avait précipité leur fils dans la déchéance. Et son enfant avec. Deux ans après l'avoir capturé à Mont-de-Marsan, comme une prise de guerre, les parents de « Tiziano » ont demandé à la mère d'entamer une procédure de délaissement parental.

Ils se proposaient d'adopter leur petit-fils. Brigitte a pris un avocat. Elle a refusé. Contrairement au père de Matias, elle conservait l'autorité parentale. Elle avait un appartement, elle travaillait. Soigneusement, elle a caché qu'elle vivait avec Assia, mais cela n'a pas suffi. L'enfant est resté chez ces inconnus. Et c'était son choix. Chaque fois que sa mère lui a rendu visite, son fils a demandé aux grands-parents d'écourter le rendez-vous. Jamais Brigitte n'a su ce que ces gens disaient d'elle. Alors elle a espacé les rencontres, les lettres auxquelles il ne répondait pas,

132

les mails refusés, les SMS pour rien. En 2016, Matias a eu 18 ans. Et il a fait savoir à sa mère qu'elle ne devait plus jamais l'importuner.

— Importuner, tu te rends compte comme c'est violent, Jeanne ?

Devant son petit homme, Brigitte a capitulé. La mère était grièvement blessée. La femme, gravement malade, encore. Après avoir frappé l'utérus, le cancer saccageait son vagin.

Elle a ouvert son portefeuille.

— Tiens, mon fils, avant que je me fasse arrêter.

Le portrait de son père, c'est ce que disaient les grands-parents de Matias. Ils n'aimaient pas ce prénom. Ils l'appelaient tendrement « Hervé junior ». Boucles brunes, visage ovale, les yeux qui dévoraient. Alors j'ai ouvert mon sac, moi aussi. Je ne voulais pas ajouter à sa peine, mais partager un peu de la mienne. Je lui ai raconté Jules.

— Voilà, c'est lui.

La photo qui mentait. Mon fils riant à la vie. Sans chaise roulante, sans béquilles ni couche. Sans peur de lui ni de personne.

— On fait vraiment la paire, Jeanne, a chuchoté Brigitte, main posée sur la mienne.

7.

Perig Le Gwenn

Le Bro Gozh Ma Zadoù était un repaire entre bar, crêperie et bistrot ouvrier. Étudiants, employés, avocats du cabinet Catala ou flics du commissariat d'en face, Brigitte n'était pas regardante sur la clientèle. Elle avait même un faible pour un commissaire de police. Un « pays », originaire de Roscoff comme elle. Pierre Le Gwenn et Brigitte étaient nés à chaque extrémité d'une même rue, lui du côté de l'Hôtel de France, elle à trente pas de la Maison de l'Oignon. Et tous deux avaient été baptisés à Notre-Dame-de-Croaz-Batz, un jour de mai, à dix ans d'écart. Le garçon voulait être un corsaire, la fillette est devenue pirate.

Comme elle était son aînée, Brigitte le taquinait en l'appelant « Perig », petit Pierre en breton. À force de le voir réclamer du cidre, agitant sa bolée en criant : « *Malédiction, Brigitte ! Les mouettes ont pied !* », et d'entendre la patronne répondre « *Alors il est temps de virer, Perig !* », ses collègues flics avaient fini par adopter ce surnom. À la fin d'un pot de départ, même le divisionnaire avait trinqué en l'appelant comme ça.

135

Une nuit, Perig et Brigitte sont restés seuls derrière le rideau de fer baissé. Il lui a raconté sa vie. La mort de sa femme, renversée par un camion alors qu'elle était en panne sur une autoroute. Sa solitude. Et Brigitte a avoué la prison. Son fils qui ne voulait plus la voir. Ils ont bu. Lorsque la patronne a roulé un joint, le policier a tendu les doigts pour l'accueillir. Deux enfants perdus. Même terre, même ville, même paroisse, même rue. Même cœur fripé par l'exil. Quelques heures avant l'aube, l'homme a posé sa main sur celle de la femme. Elle ne l'a pas retirée. Ses yeux dans les siens, souriant sans moquer, elle lui a avoué Assia, la fille qu'elle aimait. Perig a retiré sa main. Elle était brûlante. Il a rougi. S'est excusé, les phrases en bouillie. Dit qu'il se sentait tout bête. Et lui a souhaité tout le bonheur du monde, en disant que cette Assia avait bien de la chance. Comme il l'aurait fait pudiquement en parlant d'un mari.

Alors Brigitte lui a repris la main. Elle était grave. Elle a exagéré l'accent du pays.

— Tu veux bien être mon « mignon » ?

Le policier a été stupéfait. Et puis il a ri. « *Mignon* », « *mignonez* », son enfance lui revenait violemment au cœur. La langue bretonne ne l'avait jamais intéressé. Mais il entendait encore sa grand-mère lui réciter les douceurs qui avaient fait sa vie. Comme mignon et mignonez, le masculin et le féminin du mot « ami ».

Il lui a pris la main.

— Alors, amis, a souri le commissaire.

Ce soir-là, Brigitte et Perig ont scellé un pacte.

Un matin, alors qu'il prenait son café au comptoir, le commissaire lui a raconté une affaire qui le chagrinait. Depuis deux ans, une bande de femmes attaquait des bijouteries en banlieue parisienne. Et à Paris, une fois, à quelques mètres de son commissariat. Sept attaques, aucune piste. Le scénario était toujours le même. Postiches, lunettes noires, armes. Et de pauvres butins.

— C'est quoi, un pauvre butin ? avait-elle demandé au policier.

— Jamais plus de 300 000 euros.

— Tu trouves ça pauvre ?

— Au regard des risques ? Minable !

Une fille avait attiré l'attention des enquêteurs, toujours la même. Une grande, qui menait la bande au braquage et couvrait sa fuite. La voleuse portait une perruque afro tricolore, comme celle des supporters de l'Équipe de France. Mais aussi un masque de théâtre, peint de trois bandes horizontales. Rouge du front aux yeux, bleue des yeux aux narines et blanche jusqu'au menton. Pour Perig, ses hommes, le procureur et la juge d'instruction, cette voleuse narguait les autorités. Elle saluait les caméras de surveillance en brandissant trois doigts de la main droite, le pouce, l'index et le majeur. Les journaux populaires l'avaient surnommée « Pom-pom girl » ou « La Bleue ». C'était dans le milieu des fans de ballon que les policiers recherchaient leur suspecte. Mais un matin, lorsqu'une photo d'elle en couleur, volée par une caméra de surveillance, était passée dans un magazine, plus nette et plus détaillée, une jeune policière s'était précipitée dans le bureau du commissaire

Le Gwenn. Elle rayonnait, agitant le journal au-dessus de sa tête.

— On fait fausse route, commissaire ! Cette salope est serbe !

Le haut fonctionnaire s'est raidi. Il a toisé la jeune femme. Et laissé le silence s'installer. Le Gwenn était en réunion avec un lieutenant. Elle n'avait ni téléphoné ni frappé avant d'entrer.

— Vous êtes ?

— Gardien de la paix stagiaire Krasniqi.

Elle s'est mise au garde-à-vous, torse bombé, main droite à la tempe et paume visible.

Le commissaire s'est tourné vers l'autre policier. Il souriait.

— Nous avons une gendarmette dans le service ?

La jeune femme a hésité.

— Sommes-nous dans l'armée, mademoiselle ?

Elle a rougi. Puis s'est mise au repos.

— Vous saluerez mon cercueil si cela vous chante. Pour l'instant, on se serre la main.

Le Gwenn s'est tourné vers l'autre policier.

— Girard ?

Le lieutenant s'est levé.

— Krasniqi, tout juste sortie de l'école de police, Monsieur.

— Sens ? a interrogé le commissaire.

— Oui, École nationale de Sens, a répondu la jeune fille.

— Ça vous fait un point commun avec le lieutenant.

Elle avait intégré le Service des compagnies centrales

138

de circulation. Contrôles à la volée, régulation de Roland-Garros les jours de tournoi, concert de U2 au Stade de France, verbalisations des infractions routières. « Flic à la circul' », comme elle disait fièrement. La semaine dernière, elle était intervenue avec sa compagnie sur un recel d'ambulance volée, et avait aidé à une première interpellation.

Le commissaire lui a indiqué une chaise.

— Je propose que nous reprenions calmement, depuis le début.

La gardienne s'est assise.

— C'est quoi, cette histoire de Serbes ?

La jeune femme a posé le journal sur la table du commissaire.

— La perruque n'est pas aux couleurs du drapeau français, mais à celles de la Serbie.

Les deux policiers se sont penchés sur l'image.

— Bleu, blanc, rouge, a murmuré le lieutenant.

— Rouge, bleu, blanc, a-t-elle rectifié.

Perig Le Gwenn a claqué la langue, une habitude d'enfance.

— C'est pour ça que vous êtes venue ?

La jeune gardienne a sorti un compte-fils. Elle l'a posé sur le masque de la voleuse.

— Regardez là. C'est le blason de la famille royale de Serbie.

Peint en blanc au milieu du front rouge, une croix entourée de quatre virgules.

Elle tapotait la photo. Les hommes se taisaient.

Le commissaire a relevé la tête.

— Ce qui signifie ?

— Ce sont des lettres « C », en cyrillique.

Agacement du policier.

— Et donc, qu'est-ce que ça veut dire ?

— En latin serbe : « *Samo Sloga Srbina Spasava* », « Seule l'union sauve les Serbes ».

Le Gwenn s'est levé. Lentement, il a parcouru les trois pas qui le conduisaient à sa fenêtre borgne. Un mur de briques, la soufflerie d'un restaurant et deux doigts de ciel pour horizon. Il tournait le dos à la jeune femme, mains dans les poches.

— Et le salut à trois doigts est un vieux truc nationaliste.

Le commissaire est retourné à son bureau. Il s'est assis lourdement.

— Êtes-vous serbe, Krasniqi ?

Il a écrit quelques mots sur une feuille, les yeux baissés. La jeune femme a sursauté.

— Non, Commissaire. Je suis kosovare, originaire de Reçak.

Le policier a relevé la tête. Regard dur.

— Je ne veux plus entendre le mot salope dans mon service, mademoiselle.

La gardienne a baissé les yeux.

— Je n'accepte ce langage d'aucun de mes hommes. Et vous en faites partie.

Le lieutenant a esquissé un sourire.

— Je vous prie de m'excuser, Commissaire.

Il lui a montré la porte d'un geste du menton.

Elle allait sortir.

140

— Vous parlez serbe ?

— Oui, et albanais. Et turc, aussi.

Le Gwenn a hoché la tête.

— Quel est votre prénom ?

— Drita.

— Drita, quelque chose me dit que vous ne resterez pas stagiaire très longtemps.

Drita Krasniqi avait raison. Les voleuses étaient quatre Serbes, et toutes venaient de Niš, une ville du sud-est du pays. Interpellé quelques semaines plus tard à la frontière, un comparse les avait vendues. Il n'avait donné ni leurs noms ni leurs adresses, seulement leur nationalité. Criminelle orgueilleuse, l'une d'elles portait effectivement une perruque rouge, bleu et blanc aux couleurs du drapeau national. Comme le masque, avec la croix serbe peinte sur le front. Chaque fois, les victimes rapportaient que c'était elle qui brisait les vitrines à la hachette. Selon des témoins, elle s'appelait Mirjana. Son prénom avait été crié par une complice lors d'un hold-up. Les flics avaient donné un nom de code au groupe : « La Brise de Niš », une blague de commissariat qui mélangeait les bandits corses de la Brise de mer et le Brice niçois du cinéma populaire. Pour les enquêteurs, c'étaient des « dures », des sans morale, des prêtes à tout qui avaient utilisé deux fois de l'explosif pour couvrir leur fuite. Des tueuses, comme les mafieux arrivés en nombre des Balkans après la chute du Mur, les guerres, le déchirement des peuples. Un jour qu'elle servait au bar, Brigitte avait même entendu un policier dire à l'autre :

— Les voyous arabes ou corses vont nous manquer, tu vas voir. Ils n'étaient pas comme les crapules qui arrivent de l'Est. Ils nous la faisaient à la régulière.

— Des Français, quoi, avait répondu l'autre en terminant son verre.

Brigitte s'était passionnée pour les filles de Niš. Chaque fois qu'elle rencontrait Perig, elle lui demandait des nouvelles de Mirjana. Une fois encore, la bande avait frappé. Une boutique d'achat d'or à Bondy. Trois doigts à la caméra. C'est de là qu'est partie la dernière intoxication. « *Un geste d'amour pour un joueur de l'équipe de France de football* », avait écrit un journaliste people. Citant une « *source sûre proche de l'enquête* », il avait expliqué que c'était en l'honneur du « Prince de Bondy » que la braqueuse avait choisi de frapper dans cette ville.

— Source sûre, source aigre, avait rigolé le commissaire.

La fausse nouvelle était devenue virale. Inondant la toile, les blogs, les commentaires. Chacun rajoutant un détail, une fioriture, une phrase « off » soi-disant lâchée par un policier ou un magistrat. Un interprète en langage des signes, invité dans une émission de divertissement, a expliqué que l'étrange salut à trois doigts n'était autre que la première lettre du prénom du sportif. Un psychanalyste a parlé d'amour de transfert. Un spécialiste des banlieues a prétendu, au journal de 20 heures, que ce geste venu des prisons américaines était le signe de reconnaissance de certains jeunes défavorisés de Seine-Saint-Denis. Un criminologue a doctement rappelé l'histoire du Gang des postiches et l'utilisation des perruques dans le crime organisé.

Même la place Beauvau avait été mise à contribution. Un « proche conseiller du ministre de l'Intérieur », invité sur une radio nationale pour tout autre chose, avait refusé de s'exprimer sur cette affaire. Preuve irréfutable de la gêne provoquée en haut lieu par la fuite.

Les flics n'avaient pas démenti. Ni évoqué la piste balkanique. Le juge d'instruction s'était tu. Le footballeur avait eu la sagesse d'ignorer l'affaire. Peu importait, après tout. Les crédules avaient une légende à ronger. Et les Serbes s'imaginaient au-dessus de tout soupçon.

Après Bondy, pourtant, le gang n'est pas réapparu.

— On pense qu'elles sont retournées se mettre au vert au pays, avait expliqué le commissaire.

— À moins qu'elles sommeillent à deux pas de ton commissariat, avait taquiné Brigitte.

8.

Mélody Frampin

Matt avait appelé le matin même, sur mon répondeur. Il était rentré de voyage. Il avait vu le stylo et la feuille muette posés sur la table, l'armoire ouverte à demi, mes cintres vides. Dans son message, il disait me trouver courageuse. Je détestais ce mot.

— Tu es très courageuse, Jeanne.

Courageuse. Je n'entendais que ça. Courageuse pourquoi ? Parce que je passais à la librairie en souriant ? Parce que j'allais acheter une baguette pas trop cuite en cherchant ma monnaie ? Parce que je marchais sur le trottoir, au milieu de tous les bien-portants ? Quel courage ? Je n'étais pas courageuse, je résistais. Je faisais avec. Je me levais le matin avec la peur au ventre. J'avais le sein tailladé, un boîtier sous la peau, du poison rouge plein les veines, le crâne chauve, la bouche douloureuse, le cœur qui martelait, des envies de vomir, les articulations douloureuses, le ventre torturé. Je n'étais pas courageuse, je marchais droit devant. Et comme je le pouvais.

Je regardais le ciel, les arbres, le soleil sur un visage,

la pluie dans les cheveux. Tout était différent. Tout était urgent.

— Je ne sais pas où tu es ni avec qui, mais je te trouve très courageuse, Jeanne. Je voulais te le dire. En prenant ce recul, tu me respectes et tu te protèges. Merci.

Brigitte avait écouté le message. Moue dégoûtée.

— Le connard majuscule !

Et puis, elle m'avait proposé de goûter ses galettes et son cidre. De me conduire dans ce qu'elle appelait « la cache ». Le deuxième repaire du club des K. Là où tout se jouait, où tout s'avouait, où tout se pardonnait. Une fois les clients repartis et le rideau baissé.

Brigitte avait tiré la porte du Bro Gozh Ma Zadoù, me laissant passer devant elle. Son geste théâtral avait quelque chose du cérémonial de bienvenue.

— « *Vieux pays de mes pères* », notre Quartier général, avait souri Brigitte.

C'était la première fois que j'entrais dans le repaire des filles. De longues tables, des bancs, serviettes en papier. Un coude à coude qui lui rappelait la crêperie de ses parents. Dans le quartier, les gens disaient aller au « Bro » ou à « La Bolée », du nom que lui avaient donné les anciens propriétaires. Mais il y avait toujours quelque Breton, perdu dans la ville, qui entrait en félicitant Brigitte de défendre son hymne national.

Comme Perig, elle ne parlait pas sa langue. Elle avait pour son pays des blessures discrètes. Mais son père lui chantait ces paroles lorsqu'elle était enfant. « *Ni, Breizhiz a galon, karomp hon gwir Vro !* », « Nous, Bretons de

146

cœur, nous aimons notre vrai pays ! » Elle ne comprenait rien, ne demandait ni explication ni traduction. Simplement, elle regardait cet homme dans l'obscurité, assis au pied de son lit et les yeux fermés. Sa voix grave, ses larmes parfois, après le verre de trop. Sa Bretagne était rouge. Pays de Rol-Tanguy, pas l'illusion criminelle d'un Célestin Lainé et de ses « Bretonische » en uniforme SS. Cette ballade mystérieuse était ce qui lui restait de son père. Le seul homme qui l'ait protégée.

Brigitte était en arrêt de travail mais passait parfois en cuisine et aidait Assia au service. Ce soir-là, elle m'avait proposé de dîner sous leur toit. Les filles étaient comme ça. Elles se laissaient approcher pas à pas. Et m'accueillir au Bro Gozh semblait plus important que de me faire une petite place dans leur appartement. La crêperie était leur citadelle.

Il était un peu plus de minuit. J'aidais Assia et Brigitte à dresser les tables pour le lendemain lorsque Mélody a tapé à la vitre. Sa perruque blonde était de travers. Elle pleurait. Assia s'est précipitée, l'a prise dans ses bras. Des larmes d'enfant. Elle l'a fait asseoir sur une chaise, derrière le bar. Brigitte est sortie de la cuisine. Elle a jeté son tablier sur une table.

— Qu'est-ce que tu as ?

La petite essuyait ses larmes à pleines mains. Assia l'a prise par l'épaule.

— Mélody ? Tu m'entends ? Tu as mal quelque part ?

La jeune fille m'a regardée. Elle a levé les yeux vers Brigitte.

— Je crois que Jeanne peut tout entendre.

Assia a eu un geste de défiance, pour la forme.

— Il a doublé le prix, a sangloté Mélody.

Brigitte a donné un coup de pied dans le bar. Assia s'est retournée, face à la rue noire.

— Pourriture, a-t-elle craché.

Je me suis éloignée. J'ai ramassé quelques verres qui traînaient, suis retournée à la cuisine. Lorsque je suis revenue, les trois filles étaient enlacées. Mélody pleurait toujours.

— Ça fait combien ? a demandé Brigitte.

La jeune femme a agité une main.

— Combien ? Dis-nous.

Mélody, tête baissée. Voix de souris.

— Cent mille.

Assia s'est relevée brusquement.

— Merde !

Brigitte a massé son visage. Elle regardait Mélody, le sol, le drapeau noir et blanc de la Bretagne qui couvrait une partie du plafond.

— Cent mille, elle a répété lentement.

Puis elle a ouvert une bouteille de chouchen. Quatre petits verres, posés sur le bar. Elle en a tendu un à Mélody, un autre à Assia. Et puis elle est venue vers moi.

— Chouchen ?

— Je ne connais pas.

— La boisson des dieux.

Regard dur.

— Bienvenue dans un autre panier de crabes, Jeanne.

J'ai reposé mon verre de miel.

148

— C'est-à-dire ?

Assia a soupiré.

— Il va falloir tout te balancer.

— On savait bien qu'il faudrait en passer par là, lui a répondu Brigitte.

*

Mélody aussi avait rencontré un mauvais garçon. Et pas un piètre Hervé de Mont-de-Marsan. Il s'appelait Arseni, il était russe, né à Saratov, sur la rive droite de la Volga. Elle l'avait connu à 19 ans. Il chantait son pays dans le métro et autour des cafés de la place du Tertre. Il avait même fabriqué un petit CD qu'il vendait aux passants. Mélody n'avait jamais voulu raconter leur histoire. Ils s'étaient rencontrés, voilà tout. Elle l'avait aimé. Hébergé dans son studio et nourri pendant des mois. Arseni chantait, mais il buvait aussi. Il la frappait souvent, puis s'excusait en larmes. Il pleurait qu'il voulait mourir. Il la prenait de force. À 20 ans, elle a accouché de leur fille. Il ne l'a pas reconnue tout de suite mais avait insisté pour l'appeler Eva, le prénom de sa grand-mère. Mélody avait pensé à Lioubov, mais Arseni s'y était violemment opposé.

Avant son cancer, Mélody travaillait dans une onglerie de galerie commerciale. Elle disait « l'Institut », se revendiquait « styliste et prothésiste ongulaire ». Elle n'avait aucun diplôme, aucune qualification en esthétique. Un jour, elle avait remplacé une amie malade, et elle était restée. Pose de faux ongles avec gel, façonnage de résine, décoration, comblage, pose de vernis, elle était devenue indispensable à la boutique. En 2016, Arseni est allé chercher leur fille à la maternelle et n'est jamais rentré. Il trouvait que cette mère n'était pas à la hauteur. Son enfant n'aurait aucun avenir dans vingt mètres carrés. Alors il a décidé de retourner en Russie avec elle. Il l'a annoncé par téléphone à Mélody. Pas en face. Sa voix seulement, et aussi celle de leur fille qui disait au revoir à sa maman comme on part au matin. Mélody a menacé de prévenir la police.

— Si tu fais ça, je la tue et je me flingue !

Eva avait 5 ans. Et sa mère un cancer, déclaré quelques mois après l'enlèvement. Elle était abattue, brisée, terrorisée. Elle n'avait pas osé aller plus loin. Alors elle a fait ce que font les victimes. Elle s'est sentie coupable, mauvaise mère, barbouilleuse d'ongles. Une pauvre fille de rien qui n'avait eu que ce qu'elle méritait. Après l'ablation de son sein, elle a tenté de se suicider. Médicaments, alcool, une mort de femme. Hospitalisée, suivie quelques semaines en psychiatrie, elle a décidé de récupérer son enfant. Une idée folle et forte. Combien devait-elle payer pour récupérer sa fille ? Au téléphone, le Russe est devenu fou. La plus belle petite fille du monde n'était pas à vendre. Il hurlait, insultait, en perdait la langue française, mais Mélody a tenu bon. Chaque fois qu'il appelait, elle lui demandait de fixer un prix. L'enfant était élevée par les parents d'Arseni. Pour eux, sa mère était morte. Malvenue dans la famille, cette fillette. Une bouche de trop. Ils vivaient dans une cité de Volgograd. La petite était sans cesse malade. Gorge, nez. Le médecin disait qu'elle était fragile. Parfois, elle ne pouvait même pas respirer.

Un soir, en cachette des autres, Arseni avait appelé. Il respirait doucement dans le combiné.

— Cinquante mille.

Mélody s'était figée.

— Qu'est-ce que tu dis ?

— Ta fille, c'est cinquante mille.

Et puis il avait raccroché. Mélody s'était effondrée. Elle gagnait 1 600 euros par mois. Sur son compte épargne, il n'y avait que 5 740 euros. Cette nuit-là, elle n'avait pas dormi. Une fois encore, elle avait erré dans son studio, entre la bouteille de vodka et les calmants, versant le tube dans sa main, puis hésitant, avant d'y remettre les pilules une à une. Le matin, elle avait chimio. Elle avait douté. Pourquoi guérir ? Et guérir de quoi ? Elle avait perdu son enfant, son sein, son emploi depuis qu'elle était malade. Une fille de caniveau. Elle s'était détestée. Et puis, quand même, ce rayon de soleil au matin, cet oiseau sur la rambarde. Alors elle a fini par mettre sa perruque cendrée, son blouson de cuir rouge, elle a pris le métro. Un jeune l'a sifflée. Elle est entrée une nouvelle fois dans la salle d'attente de l'hôpital. Il n'y avait personne, à part une belle femme, nuque raide et tête nue. Mélody s'est assise. Elle a pris un magazine sur un présentoir et s'est mise à pleurer. L'autre s'était rapprochée, main tendue. Une voix grave, harmonieuse.

— Brigitte.

Silence. Mélody n'avait pas envie de parler.

— J'ai le temps, a souri la belle femme.

Comme elle l'avait fait pour moi, elle a attendu Mélody après sa séance, avec une bouteille d'eau et une crêpe sucrée, enveloppée dans du papier aluminium. La môme avait pleuré pendant quatre heures. Ses yeux étaient cerclés de noir et ses lèvres bleues.

— Quelqu'un vient te chercher ?

Non. Personne. Elle était seule au monde et l'a dit comme ça.

— Je te présente Assia.

La jeune fille a tendu une main molle.

— Mélody.

Brigitte a eu un petit rire.

— C'est un nom de scène ?

L'autre n'a pas réagi. Elle était faible, tenait à peine debout.

— Allez, on t'emmène, a lâché Brigitte, la prenant par le bras.

Puis tout était allé très vite. Mélody avait raconté. Arseni, Eva, le rapt, la rançon. Les filles ont proposé d'aller ensemble à la police, Brigitte a parlé d'un ami commissaire, de l'ambassade de Russie, de prendre un avocat, mais la mère a dit non. Chaque fois qu'elle parlait de sa fille, elle tremblait. Elle avait tremblé aussi en montrant les photos. La petite au panier de lavande, celle au maillot rayé, le gros plan radieux avec les yeux immenses et la couronne de tresses. Le Russe avait en lui un instinct de mort. Cet homme pouvait tuer. Elle en était persuadée.

Lorsque les filles ont vu son taudis minuscule, elles l'ont adoptée. Comme on choisit son enfant. Brigitte a raconté son fils, qu'elle ne reverrait plus. Et Assia a murmuré le bébé qu'elle n'avait pu avoir.

152

*

J'ai été réveillée par un rai de lumière. Des pas hésitants sur le parquet. La porte du réfrigérateur. Un verre qui tombe. Une plainte de souris.

— Les filles ?

Je me suis levée brusquement. Au moment où j'ouvrais la porte de ma chambre, Brigitte entrait dans le salon. Mélody était nue, assise par terre. Elle se tenait le ventre à deux mains.

— Ne bouge pas ma chérie, on va t'aider.

Assia l'a saisie délicatement sous les aisselles, Brigitte l'a relevée à bout de bras. J'ai ouvert la porte de la salle de bains. Mélody vomissait presque tous les jours. En cachette, souvent. Mais cette fois, ses forces l'avaient abandonnée. Nous la retenions à trois, au-dessus de la cuvette. Un mélange d'angoisse et de maigre repas. Elle n'avait pas de fièvre, seulement une grande fatigue. La veille, elle était tombée. Dans la rue, de sa hauteur, protégeant son corps bras jetés en avant. Un malaise de rien du tout, nous avait-elle dit. Elle avait le front et la joue tuméfiés.

— Pas de scooter jusqu'à nouvel ordre, lui avait ordonné l'oncologue.

Je n'avais pas allumé la salle de bains, seulement le couloir. J'étais en tee-shirt froissé, Brigitte en pyjama trop grand. Assia, la chemise de nuit relevée sur son ventre. Trois femmes chiffonnées qui secouaient un corps adolescent. J'ai été effrayée par la maigreur de Mélody. Son sein amputé, un ventre de famine, un crâne en porcelaine,

153

des jambes et des bras fragiles à se briser. Je me suis demandé comment une telle brindille avait pu enfanter. Ce jour-là, elle a vomi longtemps et pas grand-chose. Un peu de bile. Des hoquets douloureux.

Brigitte l'a ramenée à sa chambre comme on porte un enfant. Nous avons embrassé son front, une à une. Assia est restée un peu, assise sur le lit à ses côtés, sa main dans la sienne. Pour l'endormir, elle lui a fredonné une chanson berbère que sa mère lui chantait lorsqu'elle était enfant. Une berceuse de l'Aurès, en langue chaoui. J'avais laissé ma porte de chambre ouverte. Même chuchotée, la voix d'Assia était puissante. Elle montait dans les aigus, s'abandonnait dans les graves, soufflait le vent du désert. Mon ventre protestait. Assia l'a apaisé.

9.

La nausée

Toutes étions en mal d'un enfant. Cette évidence m'avait bouleversée. C'est pour cela que Brigitte avait choisi Assia, pour cela aussi que les deux femmes avaient adopté Mélody, pour cela encore que j'étais entrée dans leur cercle magique. Assises autour du bar, les filles avaient fait leurs calculs. Cent mille euros. Brigitte pouvait vider son livret A. Assia a proposé de vendre sa vieille voiture. Mélody n'avait que ses yeux pour pleurer. Moi ? J'avais un carnet de chèques et deux mois de salaire d'avance, mais rien qui puisse nous aider. À moins de me séparer de la ménagère en argent de ma mère. Et puis quoi ? Quelques centaines d'euros, pas plus. Le compte n'y était pas. Ce soir-là, nous sommes rentrées à l'appartement sans un mot. Je me suis couchée la première, le ventre en feu. Mélody est ressortie. Tard dans la nuit, Brigitte et Assia chuchotaient encore.

Le lendemain, je suis partie à l'aube. Clarisse était seule à la librairie. J'ai récupéré mon ordinateur portable et me suis installée dans un café, en attendant l'ouverture de ma banque. J'ai ouvert mon compte en ligne. L'agence proposait un prêt personnel pouvant aller jusqu'à 75 000 euros, remboursables sur 108 mois à raison de 825,25 euros par mois. Neuf ans, pas grand-chose. J'ai étudié le taux d'intérêt : 3,99 %. Mes tempes battaient. Mes doigts tremblaient sur les touches. Pourquoi pas ? En nous y mettant toutes les trois, le remboursement était possible. Après avoir récupéré sa fille, Mélody pourrait travailler à la crêperie, servir en salle, aider en cuisine, payer sa dette. Eva valait bien ça. Et à la fin de son traitement, elle retournerait à son « Institut ».

Je suis allée aux toilettes. Pour la première fois, j'avais mis ma perruque rousse. Dans le miroir, elle était un peu plate, les cheveux trop brillants, mais elle faisait illusion.

Avant de venir, j'avais pris rendez-vous avec mon conseiller. Il suivait mes comptes depuis près de dix ans, jouait au tennis avec Matt et venait parfois dîner à la maison en compagnie de Géraldine, sa femme. Il me désirait. Il me l'avait craché comme ça, un jour dans notre cuisine, après s'être proposé de m'aider à débarrasser. Il faisait le beau devant moi, son épouse, toutes les filles. Un jeune paon qui gloussait en faisant la roue.

— À vous les livres brochés, à moi la livre sterling. Joli couple, non ?

Géraldine baissait les yeux. Matt ne voyait rien. Les deux hommes ne parlaient que de chiffres. Une nuit qu'il me savait seule, il m'avait appelée sur mon portable.

— Allô, Madame la libraire ? Quel livre me conseilleriez-vous pour passer une belle nuit ?

Je lui ai répondu poliment que comme type, il n'était pas mon genre. Il a raccroché. Et puis m'a ignorée. De femme à courtiser, j'étais devenue l'épouse de son copain.

Au téléphone, je lui avais parlé d'un prêt personnel important. Il savait que Matt et moi étions en froid. Il me recevrait volontiers dans la matinée.

— On va regarder tout ça.

C'est ce qu'il avait dit.

Lorsque je suis entrée dans son bureau, il s'est levé en souriant. Il est venu à ma rencontre et m'a embrassée poliment, ses mains sur mes épaules.

— Alors, ma chère Jeanne, de quoi parle-t-on ?

La formule était étrange. J'ai sorti mon carnet à spirale. J'avais noté les résultats de la simulation du prêt en ligne. Le montant, le taux, la durée du remboursement. Voilà. C'était tout. Il était légèrement penché en avant, les coudes sur son bureau, un index posé sur les lèvres. Et puis il a ouvert un tiroir de son bureau et glissé un formulaire devant moi.

« *Déclaration d'état de santé* ».

J'ai interrogé le banquier. Il ne me quittait pas des yeux.

— Il va falloir me remplir ça.

J'ai frissonné. Je l'ai regardé, et puis la feuille. J'ai cherché mes lunettes dans mon sac. « *Êtes-vous actuellement en arrêt de travail ?* », « *Êtes-vous atteint, à votre connaissance, d'une affection ou d'une maladie de quelque nature que ce*

157

soit ? », « Suivez-vous un traitement médical ? » J'ai relevé la tête. Il me tendait un stylo.

— Si tu coches un seul oui, nous avons un problème.

— Un problème ?

Il m'a expliqué qu'en cas de maladie grave, le montant d'un prêt était limité. La prime d'assurance était tellement élevée que la plupart des gens renonçaient. Sa voix avait changé. Métallique, mécanique. Des éléments de langage. Je connaissais le copain, pas le banquier. Derrière la porte vitrée de son bureau, c'est son agence qu'il protégeait. Il a repris l'assurance de prêt, l'a agitée en éventail devant ses yeux.

— Alors ? Oui ? Non ?

J'avais la bouche sèche. Depuis quelques jours, des aphtes abîmaient ma langue et ma diction. J'ai repoussé la feuille du doigt. Je battais en retraite.

— Comment se déroule ton traitement, Jeanne ?

Souffle coupé.

— Pardon ?

— Ta chimiothérapie.

Matt lui avait dit. Cela ne pouvait pas être autre chose. J'ai enlevé mes lunettes, rangé mon carnet, fermé mon sac. Je n'osais plus lever la tête. J'avais le front moite et les joues brûlantes. Cette sueur encore, qui perlait sur ma tempe. Je me suis levée lentement. Sans lui tendre la main, sans un mot de plus que mes yeux baissés.

— Tu as l'air en forme, quand même.

Je me suis retournée. Il souriait. Je ne sais pas pourquoi, j'ai failli lui cracher dessus.

158

— À part ça, on voit à peine que c'est une perruque. Alors j'ai craché.

J'ai pleuré sur le trottoir. Et aussi dans le métro, cachant mes yeux avec les mains. Dans l'escalier qui menait à la sortie, je suis tombée sur une vague cliente.

— Jeanne ?

Elle s'était arrêtée entre deux marches. Elle avait le temps. Elle me regardait bizarrement. Elle avait entendu dire que j'étais malade. Elle posait les questions sans attendre de réponse. J'avais l'air très en forme. Et mes cheveux avaient drôlement repoussé. Ce n'était pas comme sa sœur. Elle avait eu un cancer du sein, sa pauvre sœur. Et n'en pouvait plus de sa chimio. Elle souffrait ! Mais elle souffrait ! C'est bien simple, de grande sœur elle était devenue la petite. Elle avait des maux de ventre, de tête, elle perdait l'équilibre en se levant le matin. Mais elle était courageuse. Un peu comme moi.

— Il en faut du courage, hein Jeanne ?

Tout en parlant, elle observait les passants. Elle parlait, parlait. Prenait la place de ma tumeur.

— Vous verrez, m'avait glissé Flavia avec malice, votre cancer, ce sont les autres qui en parleront le mieux.

Mon oncologue avait raison. Ils passaient ma vie à se raconter.

La cousine de ma vague cliente aussi avait eu quelque chose comme moi. Morte à 28 ans. Si je me rendais compte ? Bien sûr ! Quelle horreur. J'avais les yeux brûlants, le nez plein. Je n'écoutais plus rien. Un bourdonnement lointain. Le sifflement d'oreilles après une explosion. Et elle faisait des mines, racontait les douleurs de sa sœur, prenait sa voix pour mimer leur dialogue. Je venais de cracher en direction d'un homme. Jamais je ne m'en serais crue capable. Et si je giflais cette femme, maintenant. Comme ça, sans un mot. Pour que ses lèvres cessent de faire tout ce bruit. Je ne l'ai pas fait. C'était une brave femme. Une solitaire qui ne parlait qu'aux commerçants. Aujourd'hui, elle avait rencontré Jeanne la libraire si sympathique avec tout le monde. Et tellement souriante. Et tellement polie. Et tellement bien élevée. Orpheline à 20 ans, qui s'était faite toute seule, à la force des crocs sans jamais les montrer. Et qui avait fait un beau mariage, mais qui avait eu le malheur de perdre un enfant. Un garçon, je crois. La sœur de ma cliente aussi avait failli perdre le sien. Mais il était vivant, Dieu merci ! Avec une belle situation. Et une famille comme dans les feuilletons. Elle parlait, je mourais. J'étais son heure de pause. Jamais elle ne m'a demandé comment je me portais. Jamais. Elle me dominait sur les marches, son cabas posé sur le sol. Et puis elle a regardé sa montre, marquée par la surprise.

— On cause, on cause mais ce n'est pas tout ça.

Et puis s'en est allée.

Arrivée dans l'appartement, je me suis effondrée. Pour la première fois depuis le début de mon traitement, j'avais vomi mon café du matin. Des mains serraient mon ventre. Je n'arrivais plus à respirer. Un mal de tête fracassait jusqu'à ma mâchoire. Et aussi, la fatigue me privait de mes mots. Je ne terminais plus mes phrases.

Je ne me souvenais plus des visages, des gens, des lieux, des dates. J'étais sans mémoire. Lorsque je suis entrée, Assia s'est précipitée. J'étais livide.

— Viens t'asseoir, Jeanne.

Elle m'a prise dans ses bras. Enlevé doucement ma perruque. Je lui ai offert les dernières larmes qui me restaient. Je lui ai raconté le salaud, le prêt, la déclaration d'état de santé. J'étais recroquevillée sur le canapé. Elle me caressait la tête.

— Personne ne veut prêter à un cancéreux. Tu ne le savais pas ?

J'ai secoué doucement la tête. Non, je ne savais pas. Je m'appelais Jeanne Hervineau, j'étais une fille honnête et travailleuse. La même aujourd'hui qu'avant ma maladie. Rien n'avait changé. Quel droit avaient ces gens sur moi ? Pourquoi fallait-il que je me sente à part ? Assia me câlinait, comme personne depuis très longtemps. Je ne lui connaissais pas ce regard chaviré. Elle avait mis ses lèvres près de mon oreille et fredonnait doucement, comme on calme un enfant. J'ai levé les yeux. La lumière était trop vive. Assia s'est levée pour l'éteindre. Et puis elle a allumé une bougie. Et s'est assise dans le fauteuil, en face, une cigarette aux doigts.

— Merci de m'avoir recueillie, Assia.

Les seuls mots que j'ai pu lui dire. Elle a souri.

— Tu n'es pas la seule à l'avoir été.

Elle s'est étirée.

— Ici, c'est la maison mère.

J'avais froid. Elle a jeté un châle sur mes épaules. Comme je l'avais fait avec Brigitte, je lui ai parlé de

Jules. L'enfant qui manquait à mes bras. Une fois encore, j'ai sorti la photo de mon fils. Depuis qu'elle avait quitté la cheminée, je ne cessais de la caresser. Dans le métro, pendant mes séances de chimio, le soir avant de m'endormir. C'était devenu un talisman. Assia a murmuré que mon fils était beau. Il l'était. Elle a regardé la fenêtre, le plomb du ciel, la pluie qui agaçait les vitres. Et puis, Assia la fragile m'a enfin parlé d'elle.

10.

Assia Belouane

Avant de connaître Brigitte, Assia vivait avec un petit homme. Un enfant terrible. Il s'appelait Franck et pratiquait l'airsoft en forêt. Un jeu de guerre grandeur nature avec capture de drapeau. Une fois par mois, par affection pour cet homme, elle s'habillait comme lui d'un treillis, de rangers, barbouillait son visage de noir, casquette enfoncée jusqu'à ses lunettes de protection.

Franck jouait au soldat. L'aimer, c'était le suivre. Il aurait été philatéliste, elle se serait passionnée pour le Penny Black de 1840. Mais son combattant d'opérette rampait dans les sous-bois alors Assia rampait à ses côtés. « L'Arabe », il l'appelait. Elle lui avait expliqué qu'Assia était la femme de Pharaon, qu'elle avait recueilli Moïse. Que son prénom voulait dire « Celle qui soigne et prend soin », mais Franck n'avait que « l'Arabe » en tête. Et elle s'obstinait à y voir de la tendresse. Pour la taquiner, il lui avait même offert la casquette en tissu camouflé des troupes françaises en Algérie, avec visière et protège-nuque.

— La casquette Bigeard ne te va pas si mal !

Cette Arabe-là n'était pas bien méchante. Et plutôt jolie. Alors les garçons l'avaient adoptée.

Pendant un an, elle a joué à mourir avec son héros de pain d'épices. Pendant un an aussi, elle lui a parlé de bébé, mais ce gamin n'en voulait pas. Il détestait les femmes enceintes, les poussettes, les sorties d'école, le cri des petits d'hommes. Il trouvait que la famille menait le couple à sa perte. Assia attendait un enfant. Et ne le lui a pas dit. De peur de perdre son homme, elle est allée seule à la clinique, un matin de novembre, pour perdre son enfant. Elle a pleuré sur le chemin et séché ses yeux en poussant la porte. En quelques heures, elle est passée de mère à rien. Elle le lui a caché. Puis elle s'est éloignée. S'est lassée peu à peu de sa docilité. De l'Arabe, des guerres infantiles, de son treillis de carnaval, de son visage camouflé pour partir au combat. Puis de son corps à lui, de ses mots, de ses yeux. Elle s'en voulait d'être tombée au champ de déshonneur.

Un matin, Franck s'est levé. Elle restait chez lui parfois, lorsqu'il était trop tard. Jamais il ne la raccompagnait chez elle. À la guerre comme à la guerre, elle devait compter sur ses propres forces. Ce jour-là, elle l'a observé de dos. Vertige. Il était nu. Il n'était plus rien. La veille ils avaient fait l'amour. À l'aube, l'amour était défait. Elle a regardé cet inconnu traîner les pieds dans la chambre, entrer dans la salle de bains en se raclant la gorge. L'eau qui frappe l'émail, la brosse qui agace les dents, les bruits menteurs des matins à deux. Il s'est penché sur le lavabo.

S'est inspecté dans la glace. Leurs yeux se sont croisés. Elle, la tête sur l'oreiller. Lui, dans la lumière crue. Il a levé une main. Elle a répondu par un vague sourire. Une seule nuit avait effacé une année entière et tous les jours à venir. Plus la force de se rêver mère. Plus le courage de jaillir du bois mains en l'air, jouant la prisonnière parce qu'une bille idiote l'avait touchée. Morsure du mépris. Elle a eu honte. Cet homme n'était plus le sien. Il n'était qu'un bruit de bouche frottée au dentifrice. Le remous d'une chasse d'eau. Des pas étrangers sur une moquette terne. Alors elle a compris. Elle était seule, de nouveau. Le corps léger. Comme un deuil se termine sans rien nous murmurer. On ouvre les rideaux, il fait beau, et on croise son sourire fragile dans la vitre. Assia s'était réveillée sans l'empreinte de l'autre, sans le goût de sa peau. Elle était libre.

Elle s'est levée. Elle n'a plus eu un geste, aucun regard pour lui.

Lorsqu'elle a rencontré Brigitte, Assia était célibataire depuis dix mois. Mais elle avait gardé le pistolet à billes de Franck. Prise de guerre. Elle l'a montré à son amie. Et lui a tout raconté.

— Je ne te crois pas ! Tu as fait tout ça pour un mec ?
Brigitte a examiné la réplique d'arme de poing russe.
— Et tu espérais quoi ?
Être aimée, admirée, soutenue, avoir un enfant. Assia ne savait plus trop.
— Ils t'appelaient l'Arabe et tu leur faisais le couscous ?

165

Brigitte, ironie au coin des lèvres.

Assia lui a repris le Tokarev des mains.

— La petite femme obéissante, tu me vois comme ça ?

Elle a levé le front, relevé ses cheveux d'une main.

— Tu es loin du compte, ma sœur !

*

En 1982, la mère d'Assia avait quitté son père. La bachelière de Tizi-Ouzou et le pieux fellah de Biskra, devenu ouvrier chez Renault, s'étaient rencontrés au Mans. Lui n'aimait pas les manières de sa femme, ses vêtements. Il ne supportait pas la liberté qu'elle laissait à leur aînée.

— Tu nous as pondu une pute kabyle ! hurlait le mari.

Puis, lorsque Assia est née, son père a exigé que sa famille rentre avec lui à Tolga, dans le Nord-Est algérien. Son frère lui avait proposé de gérer un commerce de dattes. Il y aurait du travail pour lui, sa femme, leur grande fille et même pour Assia, plus tard. Après des années sur les chaînes de montage, il était déçu par la France. Elle lui avait volé ses bras en échange de rien. Alors il voulait partir, quitter ce pays qui souillait sa femme et ses filles. Renoncer à cet enfer sans Dieu, qui l'avait puni en ne lui donnant pas de fils.

Mais sa femme a refusé. Elle était infirmière, elle n'a pas voulu quitter sa vie.

— Tu touches des hommes toute la journée, maudissait-il.

Il a menacé de faire venir son beau-frère d'Oran, pour ramener sa sœur à la raison. Puis d'enlever ses filles. Il pleurait et grondait à la fois. Un après-midi, il a retiré Assia de la nourrice et l'a cachée une semaine chez des amis. Lorsque la police l'a interpellé, le père n'a rien compris. Quel enlèvement ? Ce n'était pas un enlèvement. Un père protège sa fille, il ne l'enlève pas. Il n'était pas un criminel. Alors pourquoi lui passer les menottes ?

Puis il a tout perdu. Son procès, son divorce, la garde de ses enfants. Alors il est parti à la fin de l'année 1982. Retourné travailler une terre qu'il avait quittée vingt ans plus tôt. Il ne voulait pas finir en vieux chibani, dans la crasse d'un foyer français, comme un prisonnier condamné au mépris et à la solitude. Il est rentré seul au pays, vaincu, sali, tête basse, ventre griffé par la honte. Sans avoir jamais rien compris à rien. Il a laissé derrière lui sa femme, sa grande fille…

*

— Et moi qui avais 2 ans, a souri Assia.

À deux mains, elle a pointé le pistolet sur son amie.

— Tu vois, la Gauloise ? Il n'y a pas de petites femmes obéissantes chez nous !

Brigitte a levé les mains en riant. D'accord. Trop forte. Elle s'excusait. Elle se rendait.

Assia hésitait encore entre tristesse et colère.

— Je t'aime bien, a murmuré Brigitte.

Elles avaient un peu bu. Et puis fumé, aussi.

— Tu as fait le tour des hommes, non ?

— J'ai toujours préféré l'amour des femmes, lui a répondu Assia.

Brigitte s'est avancée, lui a doucement retiré le pistolet des mains.

— Je t'aime.

Elle l'a prise dans ses bras.

Comme on console, comme on protège, comme on épuise un immense chagrin.

11.

Le Feu sacré

Lorsque je suis sortie de ma séance, les trois filles
étaient là. Avec une crêpe et la bouteille d'eau. Brigitte
et Mélody avaient eu leur chimio la veille. Habituelle-
ment, une seule d'entre elles venait me chercher. Assia,
souvent. Depuis notre soirée larmes, c'était elle qui me
couvait. Nous étions lundi. Le Bro Gozh était fermé pour
la journée. Brigitte m'a prise par la taille.

— On t'enlève.

Le bras d'Assia entourait mon épaule.

— Je suis très fatiguée, les filles.

— Nous aussi, mais ne t'inquiète pas, tu vas juste
écouter, a souri Mélody.

Elle était venue à moto. Elle a suivi notre voiture, me
faisant des petits signes lorsque nous étions arrêtées aux
feux. Je somnolais presque. Le mal de tête recommençait
doucement. Le ventre cognait. Silence dans la voiture.
Brigitte m'avait installée à l'arrière, enveloppée dans la
couverture doudou qu'elle emportait pour ses soins. Elle
m'observait dans le rétroviseur. Clin d'œil. Nous nous

sommes garées juste devant la crêperie. Brigitte laissait un cône orange à bandes blanches pour garder la place. « Le chapeau de sorcière », elle l'appelait.

Mélody a ouvert puis baissé le rideau de fer. Allumé un plafonnier et une applique de bar. Clarté de veilleuse. Brigitte m'a montré une chaise. Les filles ont pris place à table, face à moi.

— Qu'est-ce que vous mijotez ?

— C'est pire que ce que tu crois, a rigolé Assia.

Elle a tendu la main dans ma direction.

— Ton portable, Jeanne.

— Pardon ?

Brigitte et Mélody ont déposé leur téléphone sur la table.

— Allez, donne.

Assia a rangé son appareil et les nôtres dans un tiroir du bar.

J'avais le vertige. Un peu de nausée. Depuis le début de cette chimio, je rêvais de me coucher.

— Tu m'expliques ?

Brigitte a tapé dans ses mains. Elle s'est assise sur le banc de bois. De sa sacoche, elle a sorti une chemise cartonnée noire. Elle contenait deux photocopies de captures d'écran. Des bijoux somptueux. Brigitte a désigné Mélody d'un coup de menton.

La jeune femme a posé la première image devant moi.

— Dans la famille des médaillons Vesta, je te présente « Le Feu sacré ».

Un collier superbe. J'ai pris la photo en main. Mélody a continué.

— 531 diamants ronds, 2 diamants poires, 109 perles de culture et cristal de roche.

— Or gris, or rose et 7 carats, a ajouté Assia.

Elle a pris la deuxième photocopie. Me l'a tendue. Un autre collier.

— Et voilà le « Quetzal impérial ». Parure ras de cou. 625 diamants sertis en nid d'abeilles.

— Et 29 carats, a souri Assia.

Je regardais les bijoux. Les trois femmes m'observaient.

— Alors ? a interrogé Brigitte.

J'ai ouvert les mains.

— Alors quoi ?

Assia a jeté un bref regard vers le rideau de fer.

Elle a ouvert un carnet qui était dans la poche arrière de son pantalon.

— Alors ? « Le Feu sacré », 106 000 euros. Et le « Quetzal », 205 000.

Mes yeux se fermaient presque.

— Je suis désolée, mais je ne comprends pas.

Brigitte s'est levée, s'est assise sur un coin de la table.

— Le Russe veut 100 000 euros, et la paire de colliers vaut 311 000.

J'ai repris l'une des photos. Elle était signée d'un grand joaillier de la place Vendôme. J'ai regardé Brigitte, Assia, Mélody. J'ai senti une larme de sueur perler dans mon dos. J'avais la bouche sèche. Mon cœur frappait. Le pistolet d'Assia, la prison de Brigitte. Des voleuses.

— Non !

Assia souriait.

— Vous n'allez pas faire ça ?

— J'ai bien peur que si.

Brigitte a ouvert une bouteille de rouge frais. Quatre verres.

— Pas pour moi, j'ai dit.

— Un fond, c'est bon pour ce qu'on a.

Les filles buvaient en silence, le regard perdu sur les colliers. J'ai porté le verre à mes lèvres. Bruit de mes dents.

— Tu as froid, Jeanne ?

— Non, je suis en train de vivre un cauchemar.

Assia a claqué son verre sur la table.

— C'est Mélody et sa fille qui vivent un cauchemar. Personne d'autre, d'accord ?

Elle avait retrouvé sa voix mauvaise.

— Assia, s'il te plaît ! a grondé Brigitte.

Elle a roulé un joint. Mélody est allée chercher une carafe d'eau derrière le bar.

— Excuse-moi, a murmuré Assia.

J'étais prise au piège. La crêperie fermée de l'intérieur. Trois femmes inconnues me retenaient dans l'obscurité. L'une avait déjà été condamnée. L'autre se promenait avec une arme. La troisième passait ses journées je ne sais où. Qu'est-ce qui était vrai dans ce qu'elles m'avaient raconté ? Cela faisait trop de drames à la fois. Trop d'enfants enlevés à leur mère, trop de malheurs mis en commun. J'avais associé le souvenir de Jules aux bavardages d'un groupe de mauvaises filles. Je vivais chez elles. J'étais leur complice. Je n'avais plus nulle part où aller. Si c'étaient des mensonges, je devais me lever et partir. Si tout était vrai, c'était bien pire encore. Brigitte, Assia et Mélody étaient folles. Folles d'avoir imaginé ce vol, de m'avoir recueillie, de m'avoir brusquement mise dans la confidence. J'eus une bouffée de chaleur. Puis un long frisson glacé. Ma gorge était enflée.

— Vous n'étiez pas assez de trois ? C'est pour ça que vous avez proposé de m'héberger ?

Brigitte m'a regardée en face.

— Dis-moi que je n'ai pas bien entendu.

J'ai repris ma respiration.

— Tu as bien entendu. Si c'était pour me mouiller, je trouve ça dégueulasse.

Mélody s'est mise à pleurer. Des larmes soudaines, tragiques, tout le chagrin du monde. J'étais stupéfaite. Dans la fumée de l'herbe et la lumière dorée, ce malheur n'avait pas sa place. Assia s'est levée. Elle a pris la môme dans ses bras. Brigitte a hoché la tête.

— Ce n'est pas très élégant, Jeanne.

Mélody a repoussé doucement Assia. Sa voix entre deux sanglots.

— Jeanne n'y est pour rien les filles. Tout ça, c'est de ma faute.

— Ça, c'est élégant, a lâché Assia en me regardant.

Brigitte a rangé les photos dans la chemise noire. Elle nous a rendu nos portables.

— Je crois que la séance est levée.

Elle a ouvert le rideau de fer, juste un peu, pour que nous puissions nous glisser dessous. Sur le trottoir, nous ne savions quoi dire. Quatre ombres malmenées. Ni câlin ni chaleur. Nos mains pour rien, au bout de nos bras. Je leur ai tourné le dos. J'avais ajouté la clef de leur appartement à mon trousseau d'épouse. À travers la poche, je l'effleurais. Je passais de ce métal glacé à celui de notre toit avec Matt, de notre boîte aux lettres, de notre cave.

Ma voix brisée.

— Je vais marcher un peu.

Brigitte a hoché la tête.

— Chez nous, tu es chez toi.

Assia m'a caressé légèrement le bras. Mélody m'a embrassée sur une joue.

On s'est séparées comme ça.

Je n'avais jamais dormi à l'hôtel dans Paris. Celui-là s'appelait « Hôtel du Change ». Il était triste et cher. Une étoile qui ne valait rien. Ma chambre était un placard peint en vert, avec plafond mansardé, vasistas, toilettes et « douche gratuite » à partager avec deux autres.

J'étais à bout. Je me suis couchée comme on meurt, sur le dos, les mains jointes, le cœur labouré et les larmes de Mélody ruisselant sur mes joues.

Le lendemain, j'ai visité Flavia. Et aussi le Dr Hamm. Mon oncologue, mon vieux médecin, les deux m'ont serrée dans leurs bras. Mes radios étaient bonnes. Mes prises de sang aussi. Une baisse des globules blancs, rien d'inquiétant. Je leur ai avoué que j'étais pourtant très fatiguée. Je dormais mal, mangeais peu. Mon corps était sensible, douloureux. Certains matins, chaque pas me coûtait. Mes yeux ne faisaient aucun effort. Le monde était devenu flou et gris. Ma langue et mon palais avaient un goût de fer. Et aussi, grondait en moi une colère nouvelle.

Quelques jours plus tôt, Matt m'avait demandé quand je comptais débarrasser mes affaires. La pause était devenue une rupture. Je ne lui avais pas répondu. J'avais bloqué son numéro.

Après cette nuit d'hôtel, la journée avait été guerrière. Infesté de poison, mon sang écumait. Dans le métro, j'ai insulté un homme qui avait bousculé un vieil Africain. À un livreur à vélo, qui m'avait frôlée en brandissant son majeur, j'ai hurlé « Je vais t'arracher la tête avec les dents ! » J'étais au milieu du trottoir, jambes écartées, poings serrés. Le type s'est retourné, et il a pédalé plus vite. À une femme dans le bus, qui me racontait que les cheveux repoussaient d'un centimètre par mois, j'ai répondu que ses calculs ne m'intéressaient pas.

Jamais je n'avais réagi comme ça. Je me sentais à la fois fragile et incassable, invincible et mortelle. Le camélia avait tanné ma peau de rousse en cuir épais. Déraciné par le scalpel, il avait arraché un peu de mon cœur. Une brisure. Celle qui ne sert pas à grand-chose. À être polie, convenable, respectable, décente, conforme à ce que Matt et le monde autour attendaient de la petite Jeanne. Le cancer m'avait fait pressée, vivante, rugueuse aussi. Ma priorité était d'arriver jusqu'au matin suivant. Je ne m'excusais plus. Je ne saluais plus les réverbères. Je ne baissais plus les yeux devant le regard chien d'un homme. Je marchais dans la rue en turban mais la tête haute. Mon corps était fourbu mais je bouffais la vie. Pour la première fois depuis mon enfance et la mort de mes parents, je me suis remise à siffloter sur les trottoirs.

Un après-midi, j'ai marché jusqu'au bois de Vincennes

et je me suis assise sur la berge, face à l'île de Reuilly. Sur l'eau paisible, il y avait quelques mouettes, des moineaux, des oies. Lorsque je suis arrivée, j'ai dérangé une famille de cygnes. Le mâle, la femelle et deux petits aux plumes ébouriffées. Ils sont sortis d'un taillis et se sont dirigés vers la berge, un canard à collier blanc se dandinait derrière. Il les suivait. Il épousait leurs traces, faisant les mêmes détours et les mêmes écarts. Lorsqu'ils ont glissé sur le lac, le colvert ondulait à leurs trousses. J'ai sorti mon portable pour les prendre en photo, mais je ne l'ai pas fait. Je ne voulais pas les figer. Alors qu'ils se dirigeaient doucement vers le kiosque de l'île, le canard a fait demi-tour, et il m'a regardée. Un instant, simplement. Moi, j'ai levé la main. Pas pour lui dire adieu, pour promettre à bientôt. Un jour je partirai mais les cygnes ne disparaîtront pas. Et aussi les canards, les mouettes, les nuages d'été, les feuilles d'automne, le vent d'hiver et les rires sur la berge. Tout cela continuera d'exister après moi. Mon camélia m'avait appris que le monde était moins fragile que je ne le craignais. J'ai inspiré longuement, expiré à en avoir mal. La peur avait cessé. Après la terreur de la mort, je ne la redoutais plus.

*

Lorsque j'ai ouvert la porte de l'appartement, Mélody s'est précipitée. Elle s'est blottie dans mes bras. La chaleur de Jules. J'ai fermé les yeux.

— Le retour de la fille prodigue, a rigolé Brigitte.

Assia a passé une tête, depuis la porte de leur chambre.

— Oui ? C'est pour quoi ?

Et puis elle m'a saluée, deux doigts portés à la tempe.

J'étais au milieu de la pièce, lourde de la soirée, bouleversée par ma nuit.

— Je voulais...

Brigitte a levé une main.

— Plus tard, Jeanne. Si tu restes, tu auras tout le temps.

J'étais debout.

— Je reste.

La voix d'Assia, à travers la cloison.

— Ah ! C'est ballot, on a donné ta chambre à une nouvelle complice !

Brigitte a haussé les épaules.

— Enlève ton manteau.

— Je voulais te parler...

— Que disent tes examens ?

J'ai soupiré.

— Écoute-moi, Brigitte. J'ai bien réfléchi.

Mélody s'était rapprochée. Elle s'est assise sur un accoudoir du fauteuil.

— Assieds-toi, Jeanne.

Je tordais mes doigts comme une enfant.

— Je veux vous aider.

Mélody a secoué la tête.

— Non, Jeanne, a répondu Brigitte.

Assia était sortie de la chambre. Elle s'est installée à table, sans me quitter des yeux.

— Je veux vous aider, vraiment.

Mélody s'est laissée glisser dans le fauteuil.

177

— Pour Eva. Pour la petite.

Brigitte a posé mon sac sur la table. Elle a interrogé Assia du regard.

J'ai continué.

— Si on la rachète à son père, on sera toutes vengées. Moi pour Jules, toi pour Matias, et toi, pour l'enfant que tu n'as jamais eu.

Silence dans la pièce.

— Vous protégez Mélody. Et je veux la protéger aussi.

Elle avait posé son poing sur ses lèvres.

— Eva, ce sera un peu comme notre fille à toutes.

Brigitte a mis ses mains dans les poches.

— On n'achète pas la petite, Jeanne. On la rend à sa mère.

J'ai souri. Ce n'est pas ce que je voulais dire. Mélody serait ce que nous n'avions pu être. Elle incarnerait notre espérance. Et la vie qui continue.

— On ne l'adopte pas non plus, a ajouté Assia.

Brigitte a ri.

— Quatre mamans ?

Elle a pris Assia par le bras.

— Tu imagines les gens de la Manif pour Tous ?

Je me suis assise.

— S'il vous plaît.

Les filles tournaient dans la pièce.

— Mélody, dis-moi oui.

Elle a fait une grimace.

— Tu te rends compte des risques ?

— Et vous ?

— C'est à toi que je parle, Jeanne.

178

— Je suis comme Brigitte et Assia. Je n'ai personne à laisser.

Brigitte a commencé à rouler un joint. Elle a observé sa compagne.

— Assia ?

La femme au pistolet a regardé l'ancienne prisonnière.

— Donnons-nous une semaine.

Brigitte m'a interrogée des yeux.

— Une semaine, d'accord ?

C'est alors que Mélody est venue vers moi, une photo d'Eva à la main. La fillette au chapeau de paille, souriante dans le champ de fleurs.

— Chacune de nous a la même.

J'ai pris l'image. Assia a sorti son portefeuille. Eva était glissée sur son permis de conduire. Brigitte l'avait mise dans son sac à main, entre ses clefs et son porte-monnaie. Mélody ne portait que des chemises à poches, pour la garder sur son cœur.

— Celle-ci est pour toi.

Le sourire de la fillette, ses yeux immenses.

Sa mère m'a expliqué qu'Eva rêvait d'un ours énorme depuis toujours. Un jouet comme on n'en trouve pas en Russie. Elle a souri, les yeux sur la photo.

— La plus grande peluche du monde pour la plus belle petite fille du monde.

Elle lui avait promis de venir la chercher avec ce doudou gigantesque. Elle voulait que sur le quai de gare, à l'aéroport, à la descente de car, là où son dingue de père la livrerait, l'enfant reconnaisse sa maman comme ça. À l'ours joyeux qui danserait au-dessus des têtes.

J'ai rangé Eva à côté de Jules, dans la poche intérieure de mon sac, avec un coquillage de Dieppe, un marron de l'automne dernier et mon bouton de camélia.

Mélody m'a dit que cette photo était sa richesse. Un talisman. Brigitte la caressait en allant à la chimio. Assia rassurait la fillette en lui promettant de ne pas trop tarder. Elle la regardait chaque soir avant de s'endormir et tous les matins au réveil.

La jeune femme m'a pris les mains.

— Jeanne ?

Je lui ai souri.

— Si un jour tu doutes de ce que nous allons faire, regarde cette photo.

J'ai hoché la tête.

— Promis ?

— Promis.

12.

Le plan

Lorsque Brigitte a sorti une maquette en carton de la joaillerie, des photos de l'intérieur, un dessin de la place Vendôme avec des notes surlignées, j'ai compris que les filles préparaient leur coup depuis longtemps. Il leur avait fallu une dizaine de boîtes à chaussures pour construire des cloisons sommaires, percer les fenêtres et monter les vitrines. Pendant des semaines, Brigitte et Assia avaient longé la place, remonté la rue de la Paix et les avenues alentour avant de se décider pour la grande maison parisienne. La boutique de trois étages était en travaux depuis un an, façade recouverte d'une bâche peinte, un trompe-l'œil recopiant les reliefs haussmanniens. Sur le trottoir, devant les portes closes, le bijoutier avait installé un comptoir vert sapin et or frappé à son nom. Derrière, un jeune homme en costume sombre renseignait les passants. Dès qu'un client s'inquiétait de la fermeture, l'employé quittait son poste et l'accompagnait de l'autre côté de la place, sous un porche sans inscription ni plaque.

Brigitte y est allée la première, à Noël dernier. Elle

s'était mis une perruque passe-partout, coupe sortie de messe avec bandeau de velours, une robe à col Claudine, une veste autrichienne grenat à col officier et des richelieus vernis à petits talons.

— Ça ne fait pas trop avec les lunettes ?

Elle avait choisi des « yeux de chat », monture écaille et sans correction. Mélody a secoué la tête. Assia était enfoncée dans le fauteuil, lèvres ouvertes.

— Tu confonds trop et top, a-t-elle répondu, pouce levé.

Elle marchait en direction du portier, lorsqu'il est venu à sa rencontre. Pas ostensiblement, élégamment. Seulement deux pas hors de son périmètre sans la quitter des yeux, pour signifier à la belle femme qui arrivait qu'il l'avait instinctivement reconnue pour cliente. Elle a regardé l'écriteau FERMÉ POUR TRAVAUX apposé sur les portes closes, a feint de s'étonner. Alors le réceptionniste a récité. Travaux d'agrandissement, ravalement, déménagement provisoire dans un appartement discret de la Place. Quelques mois, seulement. Pour l'instant, la grande maison tenait salon derrière une porte anonyme. Voulait-elle qu'on l'y conduise ?

— Très volontiers.

Elle allait se marier et son fiancé l'avait envoyée choisir une alliance. Il était le genre d'homme à refuser surprise et cadeau raté. Pendant qu'ils marchaient, le concierge lui a parlé de sécurité. Personne ne faisait publicité de cette adresse temporaire. Il ne pouvait pas l'indiquer doigt tendu et à voix haute au milieu de la rue, comme on montre le chemin de la tour Eiffel. Le jeune homme parlait poliment, Brigitte relevait chaque pas, s'amusant à compter le nombre de dalles sur le trottoir. Et les sapins illuminés qui décoraient les arches de la place.

— S'il vous plaît.

D'un geste de la main, l'employé lui a indiqué un porche écaillé, entre deux bijouteries de luxe. Brigitte a eu un léger mouvement de recul.

— Oui, c'est discret, s'est excusé le garçon.

Rien de visible sur la façade. Dans le grand hall, ouvert sur une cour pavée, quelques plaques. Un cabinet d'avocats, une entreprise de consulting, le siège social d'un grand chocolatier, les bureaux de la start-up Air'Nouvo, et son courrier froissé qui sortait de la boîte. Une loge de gardien dans l'angle, rideaux fermés. Lorsqu'ils sont entrés, deux jeunes dévalaient les larges escaliers de pierre en riant. Un homme sortait de la cour, une femme appelait l'ascenseur. Le lieu était passant. Arrivé au premier étage, l'employé a sonné à la seule porte qui occupait le palier. Elle n'était pas gardée de l'extérieur. Puis il a salué Brigitte avant de repartir. Dans le chambranle, un homme courtois, costume strict, oreillette translucide, microphone-cravate, gants blancs, crâne rasé, entre videur de boîte de nuit et croque-mort de prestige. Il s'est incliné. N'a pas fouillé le sac de Brigitte. Derrière lui, en embuscade, deux femmes souriantes, dont une Asiatique. C'est l'autre qui lui a souhaité la bienvenue. L'Asiatique est repartie. L'agent de sécurité est resté debout contre la porte.

— En quoi puis-je vous aider ?

Brigitte a expliqué. Une alliance, or blanc et diamants. Un carat, pas plus. Son fiancé avait été précis. C'était un remariage et lui ne portait pas d'anneau. La vendeuse a souri. Elle lui a ouvert le chemin vers le fond de l'appartement. Cinq pièces, peut-être six. Les bijoux étaient exposés dans des vitrines, le long des murs et au milieu des salons. Parquets XVIIIe, murs ivoire, panneautages et moulures dorés, une reconstitution de la joaillerie. La vendeuse l'a installée à une table nue, avec une petite lampe de bureau et un miroir rond.

— C'est vous qui aviez appelé hier matin ?

Oui, c'était elle. Nathalie Gauthier. Elle avait vu deux bagues ravissantes sur leur catalogue en ligne et avait demandé si elles étaient visibles. L'une l'était, l'autre non. Avec le déménagement, le bijoutier ne pouvait pas tout avoir en stock, mais la seconde serait arrivée en fin de semaine. La vendeuse a proposé à Brigitte d'essayer tout de même la première.

— Un café ?

Non. Ne laisser aucune trace, nulle part. Pendant que la femme cherchait le bijou en réserve, Brigitte s'est retournée. La vendeuse asiatique présentait un collier de perles à deux Japonaises, assises derrière une table. Elle a compté quatre autres employées, qui allaient et venaient, plus deux hommes et une toute jeune fille plantée dans le couloir les bras ballants. Un second gardien se tenait dans le vestibule, mains croisées devant lui. Ici on ne marchait pas, on effleurait le parquet. On ne parlait pas non plus, on chuchotait. Dans l'angle, Brigitte a remarqué une caméra discrète, dissimulée sous un dôme de verre foncé. Et une autre dans le fond de la pièce.

L'alliance était éblouissante. En or blanc, pavé de 40 diamants ronds.

— 0,30 carat, a murmuré la vendeuse.

Elle n'a pas donné de prix à voix haute. Elle a tapé sur sa calculette et l'a glissée vers sa cliente. 2 060 euros ? C'est son fiancé qui allait être content. Lui qui s'attendait à cinq fois plus. L'employée a souri. Ah, les hommes ! Brigitte a passé la bague à son doigt.

— J'ai failli sauter avec elle par la fenêtre !
— Tu aurais dû ! a rigolé Assia.

Brigitte a levé la main, observant l'effet dans le miroir. Elle a sorti son téléphone.

— Je peux faire des photos ?

La vendeuse a hoché la tête. Bien sûr. Je vous en prie. Alors Brigitte a pris la pose en minaudant. L'appareil à bout de bras, elle a joué la bécasse. Bague près de l'oreille, au-dessus de la tête, plaquée contre le sein. Elle tournait sur sa chaise, cherchait le bon angle. Elle s'est levée, se rapprochant de la fenêtre. Tournant sur elle-même, Mademoiselle Sans-Gêne, poussant des petits gloussements ou riant exagérément aux éclats. Le garde s'était rapproché dans l'angle de la pièce. Il ne quittait pas des yeux la main virevoltante. Et puis elle s'est calmée. Et a reposé l'anneau sur le plateau nappé de velours noir.

D'un geste naturel, parfaitement détachée, la vendeuse

a repris le joyau, allumé la lampe de bureau et inspecté le bijou à la loupe.

— C'est une pièce très élégante, Madame Gauthier, vous en serez ravie.

La femme donnait le change. Elle vérifiait son bijou. Regard entre elle et le vigile. Pas de substitution. Tout allait bien. Brigitte a contenu un sourire.

— Pensez-vous pouvoir me présenter l'autre bague vendredi ?

Plus impressionnante encore, et qui rentrait exactement dans ce qu'elle avait convenu avec son fiancé. Le même genre, mais surchargé. 124 diamants ronds, 1 carat tout juste et 9 700 euros. La vendeuse a dit oui. Mais peut-être sa cliente pouvait-elle donner un numéro de téléphone. On lui enverrait un SMS de confirmation. Le matin même, Assia avait acheté un mobile et une carte prépayée dans un bureau de tabac. Brigitte a remercié. Lorsqu'elle reviendrait, devrait-elle passer par le jeune homme derrière son comptoir ou se présenter directement ?

— Venez directement. Vous connaissez le chemin, maintenant.

La vendeuse lui a remis sa carte de visite. Elle s'appelait Ève. Et puis elle a poliment raccompagné Brigitte jusqu'au vigile. À bientôt ? C'est cela. Il a ouvert la porte et l'a refermée sur elle. Les escaliers étaient silencieux. Brigitte a regardé le mouchard, il laissait passer la lumière. Personne ne l'observait. Elle est montée au troisième étage. Le chocolatier d'un côté, les avocats de l'autre. Au quatrième, avec les fenêtres œil-de-bœuf que l'on aperçoit de la rue, quelques portes en enfilade. Une plaque pour l'entreprise de consulting, une autre avec seulement inscrit : MAUVOISIN et la start-up, tout au fond du couloir. Du courrier avait été glissé sous la porte, des lettres, des recommandés. Brigitte a collé une oreille contre le bois. Pas un bruit. Elle a appuyé sur la sonnette, un bouton doré enchâssé dans du marbre rose. Elle ne fonctionnait pas. Alors elle a frappé, mais personne ne lui a ouvert. Rapidement, elle a ramassé trois enveloppes et une carte postale. Elle les a mises dans son sac et a appelé l'ascenseur.

Personne encore dans l'entrée de l'immeuble, et dans la cour. Sur le trottoir, elle a croisé une patrouille de l'opération Sentinelle. Un seul planton devant le ministère de la Justice. Une seule voiture de police en débouchant sur la place. Dans le métro, elle a regardé ses photos. La disposition des pièces, les caméras, les vitrines de montres, de bijoux, l'emplacement des fenêtres, les deux gardiens dans l'encoignure. Brigitte avait toujours détesté les selfies.

À peine revenue à l'appartement, elle a dressé un plan des lieux. C'est Mélody qui a proposé de modéliser la bijouterie en trois dimensions. Avec Assia, elles ont ensuite séparé une feuille de papier d'un trait de feutre bleu. Pour et contre.

Pour ? Le fait que le joaillier se soit installé dans un immeuble discret, sans visibilité depuis la rue. Pour, aussi, la certitude que l'appartement lui-même n'était pas sous protection policière. Pour, enfin, le matériel radio des vigiles qui était assez basique, avec un bouton Push-to-Talk – appuyer pour parler – qui les obligeait à porter la main au revers pour donner l'alerte. Il fallait donc immédiatement les sidérer.

Assia avait fait la moue.

— Les sidérer ?

— La sidération, je m'en charge, avait répliqué Brigitte.

Arguments contre, maintenant. L'emplacement très sensible. Face à un ministère, dans un quartier luxueux placé sous surveillance. Des policiers en civil patrouillaient constamment sur la place, et une camionnette banalisée servait de poste de commandement. L'affaire serait délicate. Un autre repérage s'imposait.

Une semaine plus tard, la vendeuse a envoyé un SMS. La bague à 1 carat était bien arrivée. Brigitte a répondu au message. Elle avait attendu l'alliance vendredi, trois jours auparavant. Son fiancé s'était fâché. Il était déjà passé à une autre idée. Madame Gauthier s'excusait du dérangement et félicitait l'employée pour sa gentillesse. « Merci, tellement, d'être venue nous rendre visite », lui a répondu la bijoutière, l'invitant à la réouverture prochaine de la joaillerie.

*

Une nuit qu'elle avait bien bu, et aussi fumé, Assia a fait un show oriental à ses copines. Une danse du ventre au milieu du salon, voile transparent sur la tête et lourds bracelets aux poignets. Brigitte rentrait de chimio,

Mélody avait eu sa séance la veille. Les deux filles étaient enfoncées dans le canapé en riant. Et soudain, Brigitte s'est levée. Elle a éteint la chanson d'Oum Kalsoum. Et elle a marché dans la pièce, en agitant les mains.

— Je sais !

Assia s'est arrêtée de danser. Elle s'est laissée tomber à terre, en tailleur.

— Tu sais quoi ? a interrogé Mélody.

— Une Arabe du Golfe va aller visiter nos amis bijoutiers.

Assia a fait la moue. Elle a regardé son voile, sa jupe à volants, ses bracelets.

— Une Arabe ? Quelle Arabe ?

Brigitte s'est assise face à elle. Il fallait que quelqu'un gagne la confiance d'une vendeuse. Ce serait une touriste riche, en goguette à Paris. Une caricature destinée à ce lieu.

— Une Arabe, a répété Assia.

Brigitte a eu un geste excédé.

— Mais arrête avec ça ! Je te parle du Qatar, de l'Arabie Saoudite ! Du fric quoi !

Elle a enlevé son voile. Elle jouait silencieusement avec.

— C'est quoi, ton plan ?

Brigitte a levé la main pour taper dans la sienne.

— Je te préfère comme ça.

*

Quinze jours plus tard, Assia et Mélody arrivaient en voiture de luxe avec chauffeur place Vendôme, devant le

189

comptoir vert et or. Assia était en abaya gris perle et capeline grenat. Son voile d'un même gris, bordé de noir et d'or. Mélody n'était pas à l'aise. Assia était inquiète pour elle. Elle suait beaucoup, parlait de travers, craignait de vomir. Effets secondaires de la chimio, peur panique, Mélody ne savait pas. Elle aurait bien demandé à Brigitte de jouer le second rôle, mais tomber sur Ève était trop risqué. Elles n'étaient que trois, ce ne pouvait être qu'elle. Jupe droite, veste cintrée, collants noirs et ballerines, avec sa lourde besace en velours, la jeune femme faisait lycéenne. La veille, c'est elle qui avait appelé la bijouterie pour sa patronne. Elle vivait entre Riyad, Londres, New York et Paris. De passage en France, elle souhaitait voir deux pièces du grand joaillier, « Le Feu sacré » et le « Quetzal impérial ».

Les filles avaient mis plusieurs jours avant d'arrêter leur choix. Ces bijoux n'étaient pas présentés comme de la haute joaillerie. Sur Internet, à la place du dangereux « Veuillez prendre rendez-vous avec un conseiller », les prix figuraient bêtement à côté des photos.

Avant que le Russe ne double les enchères, elles avaient calculé qu'une fois la rançon payée, Mélody pouvait encore avoir quelques dizaines de milliers d'euros pour repartir dans la vie.

En cette période de Noël, les pièces souhaitées n'étaient pas visibles, mais le magasin pouvait les commander. En revanche, il serait bien qu'un contact puisse être établi. Madame pouvait-elle rendre visite à la joaillerie ? Oui ? Alors ils l'attendraient. Merci, simplement, d'avoir la gentillesse de donner une idée du jour et de l'heure afin qu'elle puisse être accueillie dignement.

Lorsqu'elles sont entrées dans la bijouterie, Mélody a reconnu sa maquette. Tout était identique. Mais il y avait trois vigiles. Apercevant la femme en abaya, l'employée l'a reçue avec un immense sourire. Elle s'appelait Sadeen. Ignorant Mélody, elle s'est adressée à Assia en arabe. Les filles ont été conduites dans la pièce du fond. Pas de café, non. Ni de thé, merci. Et personne n'a fouillé le sac de la cliente ni la besace que sa secrétaire portait.

Assia était installée à table et Mélody légèrement en retrait. Ne pas comprendre ce que les femmes se disaient la terrorisait encore plus. Elle avait choisi une perruque rousse, très stricte, et des lunettes de professeur à la retraite. Sadeen a ouvert un grand catalogue pour présenter les deux bijoux à leur taille réelle. Très à l'aise, Assia posait des questions auxquelles Sadeen répondait avec un empressement poli. La princesse avait gardé ses gants de soie. Elle a soigneusement enlevé le gauche, pour tourner elle-même les pages. Mélody a tendu la main. En recueillant le gant, elle tremblait. Brigitte, Assia et Mélody avaient parié très gros sur ce gant. Et sur le solitaire étincelant qu'Assia portait à son doigt.

*

Pendant son année en prison, Brigitte s'était fait des copines. Elle aidait à la bibliothèque, consolait les plus jeunes, apaisait les esclaves torturées par la poudre, rassurait celles qui entraient et embrassait les départs.

Lorsque, à la cantine, deux filles se battaient pour une pomme, elle partageait le fruit. « La juge de paix. » C'était le nom que lui avait donné le directeur de la prison. Il s'était déplacé en personne lors de sa levée d'écrou, pour dire que si toutes les détenues étaient comme elle, la pénitentiaire serait un club de vacances. Mais aussi, Brigitte a côtoyé, aimé et aidé d'autres femmes. Braqueuses professionnelles, rats d'hôtel, arnaqueuses, tricheuses de salles de jeu. L'une d'elles avait sa préférence. Markaride Agopian, une vieille Arménienne née au Liban, qui racontait le génocide de 1915 en serrant les poings.

Une partie de sa famille était tombée sous les coups des Turcs, et l'autre s'était enfuie partout sur la Terre. « Marka » était veuve depuis seize ans. Son époux avait été policier. C'est pour ça qu'elle l'avait aimé. L'uniforme, le devoir, la République prestigieuse. Elle, petite-fille d'assassinés. De femmes et d'hommes morts sans avoir pu combattre. D'enfants aux mains nues, de mères aux seins vides, de pères humiliés. Elle avait choisi la France pour Victor Hugo et pour Jean Jaurès. Pour François Villon et pour Jean Gabin. Pour Marcel Cerdan et pour le croissant du matin. Elle avait choisi son mari parce qu'il représentait la loi et l'ordre. Parce qu'il était fort. Parce qu'il était armé. Parce que jamais il ne laisserait un tueur l'obliger à s'agenouiller pour lui tirer une balle dans la nuque. Parce qu'il les protégerait, elle, leurs enfants, leur maison. Parce que personne ne lancerait jamais de torches à travers leurs fenêtres. Parce que la neige serait un jeu pour la luge, pas le tombeau des siens.

Mais sa sentinelle était trop fragile. Pendant des années, c'est Marka qui l'avait tenue à bout de bras. Malade, déprimé, privé de son arme de service, mis en congé pour longue maladie, délirant à la fin de ses jours, il s'était suicidé. En se jetant de leur balcon, il l'avait précipitée elle aussi. Seule au monde, elle l'a haï. Ses fils étaient partis depuis longtemps. Ils avaient eu pour leurs parents l'égoïsme des nantis. Ils ont jeté une rose dans la tombe et s'en sont retournés comme on regarde ailleurs. Alors la secrétaire de direction a jeté les clefs de chez elle. Et celles de leur voiture. Elle a lacéré ses costumes à lui et ses robes à elle. Elle a déchiré leurs livres communs, saccagé leurs souvenirs, découpé leurs photos, vendu pour rien la montre de son homme et ses quelques bijoux avant de vivre dans la rue. Prison, sortie, prison, sortie. Le mauvais chemin.

Après quelques années, elle a quitté la rue. Une compagne de cellule lui a proposé de s'installer avec elle chez René. Un ami. Un beau voyou, comme disaient les vieux flics. Un grand receleur, qui avait le don de se faire oublier derrière sa vitrine d'antiquaire.

Marka a trébuché une dernière fois et pour presque rien. Un vol à la roulotte, sac à main, chéquier, misérable butin. Mais cette récidive a fait tomber sursis et mises à l'épreuve. Au parloir, celui qui allait devenir son homme lui a fait la morale. Ses forfaits à trois sous n'avaient aucun sens et le mettaient en danger. La police pouvait remonter jusqu'à son commerce. Alors elle devait se calmer. Si elle le voulait bien, il pourrait même l'aider à vivre. Parce que, à deux, c'est parfois moins douloureux.

Son cœur a fondu. C'était une demande. Elle en a pleuré d'émotion dans sa cellule, sur les genoux de Brigitte.

Brigitte et Marka sont restées liées en dehors des murs. Un jour, elle l'a même attendue après sa chimio, avec un paquet de macarons.

— Demande-moi ce que tu veux, lui disait-elle souvent.

Les amitiés captives sont des serments à vie.

L'ancienne détenue faisait dame bien mise. Vêtements de couturier, bijoux discrets, sacs siglés. Alors Brigitte l'a appelée. Oui, elle avait besoin d'elle. Ou plutôt de son fourgue de mari.

Elles se sont retrouvées au milieu des touristes, sur une vedette qui remontait la Seine. Une idée de Marka. Le meilleur moyen de n'être ni surveillées ni entendues. Ce qu'il fallait à Brigitte ? Une bague de prix. Un bijou insensé. Un joyau comme personne n'en porte dans la rue. Un trésor qui vous brûle le doigt. Elle en avait besoin deux heures, montre en main. Deux heures, pas plus. Promis. Marka a réfléchi vite, les yeux glissant sur la berge. Si Brigitte acceptait d'être accompagnée ? Oui, bien sûr. Mais par qui et pourquoi ? Par un gars qui récupérerait le bijou ? C'était d'accord. Mais elle ne voulait pas être suivie sur le lieu du rendez-vous. Elle ne voulait pas que l'inconnu devienne son complice. Il y avait un porche, il pourrait attendre là, sur le trottoir. S'il avait voiture racée et allure de garde du corps, ce serait parfait. René le fourgue a exigé de connaître l'adresse pour y envoyer un éclaireur. Il se méfiait de cette histoire. Et des immeubles à plusieurs sorties. Il était algérois, pied-noir, gamin de la Casbah, coureur de patios, d'escaliers, de passages, de terrasses plongeant vers la mer. Personne ne lui ferait le coup de la porte dérobée. Alors Brigitte a tout accepté. L'inspection des lieux et l'accompagnateur.

Quelques jours plus tard, lorsque Marka lui a présenté l'écrin rouge liséré d'or, elle a eu les larmes aux yeux. Un solitaire. 5,99 carats. Pour une princesse arabe, ce serait parfait.

*

Le matin du repérage, un homme est venu chercher Assia et Mélody. Malgré la tension, les filles ont rigolé de ce voyou imposant, à casquette et gants blancs. Cela ne lui a pas plu.

Il a arrêté la berline noire devant le concierge de la joaillerie. Quand celui-ci a voulu ouvrir la porte d'Assia, le chauffeur a arrêté son geste. Chacun son travail. Le jeune homme a reculé de trois pas. La princesse est sortie, et puis sa secrétaire. C'est elle qui a parlé à l'employé. Elle était pétrifiée. Tout sonnait faux dans son attitude. Alors Assia a réagi en princesse mal élevée. Elle a bousculé rudement sa secrétaire et s'est adressée en anglais à l'employé. Mélody baissait les yeux. Le garçon était figé. Et c'est presque courbé qu'il a accompagné les deux femmes jusqu'au premier étage. Parti garer son véhicule au parking Vendôme, le chauffeur a rejoint l'équipage lorsque celui-ci arrivait au porche.

— *Stay here !* lui a lancé la princesse, sans même se retourner.

Le grand type a caché un sourire. Il a enlevé sa casquette, s'est adossé au mur et a glissé une Marlboro entre ses lèvres. Assia a vu le geste. Elle est retournée sur ses pas. D'un revers de la main, elle a giflé la cigarette.

— *Don't smoke when I'm here !*

Elle est restée quelques secondes face à lui, presque à le toucher. Elle lui arrivait au torse. Elle le défiait du regard. L'homme a serré les poings. Puis les a desserrés. Il a baissé les yeux.

Mélody était livide. Le jeune employé sonné. Il s'est tenu à la rampe pour monter les escaliers. Lorsque les femmes sont entrées dans la joaillerie, il n'est pas redescendu tout de suite. Discrètement, il a raconté la scène à un responsable. Puis à l'un des agents de sécurité. Attention, princesse à bord ! Ne pas la contrarier. Lorsque Sadeen la vendeuse lui a tendu la main, Assia l'a dédaignée. Mélody grelottait. Elle avait envie de tout laisser comme ça, de rentrer en courant à la maison, de dormir, de mourir, de manger une glace à la pistache, elle ne savait plus. Elle flottait. En passant devant un grand miroir, elle s'est arrêtée. Cette Saoudienne voilée, cette petite Française chétive. Cela ne devait pas être elles, cela ne se pouvait pas.

Les femmes parlaient arabe. Un moment, tout en continuant de sourire, la vendeuse a fait une remarque à Assia. Elle s'est raidie. A répondu froidement, baissant les yeux sur le catalogue avant de continuer la conversation en anglais.

Et puis elle a ôté son gant, dévoilant le solitaire.

La vendeuse a discrètement observé la bague. Puis elle s'est adressée à la princesse. Assia a regardé Sadeen, puis sa bague, l'a retirée du doigt et la lui a tendue. L'employée a mis ses gants blancs et levé le bijou à la lumière du jour.

— Allez me chercher Sylvie, a-t-elle lancé à une jeune stagiaire qui somnolait.

Une femme blonde est arrivée. Sadeen lui a tendu le diamant, posé sur un plateau.

— Pourriez-vous aviver cette bague, s'il vous plaît.

L'autre a emporté le plateau.

— Sylvie ? L'anneau évidemment, pas la pierre !

Tout à l'heure, la vendeuse s'était étonnée qu'une femme du Golfe s'exprime avec un accent du Maghreb. Mère marocaine, père saoudien, avait précisé Assia. C'était la bonne philippine qui l'avait élevée. D'ailleurs, elle parlait anglais comme une nurse de Manille. Mais Assia avait senti que Sadeen avait changé. La vendeuse accueillante n'était plus qu'attentive. Dans la tête de l'employée, une alarme avait sonné. Ses regards, ses gestes, ses mots. Tout était devenu mécanique. Mais au retour de Sylvie, qui portait le plateau à deux mains, et après son discret hochement de tête pour dire la beauté du diamant, la tension est immédiatement retombée. Et la méfiance avec. Assia a remis sa bague, sans même la regarder. Elle savait qu'en réserve, les joailliers s'étaient activés. Authenticité de la pierre, taille, couleur, carat, pureté, numéro, signature. René avait promis que le solitaire était propre. Un héritage familial, reconnu et déclaré. Brigitte l'avait cru. Mais Assia s'en méfiait. Beau ou pas, un voyou reste un bandit.

— Et d'abord, pourquoi nous aide-t-il, hein ? Pour tes jolis yeux ?

— Parce que c'est lui qui va écouler nos colliers. Voilà pourquoi, a répondu Brigitte.

Acceptant de ne rien connaître de ce que nous préparions, René le fourgue savait qu'un jour, trois filles viendraient le supplier avec des diamants plein les mains. Et qu'il y gagnerait largement sa part.

La princesse reviendrait à Paris cet été, en juillet, probablement. Son secrétariat appellerait avant, mais il serait appréciable qu'elle ne fasse pas le voyage depuis Londres pour rien. D'un geste sec, elle a demandé à sa secrétaire de donner ses propres coordonnées à la vendeuse.

— Un numéro français est plus commode pour nous joindre, a balbutié Mélody.

À deux mains, tête inclinée, la secrétaire lui a aussi tendu une carte de visite. L'identité de sa cliente, et rien de plus. « *Reema bint al-Mansûr Moqahwi Al Saoud.* » Un pseudonyme ronflant bricolé par Assia, mélange du milieu de terrain de l'équipe de foot d'Arabie Saoudite et du nom honorifique des « Vainqueurs » avec le joyau « Al Saoud » pour faire briller l'ensemble.

— Al Saoud, a balbutié Sadeen en lisant la carte.

Elle était stupéfaite. Elle a voulu accompagner la princesse jusque dans la rue, mais sa secrétaire a dit que leur chauffeur attendait. Tout irait bien.

Il était là, sur le trottoir, adossé à un plot. Les deux femmes l'ont ignoré, marchant tranquillement devant lui en direction du parking. Arrivé dans l'ascenseur, il est passé devant elles. Il a appuyé sur le bouton Deuxième sous-sol avant de tendre la main. Il souriait.

— Il est minuit, Cendrillon.

Assia avait enlevé son gant. Elle a laissé tomber le solitaire dans la paume tannée du voyou.

— Encore une formalité.

Lui seul est entré dans la voiture. Il a ajusté un bandeau-loupe sur son front et allumé la petite lampe. Il a levé la bague, l'a observée. Il l'a soigneusement rangée dans son écrin. Puis il a allumé une cigarette, baissé la vitre et soufflé la fumée en direction d'Assia.

— Tu retrouveras ta citrouille, Princesse ?

Il a ri fort. Et puis il est parti.

13.

Répartition des rôles

Lorsque les filles sont rentrées, Mélody s'est effondrée. Jamais plus, le rôle de la secrétaire. Trop compliqué, trop exposé. Plantée dans le dos d'Assia comme une idiote, à ne rien faire rien comprendre, elle en était devenue folle. L'une jouait la princesse avec talent tandis que l'autre se consumait. Elle avait failli faire pipi sur elle. Sa perruque la grattait. Ses collants aussi. Elle n'était pas la femme de la situation. Jamais de sa vie elle n'avait eu aussi peur. Alors ce serait sans elle. En tout cas, pas dans ce rôle-là.

— Tu te souviens que c'est pour ta gosse qu'on va prendre ce risque, Mélody ? s'est exclamée Assia.

La jeune fille savait. Bien sûr, qu'elle savait. Enfoncée dans le canapé, elle avait bouché ses oreilles. Assia tournait dans la pièce comme une prisonnière privée de parloir. Chaque fois, elle s'arrêtait devant la jeune fille.

— Mais tu crois quoi ? Qu'on est à l'aise, nous ? Qu'on a fait ça toute notre vie ?

Brigitte a pris Assia dans ses bras.

— Allez, on redescend. Toutes ensemble et doucement, d'accord ?

J'observais Assia. Elle me racontait la scène en imitant
les deux autres.
— Et alors ? Tu t'es calmée ?
Elle m'a souri.
— Oui. On est redescendues. Toutes ensemble et
doucement.
Brigitte s'est levée de table. Elle a rangé la maquette
en carton, les photos de colliers, les plans, les notes surlignées. Elle a dit que la veille du « Feu sacré », nom
de code choisi pour le grand jour, il faudrait tout brûler. Mais aussi, qu'elles ne pouvaient pas être seulement
deux pour exécuter ce plan. À deux ce n'était pas un
hold-up, mais un coup de tête. J'ai souri.
— Et quand tu m'as vue avec mon cancer tu t'es dit :
Au fait, et pourquoi pas Jeanne ?
Brigitte a grimacé, main levée, écartant ma phrase
comme on chasse une mouche.
— C'était en janvier dernier. On ne te connaissait pas
encore, Madame Parano !

En réalité Assia s'était violemment opposée à l'idée
que je les rejoigne. Secrètement elle m'appelait « la Bourgeoise ». Elle ne supportait pas ma façon de m'habiller de
deuil, de parler, de sourire. Elle détestait tout de moi. Et
puis, elle m'a mieux regardée. Sans méfiance ni jalousie.
— Tu n'aimais pas l'idée d'une jolie fille sous notre
toit, hein ? a rigolé Brigitte.

Assia a haussé les épaules. Non. Elle m'avait protégée. Elle était la seule à l'avoir fait. Elle refusait l'idée que je puisse être mêlée à un crime.

J'ai ouvert grands les yeux.

— Un crime ?

Assia s'est servi une bière.

— Un vol à main armée ? Oui, Jeanne, ça s'appelle un crime.

C'était la première fois que ces mots étaient prononcés. Vol, arme, crime. La gêne est entrée dans la pièce. Et sa copine, la peur. Mélody faisait semblant de s'occuper. Elle limait ses ongles avec soin. Assia est sortie fumer, pieds nus sur le balcon. Moi, je regardais mes mains, soupesant le mot crime et l'effroi qu'il provoquait en moi.

Nous étions à l'appartement, ce dimanche 24 juin 2018. Assia s'est assise sur un coin de la table, noyant son mégot dans un fond de tasse de café. Elle m'a regardée.

— Tu veux toujours nous aider, Jeanne ?

Mélody a levé les yeux de son tricot. Et Brigitte a rejoint les filles, un magazine entre les mains. Alors j'ai hoché la tête. Oui, je voulais. Je l'avais dit. Je l'ai répété. Je savais presque tout de leur plan. Elles m'avaient peu à peu informée de son élaboration, ses préparatifs, ses repérages, mais à aucun moment je n'avais été autorisée à entrer dans leur jeu. Les filles me racontaient une histoire de gendarmes et de voleurs, rien de plus. J'avais deviné la détermination de Brigitte, la peur panique de

203

Mélody, le jeu d'actrice de la princesse. J'avais ri avec elles du voyou en gants blancs, cessé de respirer quand les bijoutiers méfiants s'étaient penchés sur le solitaire, souri lorsque Assia m'avait raconté la carte de visite enluminée du nom de Al Saoud. Mais jamais, à aucun moment, je n'avais été autre chose qu'une spectatrice.

— Une complice, a rectifié Brigitte.

— Pour être complice, il faudrait que je fasse quelque chose.

— C'est fait. Non-dénonciation de crime, s'est amusée Assia.

*

L'hiver était derrière nous, le printemps, le jeune été faisait le fier. Il me restait encore trois chimios. Depuis le mois de mai, j'étais passée à une séance par semaine. Le 11 juillet, j'en aurais fini avec le poison qui soigne. Et puis, encore deux mois de radiothérapie. Entre les deux, j'aurais un mois entier pour reprendre des forces. Ma première séance de rayons était prévue le 14 août. Ce jour-là, l'opération « Feu sacré » serait déjà de l'histoire ancienne. Nous aurions toutes serré Eva dans nos bras. Mais pas trop fort, pour ne pas l'effrayer. J'imaginais la plus belle petite fille du monde parlant russe avec ses quatre mamans. Et le plus grand ours du monde riant fort avec elle. Avec le reste de l'argent, Mélody aurait loué un studio. La petite famille avait droit à son intimité. Mais nous serions toujours près d'elles. Si l'une le désirait. Si l'autre le demandait. Si elles avaient besoin de notre amour.

En août, j'aurais quitté l'appartement, moi aussi. Coexister avec les filles était possible, mais vivre en solitaire à la lumière d'un couple ne l'était pas. Et puis, malgré sa courtoisie, Assia aurait toujours un peu de mal avec la Bourgeoise. Ce n'était ni méchant ni hostile. Elle se protégeait. Elle avait trop souffert pour jouer sa vie aux dés.

Début juin, Matt m'avait téléphoné. Mon portable indiquait un appel d'Hélène, ma patronne. C'est le moyen qu'il avait trouvé pour me joindre. Il n'avait demandé aucune nouvelle de ma santé. Son seul problème était l'appartement. Venir prendre mes affaires et lui rendre les clefs. L'élégance. Alors j'avais raccroché. J'étais passée à la librairie pour mettre Hélène en garde. Et aussi pour savoir ce que nous réserverait la rentrée littéraire de septembre. Mon congé maladie s'arrêterait avec les premiers rayons. Le médecin m'avait promis que je pourrais être en radio et au magasin. Si j'étais trop fatiguée ? Il m'arrêterait. Ma vie l'emporterait sur les romans.

Trois fois je suis retournée au bois de Vincennes. La première fois, les cygnes étaient là et le canard aussi. Je ne les cherchais pas mais je les espérais. Ils quittaient leur taillis à mon approche et se réfugiaient dans le lac. Une sorte de cérémonial. Comme le regard étrange que le colvert me lançait chaque fois qu'il était à distance de la berge. Je l'avais appelé Gavroche, pour ses plumes débraillées. Et sa façon de marcher, gamin sans ceinture au pantalon trop grand. Lorsque le Gavroche de Hugo sortait de chez les Thénardier, il disait « *Je rentre dans la rue* ». Il était chez lui sous les becs de gaz. Ce canard lui ressemblait. Seul, sans parents, suivant en loques les cygnes magnifiques, il rentrait dans l'eau comme on prend le pavé.

La deuxième fois, le colvert n'était pas dans leur sillage. Je l'ai attendu plus d'une heure, sous un méchant crachin de printemps. J'étais triste, fatiguée. J'avais fait de Gavroche mon espérance de vie. Sans le vouloir, sans le savoir, cette petite boule hirsute, c'était moi. Seule, abîmée, maladroite, toute moche à côté des grands oiseaux blancs, mais vivante, sans haine, sans colère et sans peur de rien. Ce jour-là, la pluie a voilé mon chagrin.

Le lendemain, la séance de chimio avait été épuisante. Et agaçante la visite chez le radiologue.

— Pouvez-vous vous déshabiller, s'il vous plaît ?

J'en avais assez. D'enlever mon soutien-gorge devant des femmes, des hommes, des équipes médicales entières. J'avais l'impression de ne plus m'être rhabillée depuis le mois de février. Pour eux, cela n'était rien. Médecins, infirmières, acupuncteur, tous la même phrase :

— Déshabillez-vous, s'il vous plaît.

J'étais presque nue et tout leur semblait naturel. Avant moi dans la pièce, il y avait eu un cancer, et j'étais le cancer suivant, juste avant le cancer prochain. Un défilé de bas morceaux.

— Madame Doohan-Hervineau !

Chemisier, soutien-gorge. La peau de mon crâne, la

peau de mon corps. Depuis l'annonce de mon mal, je n'avais plus eu le droit d'être habillée dignement.

Ce jour-là, j'ai failli renoncer. On m'avait raconté l'histoire de filles qui n'étaient pas retournées à leur séance. Qui avaient cessé de voir leur médecin. Marre. Tant pis. Adieu. Et même, peut-être qu'il ne se passerait rien. Mais mon corps tout entier supplierait de ne pas le sacrifier. Il se réparerait, s'excuserait de tout ce mal. La vie me demanderait pardon. L'après-midi, je n'ai pas osé entrer dans la librairie. J'ai vu Hélène et Clarisse à travers la vitrine. Hélène était en caisse, Clarisse célébrait un livre devant un jeune homme. Traversant un pont, j'ai jeté les clefs de Matt dans la Seine. Aucun regret. Le soir, je n'ai pas accepté une remarque d'Assia. Nos deux colères. Brigitte nous a séparées. Je n'ai pas dîné. Et je me suis couchée le cœur vide.

Une semaine après, j'ai pris un taxi pour le bois. Je me suis assise. J'ai attendu. Les cygnes sont passés au large, Gavroche à leur traîne. J'ai levé les bras au ciel. Je me suis étirée violemment. J'ai crié comme une louve. Jamais je n'avais éprouvé une telle joie. Gavroche me rassurait. Sa présence, sa vie, son existence était la mienne. Je me sentais la petite fille au canard. Sa sœur chérie. Son Éponine. Avec les cygnes hautains, il avait été le premier et le seul à me dire que tout cela me survivrait. Que je pourrais un jour fermer les yeux sur ce lac, sans crainte qu'il ne soit plus.

Je suis rentrée à pied. Le soleil, les nuages gris. Au milieu d'une avenue, j'ai enlevé mon turban. D'un coup, comme ça. Je ne l'ai pas plié. Jeté dans mon sac. Et puis j'ai relevé les yeux. J'ai marché, tête nue. Tête fière. Athéna libérée de son casque au retour du combat. J'ai croisé des regards. Ils se baissaient. Et puis d'autres, au contraire, qui redressaient mon front. Je me suis aimée dans une vitrine de mode. J'étais belle. Digne. Habillée de noblesse.

*

— Tu veux toujours nous aider, Jeanne ?

Assia, Brigitte, Mélody, toutes m'ont interrogée du regard.

J'ai hoché la tête.

Alors Brigitte a pris la parole. Elle m'a demandé de ne pas l'interrompre. Les questions viendraient après. Elle m'avait parlé du commissaire breton, jamais des filles de Niš. J'avais lu dans la presse l'histoire d'une voleuse fan de foot et de sa perruque, mais jamais je n'avais entendu parler de criminelles serbes.

— On va s'en servir comme leurre, m'a expliqué Brigitte.

Je n'ai pas compris.

— Elles sont quatre, nous sommes quatre. Ça tombe bien.

D'un sac, dissimulé dans l'armoire, elle a sorti une perruque afro bleu, blanc, rouge. Et un masque tricolore, avec une croix blanche peinte au milieu du front.

— Tu es sûre qu'on fait les mêmes tailles ?

— Les questions après, a coupé Brigitte.

En fait, personne ne savait rien d'elles. D'un vol à l'autre, elles gagnaient en centimètres ou perdaient en ampleur. Chaque témoin avait sa version. Un bijoutier a même parlé d'une « Africaine » avant de se rétracter. La fiabilité des déclarations spontanées était telle que les enquêteurs avaient renoncé au jeu du portrait-robot. Une chose était certaine, toutes changeaient d'apparence. À Paris, c'est en blouses d'infirmières qu'elles avaient cassé la bijouterie. À Bondy elles étaient en bleus de travail. Le seul élément identique relevé chaque fois, c'était le masque et la perruque tricolore. Alors pourquoi pas une Saoudienne et sa secrétaire place Vendôme ?

Le commissaire Le Gwenn n'avait croisé Assia qu'une fois. Elle était rarement en salle le jour et préférait travailler la nuit. Jamais non plus, le policier n'avait vu Mélody. Aux yeux du flic, ces deux femmes n'existaient pas. Notre hold-up serait un nouveau méfait imputé aux filles des Balkans. Brigitte en était persuadée.

— Si l'on ne se fait pas prendre, j'ai murmuré.

Assia a eu un geste.

— Si tu veux vraiment nous aider, tu gardes ce genre de réflexion pour toi.

Lorsqu'elle a distribué les perruques, j'ai eu peur pour la première fois. Jusque-là, Mélody sortait et rangeait la maquette, les plans, les notes. Plus nous les examinions, plus l'entreprise semblait abstraite. Sans le dire aux filles, j'avais même espéré une autre issue. Attaquer une bijouterie était une folie, mais échouer serait un drame. Sauf Brigitte, qui avait fait le guet pour son homme dans une voiture volée et s'était retrouvée menottée à terre, aucune d'entre nous n'avait jamais enfreint la loi. Mais cette fois, cette chevelure de nylon entre les mains, j'ai compris que tout était bien réel. Les filles avaient choisi pour moi une perruque brune, un carré sage avec frange. Sous le voile, Assia porterait une sombre cascade de boucles orientales. Mélody aurait une coupe sauvageonne, courte, garçonne, le blond platine qu'elle aimait, un désordre sculpté dans le gel. Et Brigitte, la crinière sauvage et le masque en l'honneur de la Serbie.

Puis Assia a sorti les armes d'un sac. J'ai reconnu le pistolet en plastique que lui avait offert son copain. Massif, robuste, crédible. Lorsqu'elle a disposé le reste de l'arsenal sur la table, j'ai paniqué. Les portes se refermaient derrière moi. Je ne pouvais plus reculer.

Mélody brandirait une imitation de Colt Frontier. L'arme du shérif passée dans la ceinture d'un voleur.

— Un clin d'œil, avait dit Brigitte.

C'était une réplique argentée, à crosse de faux ivoire. Pour la rendre menaçante, Assia l'avait repeinte en noir. C'était raté. Dans les mains de la môme, l'arme faisait hochet d'enfant.

Devant moi, Brigitte a déposé un pistolet automatique Beretta à air comprimé.

— Vous verrez, il fait un sacré effet, lui avait juré le vendeur du bazar.

La copie était importée des États-Unis. Elle tirait des petites billes blanches de 6 mm. Et il faudrait maquiller son cache-flamme orange qui la dénonçait comme factice.

Brigitte, elle, aurait une hachette. La même que celle utilisée par les Serbes.

— À part la hache de survie, ce ne sont que des jouets, a précisé Assia.

Elle avait vu mon visage s'affaisser.

— Ça compte pour les juges, si on se fait prendre ?

Assia s'est dressée, m'a visée avec son Tokarev, imitant une détonation avec la bouche.

Brigitte a agité les mains.

— Assia ! Jeanne a raison de demander.

Elle s'est tournée vers moi.

— Sortir un flingue, vrai ou faux c'est pareil.

— Mais on ne tue personne avec un faux !

Brigitte a haussé les épaules.

— C'est un vol à main armée quand même. Et c'est vingt ans.

— Ton avocat plaidera les circonstances atténuantes, s'est amusée Assia.

Ce n'était pas drôle. Elle a continué. Ton mauvais.

— La petite libraire cancéreuse et tellement sympathique entraînée par trois salopes !

— Ça suffit, Assia !

Brigitte, lumineuse comme à son habitude. Juge de paix en prison, en liberté, partout où elle passe. Brigitte qui écoute, comprend, se soucie. Au début de notre amitié, je lui avais demandé quand et comment lui était venue cette grâce.

— Le jour où on m'a enlevé mon enfant, avait-elle répondu.

211

Depuis, lorsqu'elle croise un adulte broyé, elle vient au secours de l'enfant qu'il était. Mélody, Assia, Jeanne, Perig, n'importe quel cœur brisé qu'elle recueille sur le bas-côté.

Assia n'en avait pas fini. Encore quelques mots sur mon acquittement, qu'elle a décrit comme une fête. Avec la populace en joie me portant sur les boulevards, tandis qu'elles trois partaient aux galères, enchaînées par les chevilles et traversant la ville sous les crachats.

— C'est bon ? Tu as terminé ? a grondé Brigitte.

Mélody souriait. Bêtement, j'ai applaudi au numéro. Donner l'apparence de la sérénité.

Assia s'est assise dans le fauteuil, soufflant le canon de son arme comme s'il venait de tirer.

— Écoute-moi bien, Jeanne Pardon.

Brigitte s'était rapprochée de moi.

— Je vais te faire une déclaration solennelle.

Elle s'est penchée sur moi, m'a pris la tête dans ses mains.

— Je ferai tout, tu m'entends ? Tout pour que rien ne t'arrive.

— Merci pour les autres ! a grincé Assia.

Brigitte n'a pas relevé. Elle me tenait par le cœur.

— Tu n'auras les mains en l'air que le 14 août, lorsque tu seras couchée sur la table du médecin pour tes premiers rayons. Et pas avant cette date. Je te le promets.

Elle a claqué ses mains sur mes cuisses.

— Ça roule ?

J'ai hoché la tête sans répondre.

Et puis elle s'est relevée brusquement, occupant le milieu de la pièce.

— Bon, la récréation est finie. Répartition des rôles !

Mélody l'avait répété tant et tant. Elle ne serait pas la secrétaire de la princesse.

— Ce sera donc toi, Jeanne.

Assia m'observait. J'ai encaissé sans un mot, lui offrant même un mince sourire.

— Toi et la princesse, vous aurez une heure devant vous. Faites durer. On n'achète pas comme ça un collier à 200 000 euros.

Elle s'est tournée vers Mélody.

— Et dès qu'elles envoient le SMS, on rapplique.

— Quel SMS ?

Les filles avaient de l'avance sur moi. Le coup était travaillé depuis l'hiver. Elles oubliaient que je ne savais pas tout. Comme pour se faire pardonner, c'est Assia qui a parlé. Pour moi, avec un regard apaisé. Nous entrions, les colliers étaient à disposition. La princesse hésitait encore. Il fallait consulter son Saoud de mari. Pas de café, pas de thé, garder les gants, même en pleine chaleur. À son doigt, caché par la soie, un solitaire en toc. Juste le renflement, pour offrir à la vendeuse de caresser le joyau du regard. Le SMS, c'était maintenant. Assia donnait le feu vert à Brigitte et Mélody. En quelques minutes, les filles sonnaient à la porte. Et entraient en force.

Mélody a hoché la tête. Brigitte observait mon regard soucieux.

— Jeanne ?

— Et si c'était un piège ?

Brigitte s'est accoudée sur la table. Mains jointes sur ses lèvres, elle attendait la suite.

Oui, un piège. Et si le solitaire n'était pas si propre que cela ? S'il avait parlé ? Et si la bijouterie avait vérifié le nom de la carte de visite. Une Saoud, à Paris ? Une princesse ? Depuis quand ? Pourquoi son passage n'avait-il laissé aucune trace à la frontière française ? Pourquoi le Quai d'Orsay n'avait-il pas été informé ? Alertée, la police judiciaire se serait étonnée que le numéro d'une étrangère fortunée corresponde à une carte téléphonique prépayée. Et qu'en aurait dit l'ambassade d'Arabie Saoudite ? Les diplomates auraient été préoccupés. Un instant, ils se seraient imaginé qu'une sœur de prince ait pu profiter de Paris pour quelque caprice, mais ils auraient été vite rassurés. Ce nom était fantaisiste. Cette fille n'existait pas. Pas de sang royal. « *Terroriste ?* » se serait inquiétée l'ambassade. « *Voleuse de bijoux* », auraient répondu les Français. Tiens, laissons-les venir, se seraient dit les policiers. Prenons leur numéro de téléphone. Fixons une date pour livrer les colliers. En juillet ? Parfait. Et pourquoi pas le 21 ? C'est ce que Sadeen la vendeuse avait proposé par mail à Assia, quelques jours plus tôt. Attendons-les. Préparons une souricière. Lorsque Brigitte montera les escaliers, enfilant ses cheveux tricolores, les policiers embusqués feront cracher les radios.

— Ça bouge ! Brise de Niš, bingo !

Et au lieu de voir notre vol rejoindre sagement la liste des crimes perpétrés par les Serbes, c'est nous qui allions endosser tout ce que ces connes avaient fait.

Cette fois, Assia ne s'est pas mise en colère. Elle avait rentré ses griffes. Brigitte est restée silencieuse. Mélody a fermé les yeux. La petite Jeanne venait d'étrangler leur plan à deux mains. Silence. Je savais que chacune d'entre nous imaginait la scène.

— Je prends le risque, a quand même murmuré Brigitte.

Assia a baissé la tête, levé les poings et déplié lentement ses majeurs.

— Moi aussi.

Brigitte s'est approchée de Mélody.

— C'est pour toi qu'on fait ça. Tu arrêtes, on arrête !

— Je prends le risque, a couiné la jeune femme.

Tous les regards sur moi.

— Je n'ai pas le choix.

Assia a servi les filles en vin, et moi avec. Elle a levé son verre.

— Jeanne Pardon est morte, vive Jeanne Hervineau !

Je me suis levée. J'étais bouleversée.

— Nous étions sœurs de larmes et nous voilà sœurs d'armes, a déclamé Brigitte.

Assia a ri.

— Les grandes phrases de ma chérie douce.

J'ai levé mon verre à mon tour.

— À Eva ! j'ai dit simplement.

14.

Le jour d'avant

(Vendredi 20 juillet 2018)

Nous étions convenues de ne pas passer cette journée ensemble.

— Rien de pire que de tourner en rond dans l'appartement, avait grogné Brigitte.

Elle avait décidé d'aller à la piscine le matin, de déjeuner seule en terrasse et de passer l'après-midi sur les quais. Elle s'y promenait souvent, remontant la rive droite de la Seine jusqu'au Louvre et la redescendant à gauche vers Saint-Michel. Elle adorait les bouquinistes. C'est même la première chose qu'elle avait aimée en arrivant à Paris. Dans l'appartement, ses étagères ne murmuraient que le passé. Chaque fois qu'elle se promenait le long des boîtes vertes, elle achetait un roman ou un essai. Un seul. Elle s'était fixé cette règle pour ne pas s'encombrer et lire vraiment ce qu'elle rapportait. Tant qu'elle n'avait pas terminé l'ouvrage, elle désertait les quais.

Brigitte n'était jamais allée au lycée. Orientée en Troisième, elle avait quitté le collège sur un doigt d'honneur. Et sa famille. Et Roscoff. Et aussi la jeune fille qu'elle était. Elle avait beaucoup dormi dans la rue. Un peu vendu son corps. S'était étourdie d'éther et de petits boulots avant de rencontrer son bel Argentin.

Folle d'amour pour lui, versant toute la journée de la pâte sur une crêpière brûlante, la jeune femme s'est un jour souvenue qu'elle n'avait rien appris. Elle avait quitté les études avec dans son cartable les identités remarquables, la grande nébuleuse d'Andromède, les lettres de Pline le Jeune et les noms de Malet et Isaac sans se souvenir de qui étaient ces gens. Comme on ne peut rien désapprendre par cœur, elle avait simplement tout oublié.

En deuil de culture générale, elle lisait les livres d'hier. Jamais de littérature moderne.

— Comment pourrais-tu comprendre Henning Mankell si tu n'as jamais ouvert un Simenon ? lui avait jeté Assia, alors que je vantais les romans policiers de l'auteur suédois.

Sur les quais, ce vendredi de juillet, elle avait acheté *Autour de Guignol*, des textes du journaliste Henri Béraud. Il était comme neuf, la plupart des pages encore à découper. Enfant, Brigitte Meneur avait détesté Annaïck Labornez, le personnage de servante bretonne dont s'étaient longtemps moqués les Parisiens. À la sotte Bécassine, en coiffe avec parapluie rouge et balluchon, elle avait préféré le Guignol lyonnais. Avant qu'un théâtre de marionnettes ne s'installe à Morlaix pour trois jours, en 1974, elle n'en avait jamais entendu parler. Invitée au spectacle pour ses 7 ans, la fillette a vu pour la première fois un gendarme se faire rosser. Et des enfants applaudir aux coups de bâton. La bécasse se laissait embrasser par les militaires en gloussant, Guignol le malicieux n'hésitait pas à cabosser les bicornes à cocarde.

La godiche d'un côté, le valeureux de l'autre. Ce gamin de bois, à la bouche vermeille et aux yeux cernés de noir, l'avait émerveillée. Et puis, comme le reste, elle l'avait abandonné dans la malle aux souvenirs. Jusqu'à cet après-midi de juillet, où elle a remarqué le livre de Béraud en tête de présentoir. Il n'était pas sous cellophane. Alors elle l'a ouvert. Page 49, Guignol disait à son copain Gnafron : « *Justement ma vieille branche et plus qu'on se prépare plus qu'on est prêt.* »

Brigitte avait acheté le livre en souriant. C'est exactement ce qu'elle pensait de l'opération du lendemain.

Mélody était partie au petit matin pour rentrer après dîner. Elle était comme ça. Secrète, discrète, solitaire. Elle disparaissait des jours entiers comme si elle s'en allait souffrir ailleurs. Elle avait eu sa séance de chimio tôt dans la matinée, puis roulé à vélo dans la ville. Une glace pour la nausée, une paire de sandales, des petits cadeaux pour chacune d'entre nous. Depuis toujours, elle conjurait sa peur en dépensant. C'est pour ça que l'idée lui était venue de racheter sa fille. Des chaussures dans une vitrine, une enfant capturée, tout avait un prix. Elle avait porté la perruque hirsute du braquage pour « la faire », avait-elle dit. Vivre avec une journée entière lui donnait un port de tête plus naturel. Le soir venu, elle a déposé ses achats sur la table basse. Pour Brigitte, un tee-shirt tour Eiffel à la manière de Warhol. Pour Assia, une boîte de dattes fourrées à la pâte d'amandes. Elle avait aussi pensé à moi : *La Criminologie pour les Nuls.* Je l'ai interrogée du regard. Elle m'a imitée, mains sur les hanches, grands yeux et voix fluette :

— Le vol à main armée, c'est un crime ?

J'ai ri. Elle aussi. Et toutes les autres avec. Un rire nerveux, un rire de tension, un rire trop brusque pour être en paix avec l'humour.

Assia est restée à l'appartement. Pieds nus et en chemise de nuit, comme une malade. Ou ces dimanches pour rien, lorsqu'elle donne la réplique au héros d'un feuilleton, assise en tailleur sur le lit en croquant des gressins. Enfermée dans la chambre, elle a essayé la perruque orientale, les lunettes noires, les gants de soie, le voile et l'abaya. Elle a marché dans la pièce, observant ses formes dans la grande psyché chinée par Brigitte. Elle a sorti son pistolet de l'armoire. L'a brusquement tendu devant elle, comme si elle venait de surprendre un ennemi. Et puis elle s'est laissée tomber sur la chaise. Elle a haï son image. Ce n'était pas la silhouette d'une braqueuse de bijouterie mais le portrait-robot d'une tueuse de passants. Pas une voleuse, une terroriste. L'Arabe. Ce mot lui vrillait la tête comme une rage de dents. Comme Franck, les filles l'avaient réduite à la peur de l'autre. Elle a arraché son voile, l'a jeté à travers la pièce.

— Quelle horreur !

Elle s'est cassée en deux. Elle a respiré doucement. Elle savait que ce fantôme de caricature terroriserait plus sûrement que les armes factices. Mais aussi, elle avait peur pour le jour d'après. Peur de cette folie qu'elles préparaient depuis tout ce temps. Peur d'être arrêtée, peur de mourir. Partout dans les journaux, elle lisait l'histoire de jeunes, abattus une arme factice à la main. Elle avait peur pour Brigitte, son amour. Peur pour Mélody. Pour Eva. Et tiens, même peur pour la Bourgeoise. Qui s'était installée un matin pour ne plus repartir et s'excusait toutes les trois phrases, engoncée dans des vêtements sombres et raides. Elle avait peur que quatre fillettes se retrouvent dans la cour des garçons. Elles avec leurs jouets, eux avec leurs armes de guerre. Peur de ne jamais revoir un dimanche matin.

Moi, j'ai pris un train pour Lyon, billet en borne à la dernière minute. Mon grand-père y était enterré. Le tondeur de femmes était mort dans son lit, à 91 ans. À part fuir le STO en 1943 comme des milliers de jeunes hommes et enfiler un brassard croix de Lorraine un an plus tard, humilier quelques égarées avait été son seul acte de bravoure.

Après les pluies de ces derniers jours, il faisait presque frais. Mais la météo avait prévu de fortes chaleurs dans l'après-midi. Je m'étais habillée en jupe noire, avec chemisier blanc et veste grise. Je m'étais coiffée d'un turban pour le voyage. Pour ne pas déranger les enfants que je croiserais. J'avais le front contre la vitre. Le soleil n'était pas haut, le ciel immense et bleu. Ma chimio était terminée. Cinq mois à confondre maladie et remède. Mes ongles cassaient les uns après les autres et aucun vernis au silicium n'y pouvait rien. Ma tête me faisait mal, mon ventre aussi. Je cachais mes nausées, mes douleurs articulaires. Ce que Mélody endurait m'interdisait les plaintes. Il y a quelques jours, avant ma dernière séance, j'avais saigné du nez et des gencives. Je m'étais longtemps enfermée dans la salle de bains, avec Brigitte qui tapotait la porte en répétant que je n'avais pas besoin de me faire belle pour aller à l'hôpital.

Arrivée gare Perrache, j'ai pris un taxi pour le cimetière de Sainte-Foy. Le chauffeur m'observait dans son rétroviseur. Non, la climatisation ne me dérangeait pas, merci. Il a parlé de la température et de sa femme, qui avait eu « ça » il y a dix ans et qui allait très bien. Je lui ai souri. Je n'étais plus ni dans l'affirmation, ni dans la revendication, ni dans la colère. J'avais eu un cancer et je préparais un hold-up pour le lendemain en plein Paris. Il ronronnait sa petite histoire. J'avais fermé les yeux. L'impression vertigineuse d'appartenir à un monde autre que celui des marcheurs de trottoir, des livreurs klaxonnant, des déménageurs qui encombraient l'avenue, de l'homme qui venait de traverser au rouge en nous maudissant, de ces deux enfants, accrochés à leur mère comme des poussins à la poule. Je dansais entre la vie et la mort. Sans savoir de quel côté j'allais tomber. La librairie m'a paru tellement loin. Les amies, le dernier verre de rouge qu'on réclame au serveur avec l'addition parce qu'une bouteille pour quatre, hein ? Quand même ! Les mouettes ont pied ! Je ne savais pas où était Matt, ni même qui il était. Lui, son héros de grand-père, moi et mon salaud de mien. L'un célébré à Dieppe, l'autre oublié près de Lyon.

— Ça va, madame ?

Oui, merci. Ça allait. Une cancéreuse qui ferme les yeux dans un taxi, c'est inquiétant. Alors je suis revenue à lui, au soleil, à son histoire de femme toute neuve. J'ai ouvert mon sac. Regardé une dernière fois la photo infâme. Nous arrivions sur les hauteurs de la ville. À la porte du cimetière communal, j'ai demandé au taxi de m'attendre. Il a paru surpris.

— Longtemps ?

— Non. Je reviens tout de suite.

J'ai remonté l'allée centrale. Jamais je n'étais venue seule sur sa tombe. Petite, avec ma mère, et c'est tout. Je me souvenais qu'elle était contre un mur d'enceinte. Au fond, peut-être.

CHARLES HERVINEAU
24 AVRIL 1916-14 DÉCEMBRE 2007

Deux plaques funéraires fanées par le temps. « *À mon Père* », « *Les fines mouches du Petit lac du Bois-d'Oingt* ». Et une autre, en marbre noir frappée du drapeau français : « *Les anciens Résistants à leur camarade.* » J'ai regardé autour, il n'y avait personne. Alors je me suis assise sur la tombe de pierre grise. D'un revers de main, j'ai chassé quelques feuilles, un peu de terre portée par le vent. Après la mort de ma mère, son père avait continué à vivre. Mais il n'avait plus jamais été là. Ni pour moi, ni pour Jules malade, ni même pour Jules mort. Sa fille partie, il était resté seul en disant que je lui ressemblais trop. Sur la tombe brûlante, j'ai essayé de me souvenir de sa voix. Il fumait. Ses mots avaient la rudesse de ses toux. Il ne parlait pas, il faisait du bruit avec sa gorge. Ses yeux étaient bleu pâle, ses cheveux coiffés en arrière avec soin. Jamais je ne l'ai vu autrement qu'en cravate.

— L'uniforme de l'homme honnête, disait-il.

Je ne sais pas où il avait entendu cela. Pour chaque situation, il déclamait une petite phrase sentencieuse en citant son auteur.

— Comme le disait si bien Machin…

De Machin, il n'avait rien lu, seulement entendu ces quelques mots. Et il s'en servait, comme si cette phrase était son socle. Alors qu'elle n'était qu'une rumeur de hasard.

Je me suis levée. Face à la tombe, j'ai enlevé mon turban et offert mon crâne nu au silence de la croix. J'avais mis le chemisier blanc de la tondue de Lyon, sa jupe et sa veste.

— Charles, je suis Jeanne, ta petite-fille.

J'ai tourné sur moi-même, lentement, sans un mot. Pour lui offrir mon front, mes tempes, ma nuque. Pour qu'il puisse regarder son œuvre, l'enfant de son enfant. Et le mal qu'il avait fait.

Puis j'ai déchiré la photo de « *La poule à Boches* » et je l'ai jetée sur sa tombe.

Le chauffeur m'attendait, portière ouverte. Il m'a vue tête nue. Il a été gêné.

— C'est vraiment un temps idéal, a-t-il bredouillé.

— Idéal pour qui ? J'ai demandé en m'asseyant.

Son regard inquiet dans le rétroviseur.

J'ai éclaté de rire.

— Je vous taquine, ne le prenez pas mal.

J'avais sorti la photo d'Eva de mon sac. La plus belle petite fille du monde me souriait. Elle était ma force et nous serions la sienne. J'ai regardé les vêtements sombres qui m'accusaient. La tondue, l'infanticide, la larguée par son mec, la trahie par son corps. J'ai rêvé pour moi de couleurs. Après l'hiver, je devais me changer en été.

15.

Une joie féroce

(Samedi 21 juillet 2018, 3 h 10)

Le Dr Hamm était sur mon lit. Flavia mon médecin était debout, contre le mur. Dans la chambre, il y avait aussi le Dr Duez, Agathe et Bintou, mes infirmières. Valentine l'abeille boutonnait sa blouse jaune. De l'autre côté, Brigitte et Assia pleuraient. Mélody était assise par terre, écouteurs sur les oreilles.

— Je suis désolé mais ça s'est mal passé, a murmuré Isaac Hamm.

Il a posé sa main sur la mienne. Je les ai regardés les uns après les autres.

— Qu'est-ce qui s'est mal passé ?

Il a secoué la tête. C'est Flavia qui a répondu.

— Vos seins, on n'a pas pu les sauver.

Je me suis redressée. J'étais nue. J'avais un torse d'homme, barbouillé de désinfectant orange.

Je me suis réveillée.

Violentes crampes à la poitrine, mal de tête, langue gonflée. J'ai bu un peu d'eau. Du verre pilé. J'ai eu

225

du mal à revenir. Je sentais encore le poids du docteur qui tirait sur mon drap. Le tabac de sa main. L'odeur citronnée de Flavia. Le poivre et le musc des cheveux de Bintou. Les larmes de Brigitte étaient vraies. La douleur d'Assia m'avait bouleversée. D'un geste rapide et répété, toujours le même, comme l'image rayée d'un vieux film, Agathe l'infirmière portait son pouce et son auriculaire à l'oreille pour me demander de lui téléphoner.

J'ai allumé la veilleuse. Mes draps étaient humides, glacés. Un instant, j'ai cru que j'avais uriné. Cette sueur de peur, encore. Cette aigreur poisseuse que Matt avait trouvée dégueulasse. Je me suis assise, oreiller dans le dos. J'ai pris mon cahier bleu clair dans le tiroir de la table de chevet. Depuis que j'avais emménagé chez les filles, mon journal avait changé. Terrorisés, sanglotant le long des premières pages, mes mots étaient devenus durs. Je ne pleurnichais plus, j'avais une joie féroce. Un matin j'avais écrit : « *Mon destin m'échappe, c'est la première leçon du cancer.* » En me couchant, le soir où les filles m'avaient dévoilé leur plan, j'avais rajouté dans la marge : « *Se réapproprier rageusement son destin est la deuxième leçon.* »

Pendant des semaines, je m'étais demandé que faire de tout cet inconnu. Cette colère, cette volonté, cette énergie. Comment s'emparer de cette force nouvelle ? Rudoyer une mégère dans une quincaillerie, faire taire une commère, cracher sur un banquier, insulter un porc dans le métro, noyer les clefs de Matt, ce n'étaient que des gestes. Pas même à la hauteur du répit que la vie m'offrait. Moi, c'était d'une geste que je rêvais. Saccager Jeanne Pardon. La bonne fille, la bonne élève, la bonne épouse qui acceptait tout des autres, de l'indifférence au mépris.

J'ai tourné les pages. Relu mes phrases inquiètes. Le premier jour du mal, mon entrée en hiver, ma sidération, le bouton de camélia, ma peur de mourir, ma solitude extrême, la frayeur des jours à venir, la compassion dégueulasse, les apitoiements de circonstance, la pitié hautaine, la saloperie des uns, la lâcheté des autres. Autour de moi, il n'y avait plus personne. Seulement des ombres et des fuyants, des amis qui croyaient bien faire et qui le faisaient mal.

Et puis ce prénom, entouré gaiement en haut d'une page blanche : « *Brigitte.* » Une vivante parmi les spectres. Assia et Mélody, ensuite. Chacune leur page et leurs mots doux. Eva, bien sûr. Notre enfant à toutes. J'avais photocopié et collé sa photo sur une page de gauche. Et aussi le nom de Gavroche. Mon canard boiteux. Mon cabossé, qui écartait les ailes pour imiter le langage des cygnes. Ce désordre de plumes était devenu mon flambeau, mon instinct de vie.

J'ai mordillé mon crayon. J'ai écouté ce que mon corps avait à me dire. Mal au ventre, mais je pourrais marcher. Ma tête bourdonnait, mais je pourrais réfléchir. Ma main tremblait, mais je pourrais brandir un pistolet d'enfant. Mon cœur avait chassé le cauchemar. Il ne battait pas, il ronronnait. J'ai tourné la dernière page et les mots : « *J'ai fait la paix avec la tondue.* » J'ai longuement lissé la suivante, encore blanche des heures à venir. Et puis, tout en haut à droite, avec la même écriture soignée que sur les bristols verts, qui disent mes coups de cœur à la librairie, j'ai écrit : « *M'acheter une robe à fleurs.* »

16.

Une vraie connerie

(Samedi 21 juillet 2018, 12 h 15)

Assia et moi nous sommes mises en marche en direction de la place Vendôme. Elle, grande dame habillée d'une abaya noire, d'une veste à épaulettes et brandebourgs dorés, hijab bordeaux noué en turban, gantée de soie, élégante, racée. Et moi, petite chose en tailleur strict, cheveux bruns au carré, lunettes de vue à double foyer, sac en carton orange griffé Hermès et pochette monogrammée coincée sous l'aisselle. Une princesse du Golfe et sa secrétaire, longeant les boutiques de luxe, les immeubles écrasants, pas légers et cœurs lourds.

— On est en train de faire une vraie connerie, m'a soufflé Assia.

— Une vraie connerie, j'ai répondu.

Elle m'avait ordonné de ne pas marcher mais de trottiner.

— Cinq pas derrière moi, n'oublie pas.

Je n'avais pas oublié. La princesse, sa suivante. Démarche courbée de l'obligée. Un seul planton devant le ministère de la Justice. Une voiture de police contre un trottoir. Les

229

yeux baissés, j'ai cherché les flics en civil. La camionnette banalisée. Rien. Au milieu des touristes et des amoureux, une riche Saoudienne et sa suiveuse entrant au Ritz.

Sur le trottoir, un voiturier m'a proposé son aide. Aucun regard pour la princesse. Les employés s'adressent aux employés. J'ai souri, non merci. Un portier avec oreillette a lancé pour nous la porte-tambour vitrée en s'inclinant. Cinq pas derrière, j'ai pris le tourniquet suivant. Assia a parcouru le tapis bleu de la grande galerie, indifférente aux lustres, aux lourds rideaux à glands dorés et au groom à gants blancs.

Personne non plus n'a fouillé nos sacs.

— Nous ne sommes pas dans un centre commercial, avait prévenu Brigitte.

Arrivée au bar, ignorant les hôtesses, la princesse s'est installée à une table d'angle pour cinq, sur un canapé brique, face à deux fauteuils du même velours. Assise sous la photo de Simone de Beauvoir et de Jean-Paul Sartre, elle a balayé de la main un coussin fleuri qui la gênait. Il a fallu que je la débarrasse aussi des roses qui décoraient la table.

Une hôtesse a quitté son comptoir. Elle a fait quelques pas dans notre direction. Un barman l'a arrêtée. Il s'en occuperait.

— Un jus de mangue et un verre d'eau, a commandé Assia, les yeux sur son portable.

L'eau était pour moi.

Nous avions quitté Brigitte et Mélody depuis sept minutes. Sans lever la tête, elle a murmuré :

— Téléphone.

Il avait été convenu avec la joaillerie que la princesse patienterait dans le bar de son hôtel. Et que quelqu'un viendrait la chercher. Une sonnerie à peine et Sadeen a décroché. La vendeuse devait attendre notre appel son portable à la main.

— Quelqu'un arrive immédiatement.

Un jeune homme en costume sombre est entré dans le bar. Assia a reconnu le planton du comptoir de rue. Il a aperçu la princesse. S'est figé. Il est resté debout, à dix mètres, pendant qu'Assia finissait son jus bruyamment, à la paille, regard perdu sur les lys et les boiseries dorées.

L'employé marchait devant, puis Assia, moi enfin. Une camionnette de l'armée est passée lentement. La princesse avait gardé ses lunettes noires. Vaguement hautaine, elle regardait droit devant elle. La sentinelle, c'était moi. Le rôle que Brigitte m'avait assigné. Quelques dizaines de mètres de trottoir à surveiller. Je les ai observés, respirant à peine. Un groupe de Japonais, de jeunes Américains, une femme à chien, des habits communs, du quelconque.

— Les flics qui m'ont serrée ressemblaient à des loubards, m'avait prévenue Brigitte.

Alors j'ai cherché les voyous. Et puis les fonctionnaires. La police changeait de déguisement comme on bouge de quartier. Assia faisait claquer ses talons. Ajustant son foulard à petits gestes excédés. La place s'était brusquement resserrée. Nous étions prisonnières. Le piège, j'y ai pensé à nouveau. Le policier en civil pouvait être ce livreur de produits surgelés, ce chauffeur de taxi, ces deux gars rieurs à cordons bleus et badges autour du cou. Ou les quatre à la fois. Lorsque nous sommes arrivées au porche, j'ai inspiré violemment. Nous approchions du délit flagrant. Assia a préféré l'escalier à l'ascenseur. Nous devions nous assurer que les étages étaient propres.

Ils l'étaient.

Sadeen est venue nous ouvrir la porte en souriant. Le vigile s'était effacé derrière elle.

— *As Salâm' Alaykoum*, a récité la vendeuse.

— *Wa alaykoum salâm wa rahmatoullah*, a répondu Assia sans tendre la main.

Nous avons traversé l'appartement bourgeois transformé en trésor.

Lors de son repérage, Brigitte avait demandé à la vendeuse quelle était l'heure creuse.

— Le déjeuner.

Elle avait feint la surprise. Pourquoi donc ?

— Les clients réfléchissent à table, après être venus nous voir.

— Et ils reviennent ? avait-elle interrogé.

— Ils reviennent, oui. Le cognac pousse ces messieurs à la générosité.

La vendeuse avait raison. Assia et moi étions seules dans la joaillerie. Aucun autre client. Une vague employée, la jeune stagiaire aux bras ballants et un seul garde visible.

232

Sadeen nous a installées à table. Main gauche plaquée dans le dos, elle a allumé la lampe de bureau, caressant le bouton noir de l'index droit. Une chorégraphie de bienvenue.

— Souhaiteriez-vous un café ? Ou un thé ?

Elle avait appris à incliner ses mots. Chaque phrase était une révérence.

Rien, merci.

— Un peu d'eau, peut-être ?

Assia a levé une main lasse. Pas plus. C'est moi qui ai remercié.

Debout derrière son bureau, Sadeen a consulté un grand cahier à couverture blanche.

Elle s'est adressée à Assia en français.

— Nous allons donc vous présenter « Le Feu sacré » et le « Quetzal impérial ».

La princesse n'a pas répondu.

— Quelle pièce désirez-vous essayer d'abord ?

Assia s'est tournée vers moi. Elle avait déjoué le piège. Elle m'a pressée de traduire.

En anglais, je lui ai demandé quel collier elle désirait voir. Elle a eu un mouvement de recul. M'a regardée, puis a observé la vendeuse. Elle a écarté les mains. Répondu en arabe à Sadeen.

— Mais les deux ! Quelle est cette question ?

— Les deux ensemble ?

— *Of course ! That's why I came !*

Elle était venue pour ça. Elle hésitait encore entre le médaillon Vesta et le nid d'abeilles.

La vendeuse s'est inclinée. Elle a quitté la pièce à petits pas soucieux.

Comme un félin, le vigile s'est positionné dans l'angle de la pièce.

Avec mes lunettes à double foyer, j'avais une vision de cul de bouteille. J'ai posé mon sac orange à terre. Le pistolet Beretta était enveloppé dans du papier de soie et glissé dans une boîte cadeau frappée de la calèche. J'avais soif. Une odeur de nuit à l'hôpital. Ma sueur malade, encore. Elle coulait sur mon ventre et dans mon dos. Assia aussi était tendue. Ses doigts tapotaient nerveusement le bureau. Ou alors elle jouait la sale gosse impatiente.

Mon regard était accroché à l'entrée de la pièce. Le silence me renvoyait chaque murmure lointain. J'avais des crampes au ventre. Peur de voir des hommes apparaître dans l'encadrement de la porte, leurs pistolets pointés sur nous. Je les ai imaginés hurlant. Ou pire encore, muets. Silencieux. Le doigt sur la détente avec ordre de tuer.

Le garde s'était déplacé. Nous étions seules dans la pièce, avec les vitrines, les montres, les bijoux. Et les caméras d'angle. Assia a rajusté son foulard, libérant quelques boucles sur le devant, comme les filles bien nées de Riyad. Profitant de ce geste, elle s'est tournée vers moi. Clin d'œil, bref mouvement de lèvres. Un baiser. Elle me disait de ne pas m'en faire. Que tout irait bien. Que nous ressortirions de cet écrin en femmes libres. Et puis elle m'a ignorée.

Lorsque Sadeen est revenue, le garde était sur ses pas. Et un autre homme. Sur le présentoir de feutre noir, les colliers de lumière. Mon cœur s'est échappé. J'ai respiré fort. Si ç'avait été un piège, il se serait déjà refermé. Pourquoi montrer ces merveilles à des voleuses ? Non. Ils n'avaient pas vérifié l'identité de la princesse, pas appelé l'ambassade, pas contacté le Quai d'Orsay, pas prévenu la police. Personne ne surveillait personne, ni sur la place Vendôme ni dans les escaliers, ni derrière les écrans de contrôle. J'ai eu la certitude de notre effet de surprise.

Debout devant la princesse, la vendeuse a incliné le plateau et lui a présenté les pièces. Assia n'a pas bougé. Pas un geste. Elle est restée au fond de son fauteuil. M'a regardée.

— *Mirror*, m'a-t-elle réclamé sèchement en anglais.

Je me suis levée, j'ai tourné vers elle la glace ronde posée sur le bureau. La princesse s'est penchée. S'est observée un instant. En arabe, elle a demandé que les hommes sortent. Sadeen lui a fait répéter.

— Qu'ils sortent ?

Oui, que les hommes quittent la pièce, a commandé la princesse.

La vendeuse a eu un mouvement d'incompréhension. Un geste sans rapport avec ses manières compassées. Elle a haussé les épaules. Puis s'en est immédiatement voulu. La princesse s'est levée. Elle était furieuse.

— Je n'enlève pas mon hijab en présence d'un homme !

Brusquement, le visage de Sadeen s'est éclairé. Elle

a respiré, souri. Agité deux mains devant elle pour dire qu'elle venait de comprendre. Puis elle a murmuré quelques mots à l'employé et au vigile. Le regard des éconduits, leur colère froide. Ils ont baissé les yeux, mais sont restés dans le couloir. Ils n'ont pas fait un pas de trop. Ils se détournaient mais ne nous quittaient pas.

Assia m'a regardée. J'ai hoché la tête. Oui, les hommes étaient partis. D'un geste ample, elle s'est alors assise. Elle a enlevé son hijab bordeaux et dégagé son cou. Puis elle a attendu.

Sadeen a hésité. Entre respect de la clientèle et impératifs de sécurité, la vendeuse avait bien du mal. Une fois encore, elle a présenté les bijoux à la princesse.

Assia m'a désignée de la main.

— Veuillez vous adresser en français à ma secrétaire, elle traduira en anglais pour moi.

— Mais je parle anglais, s'est empressée l'employée.

Assia a eu un petit geste agacé.

— C'est son mauvais anglais à elle que je comprends le mieux.

Nous avions décidé que la princesse parlerait arabe le moins possible, à cause de son accent.

— Lequel Madame souhaiterait-elle essayer ? m'a demandé la vendeuse.

J'ai traduit.

— Le plus cher, a grossièrement répondu la princesse en arabe.

Cette créature fortunée n'avait que faire de la beauté des choses.

Sadeen a posé le présentoir sur le bureau, hors de notre portée.

Et puis elle est passée derrière Assia, tenant la parure ras de cou à deux mains.

— « Quetzal impérial », a murmuré la vendeuse, 625 diamants sertis en nid d'abeilles.

Assia a cessé de respirer. Son épaule gauche était tatouée, un grand mandala en forme de nénuphar coloré. L'un des pétales pourrait apparaître à la base de son cou. Les tatouages permanents sont haram en Islam, interdits. *« Dieu a maudit celles qui se tatouent »* a enseigné le prophète Mahomet. Une Saoudienne pieuse avait droit au henné ou au khôl, mais pas à l'encre qui transformait le corps que Dieu avait créé.

D'un léger mouvement d'épaule, Assia a rectifié l'abaya. Dans le miroir, sa peau était sombre et nue. L'étoffe pieuse dissimulait le dessin satanique.

Sadeen a attaché le fermoir. Puis elle s'est reculée, laissant Assia seule avec son image.

— *Take a picture !* m'a demandé la princesse.

Prendre une photo ? Je me suis levée.

J'ai regardé la vendeuse. Nos airs désolés en écho. Elle m'a souri secrètement.

Le portable d'Assia était une contrefaçon parfaite. Faux or et diamants de verroterie, acheté sur Internet. J'allais appuyer sur l'écran. Elle a levé le menton.

— *Wait a minute !*

J'ai attendu. Elle réfléchissait, admirant « Le Feu sacré », resté sur le présentoir.

— L'autre aussi, a réclamé la princesse en arabe.

La vendeuse a voulu lui enlever le premier collier. Assia l'a protégé d'un revers de main.

— *I want to try both, and together !*

Essayer les deux. Ensemble ? Sadeen a mordu sa lèvre. Cette fille riche à qui rien ni personne ne résistait la mettait en rage. Je le sentais à ses regards pour moi, à ses poings fermés, à sa façon de souffler discrètement le trop-plein d'air vicié. Face à elle, Mademoiselle Reema bint al-Mansûr Moqahwi Al Saoud. L'exigeante, la tyrannique, la désireuse de tout. Vite, qu'elle essaye, qu'elle achète ou non mais qu'elle s'en aille. Elle et sa servante d'un autre âge. Mais deux colliers autour d'un même cou dépassaient l'acceptable.

Alors elle n'a pas bougé.

— Quel est le problème ? m'a demandé la princesse en anglais.

Elle avait froncé les sourcils, tordu sa bouche de méchante fille. Je voyais mon reflet dans ses lunettes noires. Elle s'est levée.

— Alors retirez-moi ça ! a lâché Assia.

La vendeuse s'est reprise. Sourire maison, regard désert, gestes affectés.

Elle s'est saisie du médaillon délaissé. S'est excusée en arabe.

— Asseyez-vous, Madame. Il n'y a aucun problème. Aucun.

Elle s'est glissée derrière Assia pour lui passer le deuxième collier au cou.

— *Chokran jazilan*, a remercié Assia.

La princesse s'est longuement regardée dans la glace. Puis tournée vers moi, agacée.

— *What are you waiting for ?*

Ce que j'attendais ?

La vendeuse ne regardait que ses bijoux.

— *You can take the picture, now !*

Je me suis excusée, en me précipitant pour la photographier.

— C'est mon frère qui décide, a lâché la princesse en arabe à la vendeuse.

Sadeen s'est empressée. Monsieur votre frère décide ? Si elle comprenait ? Oui, bien sûr.

Le frère décidait, c'était normal.

J'ai fait une photo, une autre.

Assia séparait délicatement les deux colliers pour ne pas mélanger les pierres.

— *Yallah !* Envoie !

Je me suis assise. Angle mort pour les caméras. Et j'ai écrit le SMS à Brigitte.

Assia est restée comme ça, enfoncée dans son fauteuil, les deux colliers au cou. La vendeuse avait repris place face à nous. Machinalement, elle tenait le présentoir vide entre ses mains. Son sourire était figé. Embarras. Silence. Je regardais par la fenêtre.

Assia a sorti un miroir de poche. Elle a inspecté ses lèvres, ses dents.

— Madame attend une réponse de Monsieur son frère ?

La vendeuse m'avait parlé en français. J'ai hoché rapidement la tête.

— Quoi encore ? a interrogé la princesse.

Sadeen a eu pour moi un regard effrayé. Ne traduisez pas, s'il vous plaît ! Attendons.

Lorsqu'on a sonné à la porte, mon cœur s'est éteint. Et au terrible coup de feu, il s'est remis à battre. Jamais je n'avais entendu une telle explosion. La foudre était tombée dans la pièce voisine. Une seule seconde, pour transformer le silence en acouphène strident. L'air empestait la poudre. Tout l'acier du monde s'était déchiré.

Assia a armé son Tokarev.

Au lieu de bondir, Sadeen s'est tassée. Elle a lâché le présentoir et levé les mains.

— Je le savais, a-t-elle dit en français.

— Ta gueule ! Par terre et sur le ventre ! lui a hurlé Assia en arabe.

La vendeuse s'est mise à genoux, regard brutal. Aucune peur, de la colère.

— Couchée, je t'ai dit !

J'ai sorti mon pistolet, jeté le téléphone de Sadeen dans le sac griffé. Dans l'autre pièce, Brigitte hurlait en anglais. Mélody poussait des cris stridents, comme un personnage de dessin animé, aveuglant chaque caméra à la bombe de peinture noire.

Le vigile était à terre, micro et oreillette écrasés. La môme le menaçait de son colt à amorces. Ce n'était pas le jouet qu'il regardait, mais l'arme de Brigitte. Il y avait du plâtre tout autour de lui, une moulure de bois. J'ai levé la tête. Brigitte s'était déguisée dans un angle mort, devant la porte.

Elle avait sonné. Et à peine entrée, elle avait tiré dans le plafond.

Masque et perruque tricolores, pistolet dans une main, hache dans l'autre.

— La sidération, je m'en charge !

— *Hurry up bastards !*

Des femmes arrivaient de partout, mains en l'air. Quelques hommes aussi, Brigitte et Assia dans leur dos. Pas de cris ou de pleurs. L'anéantissement des accidentés. Je fouillais violemment les poches, les sacs, les bureaux. Je frappais des dos à coups de coude.

— *Your mobile, assholes !*

Et tous obéissaient. Jetaient leur portable dans le sac ouvert.

Les vendeuses, la stagiaire, les planqués de la réserve, tous étaient maintenant couchés sur le parquet, au milieu du hall d'entrée. Onze personnes, mains sur la nuque. Assia a fait un dernier tour, arme au poing, longeant les cloisons, poussant une porte d'un coup de pied. Mieux que Franck, son ancien mec, elle faisait la guerre pour de bon. Le vigile a hurlé. Il avait eu un geste de la main. Mélody l'avait écrasée d'un coup de talon. Ses couinements me glaçaient. Une hyène. Une folle en crise. Brigitte a couru vers l'homme, arme pointée.

— Tu sais que celui-là, c'est un vrai. Alors tu bouges, Rambo, et tu es mort !

Elle s'est mordu la lèvre. Elle venait de parler français. La faute.

Puis elle s'est retournée vers la vitrine de montres et a abattu sa hache de toutes ses forces. Une fois, deux fois, avant que le verre n'explose. En protection derrière elle, Assia a poussé un petit cri. Je l'avais entendu. Brigitte non. Gantée, elle fouillait les dégâts et ramassait les montres de luxe à pleines mains.

Une vendeuse observait le pillage par-dessous son coude levé. Assia l'a remarqué.

— Baisse la tête !

— Et fin du spectacle ! a hurlé Brigitte en anglais.

Assia s'est laissée tomber à genoux contre le visage de Sadeen. Elle l'a relevée par le col. Lui a parlé en arabe.

— Tu sais ce que c'est ça ?

La vendeuse a secoué la tête. Son regard disait qu'elle pourrait mordre.

Dans sa main, la méchante princesse tenait une brique de couleur beige et un portable éventré assemblés par de l'adhésif. Deux fils électriques couraient du téléphone au pain graisseux.

— Du C4. Un explosif.

Les yeux de Sadeen ne brûlaient plus de colère mais de terreur.

— *Allahou akbar !* a soufflé la vendeuse qui allait mourir.

Assia a été prise de court. Elle en abaya, l'autre en jupe occidentale, la vie à l'envers.

— Écoute attentivement, ma sœur.

Assia parlait bas. Sadeen l'a écoutée. La bombe serait collée à l'extérieur. L'explosif était télécommandé. Les filles allaient partir, maintenant. C'était bien compris ?

Maintenant. Dieu pouvait regarder ailleurs, il n'arrive-
rait rien à personne. Une voiture les attendait rue de
la Paix. Il leur fallait quatre minutes exactement pour
descendre les escaliers, traverser la place à vitesse normale
et monter dans le véhicule. Si quelqu'un prévenait la
police, la bombe serait télécommandée. Pour détruire la
bijouterie, il fallait cent grammes. Ce dispositif pesait
un kilo.

— Si quelqu'un bouge, tout l'immeuble y passe, tu
m'entends ? L'immeuble !

La vendeuse se taisait.

— Dis-moi que tu as compris, ma sœur, a insisté Assia
en arabe.

— J'ai bien compris, ma sœur, a-t-elle répondu froidement en français.

Assia a encaissé. Elle s'est tournée vers Brigitte.

— Mirjana, on s'arrache !

— Pas de prénoms, merde ! a hurlé Brigitte en anglais.

Je n'étais pas certaine que cette ruse avait encore une
utilité.

— Ne bouge pas, j'ai répété.

Je tenais le vigile en joue. Il ne m'avait pas quittée des
yeux. Je savais qu'il imprimait chacun de mes traits. Peu
m'importait. Je voulais savourer la peur dans le regard
d'un homme à terre.

J'ai ouvert la porte d'entrée.

Brigitte a levé quatre doigts.

— Quatre minutes ! A-t-elle hurlé.

Nous sommes sorties. Brigitte a claqué la porte et collé
la pâte à modeler sur la serrure.

Elle a masqué l'œilleton avec un post-it. Regardé par-dessus la rampe et levé les bras.

— Repli !

L'escalier était calme. Nous avons enlevé nos chaussures et sommes montées à pied au quatrième étage. Assia se tenait la hanche à deux mains.

— Un problème ? lui a demandé Brigitte.

— Plus tard.

Le couloir était vide. Enfilade silencieuse de locaux désertés. Brigitte s'est arrêtée devant la start-up Air'Nouvo. Je ne pensais pas qu'on puisse forcer une porte avec une carte de crédit et un couteau.

— T'apprends ça quand tu passes par la case zonzon, a souri la taularde.

Elle a forcé l'huisserie avec la lame et glissé la carte par en dessous, en butée contre le pêne, en donnant des petits coups de genou dans le bois.

Mélody faisait le guet au bout du couloir. Assia était contre le mur, assise sur ses talons, une main sur la jambe. Je reprenais mon souffle. Brigitte a ouvert. Elle l'avait déjà fait en repérage. Pour être certaine qu'un tour de clef n'avait pas été donné.

Brigitte s'est effacée. Nous sommes entrées dans le deux-pièces bras en l'air, comme un coureur victorieux passe la ligne d'arrivée. Puis elle a refermé le verrou. Elle a arraché son masque et s'est laissée tomber sur le sol.

— On l'a fait, putain ! On l'a fait !

Je suis allée aux toilettes en courant. Depuis la place Vendôme, mon ventre me torturait. Mélody s'est précipitée vers Assia pour l'embrasser. Elle a poussé un cri de douleur.

— Je suis blessée.

En cassant la vitrine, Brigitte avait bombardé la pièce d'éclats de verre. Un fragment s'était fiché dans la cuisse de sa compagne. Elle saignait.

— Enlève ce bordel, lui a demandé Brigitte.

Assia a enlevé son voile, ses gants, retiré l'abaya.

— Fais voir.

Elle était en culotte, une écharde de verre à hauteur de la hanche.

— Compresse, a commandé Brigitte.

J'ai ouvert le sac d'urgence. Alcool, gaze stérile, sparadrap.

— Ce n'est rien, une éraflure, a souri Brigitte, en retirant le cristal sanglant.

Assia respirait mieux. Elle était soulagée. Un sourire, même. Tout était retombé d'un coup. Brigitte répétait « Yes ! », « Yes ! », en frappant l'air de ses poings fermés. Nous marchions sur les lettres et les publicités glissées sous la porte. Elles dénonçaient le local désert. Lors de sa visite en solitaire, Brigitte avait rapporté à l'appartement une carte postale datant de la fin du mois de janvier. Et trois relances de factures impayées postées à Noël dernier. La boîte aux lettres déjà pleine, les créanciers comptaient bêtement trouver quelqu'un au quatrième étage.

L'après-midi allait être long, et la nuit aussi. Brigitte avait ouvert le canapé, disposé les chaises en rond.

D'abord, enlever nos déguisements. Nos hardes, nos perruques, nos lunettes, le masque, tout dans le même sac, on ne garderait rien. Assia a vérifié sa hanche. Le pansement. Tout allait bien. Libérée de la robe longue, elle a défait ses cheveux, enfilé un tee-shirt jaune, une jupe courte de cuir noire, des collants résille et des bottines rouges. La police rechercherait une musulmane, pas une fille perdue. Brigitte s'est débarrassée des couleurs de la Serbie, coiffant une perruque lisse. J'avais enfilé un chemisier gris et un pantalon noir.

— Jeanne Funèbre, s'est amusée Assia.

Mélody avait remis sa perruque blond cendré, une chemise bleue à poches et un pantalon blanc. Elle tournait dans la pièce, visage ravagé. Au bord des larmes. Quelque chose n'allait pas.

Brigitte s'est assise.

— Allez les filles, on fait le point.

Brusquement, *la Cucaracha*.

Musique nasillarde et métallique sortie de nulle part.

— *La cucaracha, la cucaracha, ya no puede caminar...*

Brigitte m'a regardée violemment.

— Merde ! Les portables, Jeanne !

J'avais oublié d'éteindre les téléphones confisqués.

Je me suis précipitée sur le sac. J'ai arrêté la Cucaracha. Brigitte et les filles ont éteint tous les autres, à genoux sur le parquet.

— Jeanne, merde !

Je me suis excusée.

Pardon, une fois encore.

Et elle m'a demandé de retirer toutes les puces des appareils.

— Allez Brigitte, on fait le point ? a enchaîné Assia.

Sa compagne s'est massé le visage à deux mains puis les a plongées dans le magot.

Ses doigts brillaient d'or blanc, de diamants, de perles.

Elle a évalué les colliers, une dizaine de montres et trois bagues qui traînaient.

— Un bon million, a-t-elle dit.

Mélody s'est retournée face au mur.

— On va pouvoir s'acheter dix Eva et trente ours en peluche, a soufflé Assia.

Brigitte l'a fait taire. Mélody avait craqué. Elle pleurait. Sans que personne s'en rende compte. Elle disait qu'on était folles. Qu'on aurait dû descendre les escaliers, partir. À cette heure-ci, nous serions remontées dans la voiture. Rentrées à l'appartement, peut-être. Il était là, le piège, dans ce fond de couloir. Et on s'y était précipitées. Alors elle voulait un collier et sortir d'ici. Maintenant. Tenter sa chance. La petite parlait fort. Brigitte a posé un doigt sur ses lèvres.

— Quoi ? Tu es la cheffe, c'est ça ? Tu dis et tout le monde t'obéit, c'est ça ?

Assia s'est rapprochée d'elle.

— Mélody, tais-toi, s'il te plaît.

Elle a secoué la tête.

— Je veux un collier. Ou une montre. Je pars.

Elle s'est levée.

— Qui va m'en empêcher ?

247

— Moi, j'ai dit.

Je l'ai arrêtée, la tenant fermement par le bras. Elle m'a regardée. Ne s'attendait pas à ça.

— Mais tu es qui toi ? Pourquoi tu es avec nous ? Pour le fric, c'est ça ?

— Je suis là pour ta fille et toi.

La jeune femme s'est dégagée.

— Eh bien justement ! Donne-moi le fric ! Pour Eva, pour moi. On va se faire choper ici !

Brigitte l'a prise dans ses bras. L'autre s'est débattue.

— Lâche-moi, toi ! Lâchez-moi toutes !

Vacarme dans les étages.

— Écoute, Mélody ! Tu entends ?

Une sirène violente, des pas lourds dans l'escalier. Le « deux-tons » des voitures de police qui vrillait les rues. Mélody s'est figée. Et puis elle s'est laissée glisser sur le sol en pleurant.

— On se regroupe, a dit Brigitte.

Elle, Assia et moi, assises sur le canapé.

— Maintenant, plus un bruit. On ne fume pas, on ne tire plus la chasse d'eau, on n'allume pas la lumière à la nuit. Jusqu'à demain dimanche, c'est la bande de marmottes.

Elle a regardé le dos de la môme.

— On est d'accord, Mélody ?

L'autre n'a pas répondu. Assise par terre, bras croisés, la tête sur les genoux.

— Mélody ?

La jeune femme a hoché la tête sans lever les yeux.

— Assia ?

La princesse a levé un pouce, en tâtant sa blessure.

— Jeanne ?

J'étais pétrifiée. Je me suis levée. Pas un mot. Du doigt, j'ai montré le sang sur le sol.

Des gouttes, une à une, qui disparaissaient sous la porte. Brigitte ne l'avait pas vu. Même le courrier était souillé.

Assia a mordu son poing.

— Bordel de merde !

— Tu saignes depuis quand ?

Elle a regardé Brigitte. Elle ne savait pas. Elle n'avait pas remarqué.

— Il faut nettoyer, j'ai dit.

Brigitte a fait la grimace.

— Et appeler les pompiers aussi ?

— Réfléchis, Brigitte. Le sang d'Assia !

Elle m'a regardée.

— Tu vas faire quoi ?

— Ton plan, c'était que les flics allaient quadriller la place, les rues autour, s'intéresser à la joaillerie, à l'impact de la balle, aux employés. Pas aux étages supérieurs.

Brigitte me regardait sans un mot.

— C'était ça ton plan, oui ou non ?

Oui. C'était son plan.

— Alors on a quelques minutes devant nous avant qu'ils ne rappliquent.

— S'ils rappliquent, a ajouté Assia.

Mélody l'a regardée en reniflant, les yeux rougis.

— Personne ne va penser qu'on est assez stupides pour s'être enfermées ici.

Brigitte lui a souri.

— C'est exactement ça.

Je suis allée à la porte. Assia dans mon dos.

— Tu fais quoi ?

— Juste un œil.

J'ai ouvert. Quelques voix étouffées vers le bas. Les gouttes poissaient le couloir, une corolle pourpre tous les trois ou quatre mètres. J'ai refermé la porte.

— On est mal.

Brigitte réfléchissait.

— Le Petit Poucet, j'ai dit.

— J'avais compris, merci.

Et puis voilà. J'y suis allée. Gavroche escaladant la barricade. Dans la cuisine, il y avait une bassine et une serpillière. L'eau n'avait pas été coupée. Doucement, j'ai rempli la bassine.

— Jeanne ?

Brigitte me regardait.

— Quoi ? Tu as une meilleure idée ?

Elle a secoué la tête. Elle n'en avait pas, non. Ni Assia, ni Mélody, ni personne sur cette Terre.

J'ai marché à quatre pattes dans le couloir, frottant chaque tache une à une. Les gouttes continuaient dans l'escalier. Je me suis retournée. Le visage de Brigitte dans l'encoignure. J'ai grimacé, montrant l'étage en dessous. Les traces continuaient. Elle a frappé son front avec sa paume. C'est vrai, on était mal. Je suis arrivée à l'escalier. Les voix étaient plus fortes, mais je ne comprenais pas ce qu'elles disaient. C'était un bourdonnement. Un murmure apaisé. Aucun cri, aucun ordre, aucune tension non plus. Un confessionnal plutôt qu'une scène de crime.

J'ai nettoyé une marche, deux, trois. Je descendais à reculons. Peu à peu, je discernais des mots. Une femme geignait, ou pleurait. Ce n'était pas Sadeen. Arrivée sur le palier du troisième étage, je me suis penchée. Uniformes, costumes, le hall était envahi. Encore une goutte, une autre. Un filet. De plus en plus espacées. Au deuxième étage, je me suis figée contre le mur. Maintenant, j'entendais tout.

— Qui vit là-haut ?

— Des prête-noms, a répondu une voix.

— Des trucs bidons.

— Ouais, pas mal de boîtes aux lettres.

— Des boîtes aux lettres ?

— L'adresse fait chic sur une carte de visite.

J'ai descendu une marche, encore une, la dernière. J'ai fait la reine du silence. Enfant, en colonie de vacances à La Baule-les-Pins, j'étais la plus forte à ce jeu-là. Le moniteur était assis sur une chaise, les yeux fermés. Et chacun notre tour, nous devions approcher jusqu'à lui toucher le bras. Il ne voyait rien mais il entendait tout. Un souffle, un rire, le craquement du plancher. Il ouvrait les yeux et criait :

— Vu !

Jamais je n'avais été vue. Jamais. Le jeu s'appelait le Roi du silence, mais c'est une reine qui gagnait chaque fois. J'avançais pieds nus, à demi courbée, les bras écartés comme une équilibriste. Et le moniteur sursautait tellement, à ma main sur son bras, que tout le monde riait.

À genoux sur le parquet ancien, j'ai éprouvé cette même fierté. Les policiers regardaient en bas ou étaient tournés vers la joaillerie. Deux hommes en combinaison blanche, capuche, masque et gants bleus arrivaient dans les escaliers. Ils auraient adoré cette dernière goutte. Tout Assia dans un soupçon de trace. Une larme de rien du tout. Assia, et donc Brigitte, et Mélody, et moi, la petite Jeanne. Quatre femmes dénoncées par le sang d'une des leurs. J'étais la Reine du silence. J'étais Jeanne Hervineau, en train de sauver les copines et moi-même du bûcher.

Pour la dernière goutte, j'ai pris tout mon temps. Je ne craignais plus rien. Assise, jambes allongées de chaque côté du trésor d'ADN, j'ai soigneusement coupé le fil d'Ariane.

Et puis je suis remontée prudemment, en longeant le mur. Troisième étage. Quatrième. J'ai trottiné jusqu'à la porte entrouverte par Brigitte et me suis jetée sur le canapé.

— Plus de métastases !

Brigitte m'a observée en hochant la tête.

— Tu es une sacrée bonne femme, Jeanne Pardon.

— Je sais, j'ai dit.

Je n'en savais rien du tout. Je l'espérais.

Assia a tapé doucement sa paume dans la mienne. Brigitte m'a serrée fort. Mélody était restée prostrée.

Dimanche 22 juillet 2018

Aucun policier n'a pensé à monter les trois étages. Brigitte avait eu raison. Nous avions mal dormi. Ou pas du tout. Au dîner, des olives, des gâteaux et de l'eau. Pour le petit déjeuner, elle avait prévu quatre oranges et du pain d'épices.

Mélody s'était calmée. Elle avait dormi dans mes bras, sur le canapé. Assia s'était contentée de coussins et Brigitte à la dure, sur un carton dans le salon.

À 6 heures, nous étions réveillées. Rassemblées au milieu de la pièce. Brigitte à la manœuvre.

— On fait comme on a dit. Dans quinze minutes, Assia, tu y vas. Mélody, tu suis une demi-heure plus tard. Après, c'est toi, Jeanne. Et puis moi.

Avant 8 heures, nous serons toutes dehors.

Assia porterait notre sac de déguisements et les traces de notre passage au quatrième étage. Elle devrait nous appeler du métro. Pas avant. Pas de la rue. Mieux, elle devrait laisser passer trois stations après Tuileries pour nous dire que tout allait bien.

Mélody sortirait les mains libres. Son cœur était trop lourd pour l'encombrer.

J'étais chargée des portables et de nos armes. Brigitte m'avait demandé de rentrer à l'appartement les mains vides. Assia avait protesté pour son Tokarev, mais l'ordre était strict. Je devais me débarrasser de toutes ces preuves avant de rentrer.

Brigitte sortirait la dernière et avec les bijoux.

Elle nettoierait derrière elle et fermerait la porte.

6 h 15. Assia a quitté la cache. Nous l'avions embrassée sans un mot. Elle était la plus exposée, son sac rempli de notre histoire. D'instinct, nous nous étions assises sur le sol, contre le mur, dans l'ordre du largage. Des paras attendant d'être parachutés en zone occupée.

6 h 20. Brigitte gardait son téléphone en main. Assia marchait vite. Il lui faudrait moins de dix minutes pour entrer dans le métro.

— Assia ! a souri Brigitte.

Le téléphone vibrait dans sa main.

Elle a plaqué le mobile contre son oreille. Mon cœur criait grâce.

— Parfait. Rendez-vous dans une semaine.

Brigitte a raccroché. Elle nous a regardées, comme surprise elle-même.

— C'est bon. Elle est passée.

Mélody nous a téléphoné du jardin des Tuileries. Elle soufflait sur un banc.

— J'ai une de ces faims, moi !

J'ai observé Brigitte. Nous avions uriné dans un seau, mangé par terre. Elle nettoyait nos traces. Elle rassemblait nos restes. Elle a ouvert la porte, je lui ai tendu les bras.

— Wonderwoman, a-t-elle dit en me serrant.

J'allais partir.

— Pour les armes, la Seine plutôt que les canaux, s'il te plaît. Ils vident les canaux.

— Les portables ?

— Ils parlent aussi. Fais-les taire.

Alors que je sortais dans le couloir désert, Brigitte a posé une main sur mon épaule.

— Samedi prochain, j'offre une bolée générale au Bro Gozh.

— Et les crêpes, j'ai répondu.

J'ai refermé la porte derrière moi. Reine du silence, encore. Personne, nulle part. Un dimanche d'été. Au premier étage, des rubans jaunes « *POLICE SCIENTIFIQUE ET TECHNIQUE* » cachetaient la porte. Le hall d'entrée était désert. La cour pavée, tranquille. Le dimanche, la lourde porte était fermée par un code. La maison redoutait l'intrusion, pas le cheval de Troie. Une pression sur le bouton « sortie ». Bourdonnement, claquement. Je me suis retrouvée dans la rue. Matin frais et soleil timide. J'ai longé les immeubles, les boutiques, le ministère de la Justice. Le voiturier du Ritz m'a saluée. Personne derrière le comptoir vert et or du joaillier.

Je me suis perdue boulevard des Capucines.

Il fallait que je mange. Je portais deux sacs lourds. Des armes et des téléphones. Je suis entrée dans un café inondé du premier soleil. Je suis restée en terrasse. Depuis samedi j'avais besoin d'espace. Les murs me terrorisaient.

— Bonjour ma p'tite dame !

J'ai souri. Une p'tite dame qui venait de braquer le plus grand bijoutier de Paris.

Café au lait, tartines, jus d'orange. J'ai même failli m'offrir un petit calva. Sur une chaîne d'informations muette, les annonces au bas de l'écran évoquaient « *Les Pom-pom girls* ». Je trempais mon pain grillé dans la crème de lait. J'étais prête à recommencer. Ce soir, demain. Une banque, un comptoir d'or, une autre bijouterie. La vision du gardien couché sur le sol me hantait. Homme vaincu, à tout jamais. J'étais face à lui, un jouet dans la main. Et il m'obéissait parce que j'avais dérobé sa puissance. Petite Jeanne, petite femme, petite rien du tout, changée en guerrière par le général Camélia. Moi qui baissais les yeux depuis l'enfance, qui comprimais mon cœur pour ne blesser personne, je tenais un vaincu entre mes mains. Moi, l'image de la victoire. La preuve de sa défaite. Comme si la peur avait changé de camp.

Un SMS sur mon téléphone. Brigitte.

« *Bien rentrée.* »

Difficile de se débarrasser d'une arme. Même sur un quai désert. Il y a toujours un regard qui flâne. Un coureur du petit matin, un passant, une promeneuse de chien. Sous le Pont-Neuf, des jeunes terminaient leur nuit et leurs bouteilles. Ils étaient assis en rond, à rire pour rien. Il faisait trop jour, nous étions trop dimanche. Paris désert avait des gestes lents.

J'ai commencé par les petites pièces. Une par une. Discret geste de la main, bruit de caillou dans l'eau. Chiens, ressorts et queues de détente, leviers de chargement, goupilles, vis de fixation, plaquettes de crosses. Assia avait passé la nuit à désosser les automatiques en me donnant le nom de chaque pièce. Son mec avait été un bon professeur. Assise sur le quai, j'ai jeté la douille cuivrée tirée par Brigitte. Une pichenette, entre pouce et majeur, comme un vieux mégot.

Elle n'avait glissé qu'une seule balle dans le chargeur. Destinée au plafond.

Sous un pont, des hommes dormaient. Odeur de pisse et de salpêtre. Personne autour de moi, ni bateau-mouche ni promeneurs. J'ai jeté trois canons dans l'eau. D'un coup. Un pavé dans la mare. Je me suis débarrassée des chargeurs un peu plus loin. Des carcasses. Et aussi du barillet de Mélody. J'avais sept nuits devant moi pour faire ça, mais je voulais en finir.

Le sac plastique était vide, je l'ai glissé dans une poubelle.

J'ai rallumé quelques téléphones. Ils affichaient des dizaines d'appels en absence. Trois appareils n'étaient pas sécurisés et l'un d'eux s'ouvrait avec le code usine. Une femme avait un chat pour fond d'écran. Et d'autres chats par dizaines dans ses photos. Une seule image d'elle. Son visage ne me disait rien. J'étais assise dans un square. J'interrogeais les portables, regardant sans cesse autour de moi. Je me suis aperçue que je tremblais. J'étais troublée. Depuis samedi midi, j'étais entrée dans l'illégalité. La clandestinité, presque. Après avoir commis un vol à main armée, je fouillais la vie des gens. Photos de parents, d'enfants, de vacances. J'ai lu des SMS. Une femme avait envoyé la photo de ses seins à un homme qui en réclamait davantage. Et puis j'ai eu honte. Mon rôle était de faire disparaître toute trace, pas de violer l'intimité de ces inconnus. Et j'avais lu trop de choses sur la géolocalisation, le portable qui peut filmer son voleur à distance, tous ces gadgets d'agents secrets devenus réalité. Se faire prendre en dérobant trois mails n'avait aucun sens.

Nous avions commis un crime pour Eva. Pour arracher la plus belle petite fille du monde à son tourmenteur. Face à cet acte, je ne devais ressentir ni curiosité, ni plaisir, ni volupté.

Je me suis débarrassée des téléphones et des cartes SIM. À quelques centaines de mètres de distance les uns des autres. Assise en bord de quai, jambes pendantes, je plaçais le portable entre mes cuisses et le poussais vers l'eau d'un geste de la main. Puis j'ai jeté les mobiles prépayés de Mme Gauthier et de la méchante princesse Reema.

J'avais presque une semaine devant moi. J'ai marché dans la ville, innocente et sans arme. À la devanture d'un kiosque, le *Journal du Dimanche* et ce titre en haut à gauche :

« *BRAQUAGE DE LA PLACE VENDÔME, LA PISTE SERBE ?* »

Je me suis installée en terrasse. Jus de tomate. Un journaliste avait remarqué la croix, l'ordre des couleurs, le signe à trois doigts. Et s'il n'écartait pas la piste d'une fanatique des « Bleus », le reporter citait un policier persuadé d'avoir affaire à un gang de l'Est. Et donnait même le nom du repère présumé des braqueuses : Niš. L'homme était bien informé. J'ai refermé le journal. Je me suis étirée en fermant les yeux, bras levés, jambes tendues. Et j'ai murmuré en regardant le ciel :

— Chapeau bas, Brigitte Meneur !

18.

Lundi 23 juillet 2018

— Installe-toi à la maison quand tu veux, m'avait proposé Hélène, à Noël.

Je l'avais appelée il y a une semaine. Et je lui avais menti. Depuis ma séparation, je vivais entre deux appartements. J'étais à la rue pour quelques jours. Une amie m'hébergerait à nouveau dès dimanche. Trop cher pour moi de vivre à l'hôtel, trop déprimant aussi.

— Viens prendre les clefs à la librairie.

Avant la place Vendôme, nous avions chacune préparé un bagage. Brigitte allait vivre chez un ami acteur. Assia rejoignait sa sœur à Créteil. Et Mélody se débrouillait, comme d'habitude. Moi, j'avais posé mon grand sac à la librairie, avec vêtements et trousse de toilette.

— Ne prends pas de lecture, je m'en charge, avait plaisanté Hélène.

Pendant ces quelques jours, nous devions nous enterrer. Aucun contact. Assia passerait chaque matin dans la rue pour voir si l'appartement était surveillé. En cas de certitude ou même de doute, elle nous enverrait par

Snapchat la lettre « K ». Samedi prochain, si tout était calme, l'image d'un ours en peluche serait notre ordre de ralliement.

J'ai été contente de voir Hélène. Et aussi la librairie. Jamais cet endroit ne m'avait paru aussi paisible. Ici, contrairement à la vraie vie, les hurlements, les pleurs, les rires, les cris, les joies, les drames étaient prisonniers des pages. Le tumulte ne s'offrait qu'à celui qui les ouvrait. Mais j'avais quitté le domaine de la fiction.

Le magasin était fermé. Hélène l'avait brièvement ouvert pour moi.

— Ton sac est déjà à la maison, m'a-t-elle dit.

Je n'étais plus sa malade, mais son amie. Comme avant. La première fois, on ouvre grands les yeux devant le crâne blanc d'une femme. La fois suivante, on jure que ça lui va bien. Avec l'arrêt de la chimio, un étrange duvet me poussait sur la tête. J'avais aussi des croûtes de lait, des pellicules. Je trouvais l'image presque pire que le nu. Sans cesse, je passais ma main sur cette peau de bébé malade. Et j'utilisais une brosse de nouveau-né.

Je lui ai raconté la radiothérapie à venir, la fin de mon arrêt de travail pour bientôt. Elle avait été obligée de prendre une fille pour le rayon de Littérature générale, mais la jeune ne s'entendait avec personne et méprisait les clients. Sa passion, c'était le manga. Un jour, elle est arrivée habillée « *kawaï* », à la mode des fillettes japonaises. Difficile de vanter l'univers de Houellebecq avec des cheveux verts, deux nœuds roses en bout de nattes, un bustier vichy rose et des socquettes blanches à pompons montant au-dessus du genou.

— J'aime surprendre, avait-elle l'habitude de dire.

— Et Jeanne revient quand ? lui demandaient poliment les clientes.

J'ai passé cette semaine à ne rien faire. Peu à peu, la place Vendôme a quitté les gros titres pour de brèves nouvelles en pages intérieures. Sur les plateaux, les spécialistes du salut banlieusard à trois doigts ont laissé place aux experts en histoire des Balkans. Hélène ne s'était pas intéressée au braquage de la bijouterie. Pas plus que Clarisse et Nicolas. Les filles et moi avions vécu l'une des choses les plus intenses de notre vie. Nous avions frôlé la mort et personne ne s'en était aperçu. C'était à la fois rassurant et frustrant. Désormais, je ne pourrais partager cette émotion qu'avec trois femmes. Et il me faudrait vivre dans le déni tout le reste du temps. Plus que le hold-up, c'est mentir à la vie qui me hanterait.

Le dernier jour de planque, je l'ai passé à la librairie. La Kawaï s'en était allée. Peu à peu, mes vertiges s'espaçaient, mais j'avais toujours du mal avec la mémoire. Moi qui récitais des poèmes entiers de Baudelaire ou de Char, je n'arrivais plus à retrouver trace de leurs mots.

Vers 17 heures, mon téléphone a vibré. Une photo, envoyée par Assia. Un ours brun en peluche qui disait que tout allait bien. J'ai remercié Hélène. Pour tout, vraiment. Je l'aimais parce qu'elle était mon innocence. Ni Jeanne Pardon, ni Jeanne braqueuse, ni Jeanne cancéreuse.

Rien de ce que j'avais été ces derniers mois. Jeanne Hervineau, seulement et pour toujours. À Brigitte ma folie quand je brandis une arme. À Hélène ma sagesse lorsque j'ouvre un roman. Je ne serais jamais plus seulement l'une ou l'autre. Je flottais entre ces deux contraires.

19.

René le fourgue

— Et pourquoi je ne viendrais pas avec vous ?

Brigitte s'est levée de table, tournant le dos à Mélody.

— Parce que moins nous sommes et mieux c'est.

L'autre a claqué sa tasse de thé sur la table.

— Je viens, c'est tout.

Assia a eu un petit geste excédé.

— On veut te préserver.

Mélody s'est tendue davantage.

— Et moi, je veux faire ma part.

J'ai proposé de laisser ma place à Mélody, mais Brigitte a refusé. Au début, elle voulait se rendre seule au rendez-vous du receleur, mais René avait insisté. Il était curieux de rencontrer les filles qui avaient réussi un coup pareil. Brigitte s'en était étonnée mais Markaride Agopian, sa compagne de cellule, l'avait rassurée. Il était comme ça, son homme. Il aimait les belles histoires de voyous et adorait mettre un visage sur les portraits-robots de la police.

— Ça me donne une longueur d'avance sur les Francaouis, disait-il.

Son héros n'était pas l'inspecteur Harry mais Columbo. À la violence, il avait toujours préféré la ruse. Serrer la main des filles recherchées était son petit plus. Un pourboire. Une façon innocente de se dire qu'il était encore un peu dans le coup.

Mélody remplacerait donc Assia, Brigitte l'avait décidé.

Depuis nos retrouvailles, dimanche soir au Bro Ghoz, la môme était tendue. Trois fois, elle avait demandé de voir les colliers, compter les montres et vérifier les bagues. Elle s'inquiétait. S'était demandé pourquoi le trésor n'était pas caché dans sa chambre plutôt que dans celle des filles. Elle avait proposé de le diviser en quatre, pour ne pas tout perdre si nous étions découvertes. Mélody parlait argent. Sans cesse. Nous avions presque un million d'euros de bijoux mais combien nous resterait-il après le receleur ? Et qui nous disait que cet homme était fiable ? Brigitte avait été en prison avec sa femme ? Et alors ? Que valent les amitiés carcérales, une fois la peine purgée ? Brigitte Meneur avait tenté de la rassurer. Elle répondait de Marka. Et faisait confiance à René. Cet homme protégeait son amie et ça lui suffisait. Combien nous resterait-il du vol ? Elle n'en savait rien. Jamais elle n'avait eu affaire à un fourgue. Mais Mélody toucherait ses 100 000 euros. Elle pourrait payer ce salopard de Russe et serrer Eva dans ses bras.

*

Quelque chose n'allait pas. Un malaise. René avait perdu son sourire.

266

Lorsque nous sommes entrées, il s'est levé en plaisantant.

— Vous arrivez de Serbie ?

Il n'avait de regard que pour Brigitte. Il m'a survolée. Mais à l'entrée de Mélody, il s'est figé.

Plus un mot. Mains croisées sur le bureau, il attendait.

Brigitte lui a demandé :

— Vous voulez voir ?

— Puisque vous êtes là, lui a répondu froidement le fourgue.

De son sac, elle a sorti les deux colliers, neuf montres et deux bagues en diamants.

Il m'a regardée.

— Je ne crois pas que nous ayons été présentés ?

J'ai sursauté. Brigitte m'a encouragée d'un hochement de tête.

— Je m'appelle Jeanne.

Je lui ai tendu la main. Il a observé mon foulard créole.

— Chimio aussi ?

J'ai hoché la tête.

Il s'est tourné vers Mélody. Même regard pour ses longs cheveux cendrés.

— Et vous ?

Petit air buté.

— Eva.

J'ai frémi. Brigitte a mordu sa lèvre et baissé les yeux.

— En traitement ?

Elle a haussé les épaules.

— Vous êtes médecin ?

267

René s'est calé droit dans son fauteuil, les mains sur les accoudoirs.

— Ce n'était pas agressif, Mademoiselle.

— Moi non plus, Monsieur.

Il était tendu. Il a soupiré. Et puis il s'est penché sur les bijoux.

— Poh ! Poh ! Poh !

L'accent du pays lui revenait. J'ai souri. Il l'a remarqué.

— Vous parlez le pataouète Madame ?

J'ai secoué la tête. Je ne comprenais pas. Il avait retrouvé ses yeux bienveillants.

D'un geste du doigt, il a écarté toutes les montres sauf une.

C'était une belle montre d'homme. Assia avait trouvé son histoire sur Internet. « *Dotée d'un nouveau mouvement maison à remontage manuel indiquant les phases de Lune. Œuvre d'art horlogère au prix public de 284 000 euros, en édition limitée à 75 exemplaires, conçue pour rester précise pendant 3 887 ans.* »

— Celle-là, je prends.

— Et les autres ? a demandé Brigitte.

— Cadeaux d'anniversaire pour les copines.

Il a souri, mis des lunettes et vissé une loupe sur le verre droit. Première bague. À la lumière de sa table de bureau, puis au grand soleil de midi. Deuxième bague.

— Je prends celle-ci.

Puis il a levé les colliers, l'un après l'autre sans même les inspecter.

— Et les deux colliers aussi.

Je regardais Brigitte, Mélody, le receleur. Un instant, j'ai pensé à un vieux film. Nous avions dévalisé une bijouterie et étions en train de revendre notre butin à un voyou de parodie, croix en or autour du cou, chevalière avec pierre rouge et gourmette à maillons lourds. Mais aussi, un regard indulgent, un sourire ensoleillé et une voix mélodieuse.

Il a repris sa position, les yeux balayant le trésor et chacune d'entre nous.

— En taule, lorsque Marka a eu besoin de toi, tu étais là, Brigitte.

Elle a semblé surprise. Elle a hoché la tête.

— Je te remercie pour ça.

Il s'est penché, a sorti une calculette d'un tiroir du bureau.

— C'est pour ça que je t'ai reçue. Et seulement pour ça.

Brigitte a passé une main sur sa tête nue. Voix pâle, inhabituelle.

— Je sais.

Il a croisé les bras.

— 900 000 euros.

— Un million, a répondu sèchement Mélody.

Le fourgue a secoué négativement la tête.

— La montre seule vaut près de 300 000, a ajouté la jeune femme.

Il a souri, encore.

— Dans une vitrine, avec certificat d'authenticité, oui. Mais pas après un vol à main armée.

Mélody allait protester. Il s'est penché vers elle.

269

— Est-ce que mon bureau ressemble à une bijouterie, Mademoiselle ?

Il a ouvert une boîte et choisi un cigare.

— Et moi ? J'ai la gueule d'un bijoutier ?

Il a mouillé le Coronas entre ses lèvres.

— Vous me parlez de valeur initiale, moi je vous dis ce que ça vaut sous mon toit.

— Vous nous en offrez 900 000 ? a demandé Brigitte.

Volutes de fumée. Il a ri.

— Non, 900 000 c'est ce que vous avez déposé sur mon bureau.

Il a placé sa calculette devant lui.

— Vous avez besoin de 100 000, c'est ça ?

Il a levé les yeux.

— Réponds-moi, Brigitte.

— Nous avons besoin de ça, mais on vous a apporté dix fois plus !

Mélody était en colère. René l'a regardée.

— Eva... Eva, c'est bien ça ?

Pas de réponse.

— Si tu as un meilleur plan, Eva, n'hésite pas.

Il ne la quittait plus des yeux.

— Tu connais la musique, non ?

Mélody, très pâle.

— Et tu fréquentes du beau monde, aussi.

Elle a soupiré en secouant la tête.

— On sait qu'il y en a pour un million.

D'un geste de la main, le fourgue a repoussé les bijoux.

— Si mon offre ne vous convient pas, il y a toujours l'escroquerie à l'assurance. Vous rendez le tout au

270

bijoutier contre une récompense, mais c'est risqué. Le pacte de corruption, ça va chercher dans les dix ans. À moins qu'Eva connaisse un collectionneur privé ?

Brigitte s'est levée. Elle a reposé les colliers devant lui.

— On arrête là, René. Combien ?

Il a observé Mélody, comme s'il attendait une réaction. Rien. Fermée.

Alors il a aligné des 0 sur sa calculette.

— On commence par les cadeaux.

Mélody a relevé les yeux.

— Prêt du solitaire à 5,99 carats, c'est cadeau. Heures de repérage, c'est cadeau. Location de la berline, c'est cadeau. Les heures du chauffeur à gants blancs, c'est cadeau aussi.

René a regardé Brigitte.

— Cette mise en scène a mis la bijouterie en confiance. On est d'accord ?

Elle a hoché la tête.

— Ce qui nous fait un lot à 900 000 euros.

Mélody était tendue. Sa jambe gauche battait la mesure.

— N'importe quel honnête receleur vous proposerait entre 5 et 10 % de cette somme. Votre hold-up a été très médiatisé, je prends des risques. Mais à l'amie de Marka, moi je fais 20 %.

Il a effleuré deux touches. Et levé les bras.

— 180 000 euros ! Vous aviez besoin de 100 000 ? Vous voilà avec 80 000 de bonus !

Et puis il est retombé sur son dossier en souriant.

— Alors ?

Brigitte lui a tendu la main par-dessus le bureau.

20.

La plus belle petite fille du monde

Markaride Agopian nous attendait sur un quai de Seine, devant l'embarcadère des vedettes du Pont-Neuf, la courroie d'un sac gris dans la saignée du bras. Il pleuvait, ces pluies d'été qui grimacent l'automne. Nous nous sommes installées à l'intérieur du bateau. La femme de René était tendue.

— Nous avons un problème, a-t-elle dit en prenant place.

— Un problème ? a répété Brigitte.

Marka était assise contre un hublot. Elle observait la manœuvre du marinier. Elle a ouvert son sac, sorti un poudrier. D'un geste élégant, miroir rond levé à hauteur de ses yeux, elle a tamponné l'aile de son nez. Elle scrutait les quelques touristes, assis dans le fond de la vedette.

— Qu'est-ce que tu fricotes avec la fille Frampin ?

Brigitte a froncé les sourcils.

— Qui ?

— La fille qui se fait appeler Eva, qu'est-ce que tu fous avec cette fille ?

Brigitte a souri.

— Mélody ?

— Mélody Frampin, oui.

Brigitte ne comprenait pas.

— C'est quoi ton histoire avec elle ?

Depuis notre visite chez le fourgue, le malaise s'était invité à l'appartement. Mélody était sortie furieuse du rendez-vous. Cet homme nous volait, il profitait de notre inexpérience. Ou bien c'était un flic. Il allait nous dénoncer. Elle n'avait pas aimé qu'il prétende la connaître. Qu'il glisse trois phrases pour la déstabiliser.

— Il a voulu nous diviser !

Et puis elle s'était enfermée dans sa chambre, refusant même de dîner avec nous.

— Je l'ai rencontrée en chimio, a lâché Brigitte.

— Et ?

— Qu'est-ce qui se passe, Marka ?

— Tu rencontres une fille en chimio et tu casses une bijouterie avec elle, c'est ça ?

Brigitte, inquiète.

— Dis-moi ce qui se passe.

L'Arménienne était devenue dure. Dans le ronronnement du moteur, entre les rires des passagers et les commentaires du guide au micro, sa voix glacée.

— Réponds-moi, Brigitte.

— Mais qu'est-ce que tu veux que je te dise ?

— Comment elle t'a appâtée ?

Mélody était allée en prison, plusieurs fois depuis sa majorité. Des petits délits. Escroquerie, vols, filouteries diverses. La première fois que René avait entendu parler d'elle, elle traînait avec une bande de Géorgiens, entre Paris et Karlsruhe, en Allemagne. C'était avant son cancer. Avec trois filles de Tbilissi, elle s'était spécialisée dans le vol à l'étalage, grande poche cousue à l'intérieur de son manteau et sac doublé d'aluminium pour déjouer les alarmes. Elle volait comme on part au travail. Du matin au soir avec une pause déjeuner, et les hommes récupéraient leur butin entre chaque boutique. René l'avait encore croisée il y a un an, au marché aux puces. Elle avait essayé de lui revendre deux pistolets de collection. Des amis l'avaient prévenu.

— Touche pas aux Géorgiens !

Mélody avait pris une sorte d'accent allemand et se faisait appeler Eva. C'est sous ce nom qu'elle était connue dans le petit milieu. « Eva la poupée », à cause de ses traits fins et de sa peau blanche. Fugueuse à 11 ans, voleuse récidiviste, elle avait été mise en garde à vue à 13 ans pour la première fois. Aide sociale, psychologues, personne n'en était jamais venu à bout. Sa dernière condamnation remontait à 2016. Cinq mois de bracelet électronique pour recel. Ensuite, elle était retournée vivre à Karlsruhe, avec un artiste. Et le cancer l'avait ramenée en France.

Je serrais les mains. Mes jointures étaient blanches. Je paniquais.

— Ça change quoi ? a demandé Brigitte.

— Pour nous, rien. Mais il vaut mieux que tu saches avec qui tu traînes, lui a répondu Marka.

Elle a posé le sac gris à terre, sans quitter des yeux la berge qui défilait.

275

— René est monté à 200 000. Il avait sous-évalué une bague.

Brigitte a agrippé le sac d'argent. Elle était soucieuse.

— Comment sais-tu tout ça ?

— Tout ça quoi ?

— Sur Mélody.

Les armes de collection qu'elle avait tenté de vendre à René étaient fausses. Présentés comme d'authentiques pistolets de troupe de cavalerie, début XVIIIᵉ, leurs canons octogonaux avaient été prélevés sur des pistolets de voyage à percussion. Le quadrillage des poignées était un travail moderne et leur bois teint, de mauvaise qualité. Comme la soudure des pontets et la décoration des queues de culasse. Les traces de manipulation, les oxydations et la patine étaient factices. René avait quelques amis dans la police, comme chez les voyous. Il ne connaissait pas grand-chose aux armes, mais savait qu'une telle pièce pouvait dépasser les mille euros. Lorsque Mélody lui a laissé les pistolets en dépôt, le temps de réfléchir, René a interrogé deux contacts. Un directeur de club de tir, amoureux des pétoires à platines silex, et un gendarme, chroniqueur d'une revue d'armement. Le civil a démonté la supercherie. Le militaire a établi le curriculum vitæ de sa vendeuse. L'affaire était minable. Elle en est restée là. Mais René n'a pas oublié celle qui se faisait passer pour géorgienne.

— Elle est allée en prison, et alors ? a interrogé Brigitte.

Marka a eu un geste d'évidence.

— C'est vrai, mais nous ne pouvons pas vraiment le lui reprocher.

Le bateau manœuvrait à l'envers pour retrouver son embarcadère.

— Tu es prévenue, a ajouté Marka.

Les touristes se sont levés.

— Je pars devant.

Elle a fait quelques pas. S'est retournée. Visage soucieux.

— Vous n'avez pas fait tout ça pour elle, tout de même ?

Brigitte ne répondait pas.

— Pour sa fille, j'ai dit.

Marka s'est mise à rire.

— Sa fille ?

Brigitte me regardait. Elle était sombre. Je n'aurais pas dû.

— La plus belle petite fille du monde ? a balancé l'Arménienne.

Stupeur.

Marka a eu un mouvement de tête.

— La petite Russe enlevée ? C'est ça ?

Dans la cohue, Brigitte s'est assise. Le premier siège venu. Elle était défaite.

Marka la regardait en secouant la tête.

— Elle t'a fait le coup de la rançon ?

Je me suis assise à mon tour. Une péniche venait de passer. Notre bateau tanguait.

— Mélody n'a pas d'enfant, a lâché Marka.

J'allais protester. Elle a levé une main.

277

— Cherche « *La plus belle petite fille du monde* » sur Internet, Brigitte. Et tu verras.

Elle s'est penchée.

— Je suis vraiment désolée pour vous.

Et elle a rejoint un flot de touristes qui suivaient un petit drapeau jaune.

Nous avons marché le long des quais. La pluie avait cessé. Sans un mot, Brigitte est entrée dans un café. Nous nous sommes installées à table. Elle a sorti son portable, l'a posé devant elle. Un doigt levé, elle voulait taper sur le clavier. Elle s'est arrêtée.

— Non. Cherche, toi.

Alors j'ai ouvert un moteur de recherche. *« La plus belle... »*

Brigitte avait mis sa tête dans ses mains. Ses yeux étaient masqués.

— Mon Dieu, j'ai murmuré.

Elle n'a pas bougé.

— Quoi ?

Plein écran, une enfant baignée de soleil. Visage de marbre blanc, des yeux immenses, une frange parfaitement dessinée, des cheveux bruns tombant jusqu'au bas du dos. Robe lilas à papillons, chapeau de paille et panier d'osier comblé de fleurs, elle posait dans un champ de lavande. C'était Eva. Notre photo préférée. Le talisman que nous portions sur le cœur.

J'ai balayé l'image du doigt. Deuxième photo. Celle de la fillette potelée, en maillot de bain à rayures blanches et bleues frappées d'une ancre marine. Derrière elle il y avait une piscine, et des paillotes autour. Et puis la troisième. Avec ses yeux de chat, vraiment. Bleu profond, soulignés de longs cils noirs. Et une couronne de tresse. Et sa petite main, posée sous son menton pour en faire ressortir la délicatesse.

— Eva, j'ai dit.

Brigitte a écarté son majeur et son index gauches. Elle a regardé l'écran sans bouger, a replacé ses mains en bandeau sur ses yeux. Et elle s'est doucement mise à pleurer.

La fillette s'appelait Anastasia. Elle avait 6 ans. Enfant mannequin de l'agence russe Royal Kids Management, elle avait été élue par les internautes « *La plus belle petite fille du monde* » en 2017 et comptait 700 000 abonnés sur son compte Instagram. Séances photos, campagnes de publicité, reprise de ses chansons préférées, des milliers de petits cœurs accueillaient chacun de ses messages, soigneusement écrits par sa mère.

Mélody vivait à Karlsruhe et Eva n'existait pas.

— Nous sommes les filles les plus connes du monde, a murmuré Brigitte.

Nous avons eu du mal à sortir du café. Le soleil caressait les boîtes vertes des bouquinistes et les pavés humides. Brigitte m'avait remis le sac d'argent. Je devais le cacher à la librairie. J'en répondais ? Bien sûr. Mais pour l'instant, faire croire à Mélody que la somme n'avait pas été rassemblée. Il faudrait encore quelques jours. Réfléchir, la faire patienter. Ne rien dire. Pas encore.

Lui donner une dernière chance de tout avouer. Et aussi protéger Assia.

— Et après ? Qu'est-ce qu'on fait ?

Elle ne savait pas. Je ne savais pas non plus.

— Monter cette arnaque pour deux cent mille balles, c'est tellement minable.

— Elle n'a rien monté du tout. C'était notre idée, m'a répondu Brigitte.

Mélody était dans la détresse, les filles avaient pris ce risque. Elle en a profité.

— C'est encore pire.

Brigitte était sombre.

— Je ne voulais pas qu'elle participe à la place Vendôme. C'est elle qui a insisté. Elle aurait pu attendre tranquillement qu'on lui apporte le fric.

— Tu dis quoi ? Qu'elle n'y est pour rien ?

— On ne sait pas ce que le cancer fait de nous.

En prenant le métro, je me suis rendu compte qu'elle boitait. Elle traînait la jambe gauche. Et aussi qu'elle était fatiguée. À son tour, Brigitte vomissait dans la nuit. Sa chimio était presque terminée. Elle supportait mal son traitement. Assia me l'avait dit.

— Elle est plus malade que tu ne le penses.

Mélody parlait de ses douleurs, je partageais mes malheurs, mais Brigitte ne disait rien. Elle se levait souvent en deux fois. Retombait dans le fauteuil, visage crispé, puis s'aidait lourdement des accoudoirs. Souvent, elle s'arrêtait dans la rue et posait une main contre un mur, un arbre, une voiture, avant de reprendre sa route. Un jour, elle a appelé le commissaire Le Gwenn à l'aide. Assise dans un square pour reprendre des forces après une séance, elle n'avait pas pu se relever. Alors elle a téléphoné à « *Pays* ». L'un des seuls numéros enregistrés sur son portable. Le policier est arrivé avec une voiture de service. Il l'a retrouvée prostrée sur un banc. Gyrophare, sirène, il l'a emmenée aux urgences et l'a attendue plusieurs heures. Souvent, dans la nuit, Brigitte et Assia chuchotaient. Je n'entendais pas les mots, seulement leur musique inquiète.

*

— J'en étais sûre ! a balancé Mélody.

L'argent n'était pas là. Ce salopard de fourgue gagnait du temps.

Assia ne disait rien. Assise à table, elle tournait une cuillère dans son thé.

— C'est une question de trois ou quatre jours, a ajouté Brigitte.

Mélody, mauvaise :

— Quatre jours ! C'est ça ! On ne le verra jamais, ce fric !

J'ai observé Brigitte. Elle était souveraine. Elle rassurait la môme avec des mots, des gestes, elle caressait ses cheveux comme on câline un chat.

— Tu le verras, je m'y engage, lui a encore promis Brigitte.

J'étais assise sur un bras du fauteuil. La vie s'était arrêtée. Je ne pouvais ni parler ni réfléchir, ni penser à rien.

Mélody faisait sa gamine, Brigitte jouait à la maman. L'une pleurnichait, l'autre apaisait. Assia, elle, se taisait. Elle avait senti quelque chose. Son silence disait qu'il ne fallait pas ajouter un soupir à cet instant. Il viendrait, le temps des soupirs. Elle en était certaine. Et ce serait douloureux. Pour l'instant, elle avait l'instinct du chasseur. Elle observait.

Ce soir-là, nous avons fait dîner à part. Mélody s'est commandé une pizza. Une seule, pour elle. Brigitte était fatiguée. Assia lui avait fait une omelette, qu'elle lui avait servie au lit, sur un plateau d'hôpital. Depuis mes séances de chimio, j'avais toujours quelques gâteaux et des pâtes de fruit dans ma poche. J'ai grignoté, protégée par mon lit.

Lorsque Assia a frappé à ma porte, j'ai eu peur. Je ne savais pas ce qu'elle savait. Seule ma liseuse était encore allumée.

— Fatiguée, aussi ? m'a-t-elle demandé simplement.

Oui. Très. Un contrecoup, je pense. Le cancer, la chimio, un braquage, cela faisait beaucoup.

— Je peux ?

Oui, bien sûr. Elle est entrée. A doucement refermé derrière elle. Et puis elle s'est glissée dans mon lit, avant-bras pliés sur ses yeux.

— Un problème ?

Elle s'est retournée sur le côté, les poings fermés sous son menton. Elle chuchotait.

— Brigitte va mal.

— Oui, j'ai vu.

282

— Non, tu n'as pas vu.

Elle s'est rapprochée de moi. Deux lycéennes à la colo.

— Elle a eu de nouveaux examens il y a deux mois. La saloperie a envahi la paroi du bassin, les ganglions lymphatiques et la vessie.

J'ai posé ma main sur ma bouche.

— Lundi dernier, les médecins lui ont dit que le rectum était touché.

Mes yeux brûlaient. L'odeur de peur.

— Ils craignent aussi pour son foie, Jeanne.

Je me suis remise sur le dos. Les bras le long du corps. J'ai senti une larme sur ma tempe, dans le creux de mon oreille. Assia s'est retournée aussi.

— Brigitte dit qu'elle va mourir.

Le plissé du drap épousait nos formes. Deux gisantes de cathédrale. Nous sommes restées comme ça de longues minutes. Sans un mot. Et puis Assia s'est levée. Nous regardions le ciel de craie.

— Ça reste entre nous.

Puis elle a refermé la porte de la crypte.

Alors j'ai éteint la liseuse. J'ai renoncé à la clarté. Je suis entrée dans les ténèbres. Je ne respirais plus, je pleurais. Couchée sur le dos, j'ai étouffé ma détresse avec l'oreiller. Je l'écrasais violemment contre mon visage. Des années d'un chagrin que je tenais captif. La mort de Jules, l'indifférence de Matt, ma solitude en bord de lit. Tous ces mots jamais dits, tous ces cris jamais poussés, toutes ces larmes jamais répandues. Je ne contrôlais plus rien. Je n'avais rien décidé. Mon corps se soulevait. Il geignait comme un petit animal. Je n'arrivais plus à reprendre mon souffle. L'air se refusait. J'accouchais. Je ne savais pas de quoi mais quelque chose sortait de mon ventre, de mon cœur, de ma vie tout entière. Je m'étais trop menti. Jeanne qui allait bien, Jeanne presque pas malade, Jeanne qui partait à la chimio comme on va à la plage, Jeanne qui cache ses maux de tête, son âme blessée. Jeanne au sein tuméfié qui rassurait la terre entière. Jeanne qui acceptait qu'on dise que son crâne était dégueulasse. Qu'elle devrait prendre deux douches par jour pour ne plus puer la charogne. Jeanne qui trottait derrière Matt en mendiant un regard, un sourire. Jeanne qui écoutait les histoires des autres. Qui pouvait réciter les noms des collègues de son mari comme un enfant sa table de multiplication. Jeanne la courageuse, Jeanne la vaillante, Jeanne qui encaissait tellement bien les coups que personne ne lui avait jamais tenu la main. Jeanne qui ne se plaignait pas, qui n'élevait pas la voix. Jeanne qui marchait droit, qui marchait haut, qui marchait fière. Jeanne qu'on appelait à l'aide et qu'on regardait se noyer depuis la berge. Jeanne en train de pleurer dans l'obscurité d'une chambre qui n'était pas la sienne. Jeanne qui avait perdu un enfant, un mari, un foyer. Jeanne qui avait rencontré des amies de douleur. L'une qui allait partir, l'autre qui avait menti. Jeanne seule, comme au tout premier jour. Jeanne à 40 ans, avec une vie entière jetée dans deux valises de linge et de regrets. Jeanne Pardon, Jeanne misère. Jeanne plus personne.

Je m'étouffais. J'étais en train de mourir. Bouche ouverte,

j'ai volé tout l'air du monde. Des ballons de couleurs dansaient derrière mes paupières. Des griffures rouges zébraient l'obscurité. Le silence était un vacarme. Un bruit de cataracte. Mes tempes battaient comme une rage de dents. J'ai jeté l'oreiller au pied de mon lit. J'ai ouvert les yeux. Les lampadaires de la rue à travers les volets. J'ai inspiré, expiré longuement. Retrouvé les gestes qui mènent à la vie. J'ai passé mes mains sur mon crâne de poussin. Les draps étaient humides de fièvre, de larmes. Je me suis tournée sur le côté. Dans la lumière bleutée du réveil radio, les photos de Jules et d'Eva.

Il ne fallait rien révéler à Assia, rien. Ne rien dire à Mélody non plus. Comme mon fils, le plus beau garçon du monde, la plus belle petite fille du monde avait bien existé. C'est elle qui nous avait donné cette force, cette grâce, cette fierté. L'énergie de l'espoir. Pour elle nous nous étions unies, nous avions affronté la maladie. Nous avions retrouvé le courage de nous battre, pour le bonheur d'une mère et la vie de son enfant. Eva avait armé ma main. Elle m'avait accompagnée sous la morsure des aiguilles. Ses grands yeux, sa frange, son sourire, penchés sur moi pour adoucir mes nuits. J'avais fait tout cela pour elle. Je ne pouvais plus reculer. La nier, c'était me trahir. Et avouer que tout avait été en vain.

Je n'étais pas policier, ni procureur. Je n'avais pas l'âme d'un détrousseur de rêves. Je laissais cela aux hommes. Depuis quand des voleuses en appelaient-elles à la morale ? Je ne voulais ni confondre Mélody, ni l'accuser, ni l'entendre mentir, et mentir, et mentir encore. Je refusais d'imaginer cette scène, nous quatre dans l'appartement. La traîtresse en larmes, Assia en fureur, Brigitte à l'agonie et moi prête à m'enfuir. Notre histoire était belle. Elle avait commencé à quatre, c'est à quatre qu'elle devait finir.

Sur mon carnet bleu j'ai écrit : « *C'est l'histoire de quatre femmes. Elles se sont aventurées au plus loin. Jusqu'au plus obscur, au plus dangereux, au plus dément. Ensemble, elles ont détruit le pavillon des cancéreuses pour élever une joyeuse citadelle.* »

J'avais décidé de donner cet argent à Mélody et de lui souhaiter bonne chance. Acheter l'ours géant pour sa fillette. L'accompagner à l'aéroport, au train, à la fusée, à l'hydravion, à ce qu'elle aurait décidé de nous faire croire. Au quai de départ qu'elle nous aurait inventé. Et nous nous embrasserions. Et les bras des unes protégeraient le secret des autres. Et nos larmes de joie. Et mort au cancer ! Encore et pour toujours. Cette hyène qu'on a pourchassée ensemble et qu'on traquera encore. La môme croira nous avoir bernées ? Et puis quoi ? Si Mélody n'était pas digne de l'existence d'Eva, les filles et moi l'avions bien méritée.

21.

Le pacte

J'ai accompagné Brigitte à sa séance de chimiothérapie. J'avais apporté des chocolats pour Bintou l'infirmière, les abeilles et quelques copines. Dans la salle d'attente, des visages nouveaux. Une jeune femme avec son mari. Une toute vieille, toute seule. Une autre, entre deux âges et deux vies. Elles ne savaient pas quoi faire de leurs mains et de leurs regards.

J'ai suivi Brigitte dans son box. Mélody était restée à l'appartement et Assia travaillait au Bro Gozh. Quatre heures pour nous. Lorsque la soignante a préparé les perfusions, j'ai tourné la tête. On venait de m'enlever mon PAC. Sous le pansement, ma peau était à peine refermée. L'aiguille, les poches, la couleur rouge du produit, je ne supportais plus rien de ce cérémonial.

— Tu n'es pas obligée, a souri Brigitte.

— Je veux être avec toi, lui ai-je répondu.

Assise dans le fauteuil, elle avait fermé les yeux. Son filet de voix.

— Qu'est-ce qu'on fait pour Mélody ?

Je l'ai regardée.

— Tu en penses quoi ?

— Arrête, Jeanne. Tu ne réfléchis qu'à ça depuis le bateau. Alors parle, maintenant !

Je me suis levée. J'ai passé mes mains au gel désinfectant fixé sur le mur.

— C'est Assia qui m'inquiète.

Brigitte s'est soulevée.

— Pourquoi ?

— Elle va lui arracher le cœur.

Elle est retombée dans le fauteuil. Elle souriait, les yeux fermés.

— Mélody le mérite, non ?

D'accord. Et puis quoi ?

Elle a haussé les épaules. Quoi ? Elle ne savait pas. Elle s'est tournée vers moi.

— Pendant des mois, elle a joué avec nous. Elle nous a utilisées comme des pions. Toi ici, moi là. Rien de ce qu'elle nous a dit n'était vrai. Tu m'entends Jeanne ? Pas un mot, pas un regard, pas un geste. Ça, Assia ne peut pas laisser passer.

— Et toi, Brigitte ? Tu peux le laisser passer ?

Elle a reposé sa tête sur le dossier.

— La plus belle petite fille du monde. Mais tu te rends compte ?

Elle m'a observée longuement. Ses yeux demandaient grâce.

— Je suis fatiguée, Jeanne. Je n'en peux plus.

J'avais mis un pantalon noir et un petit haut gris. Je n'arrivais pas à quitter le deuil.

— Alors fais-moi confiance.

288

Ce même regard blessé.

— Qu'est-ce que tu proposes ?

J'ai secoué la tête.

— Ça ne va pas te plaire.

Mince sourire.

— Dis toujours.

Je me suis levée. Je suis allée à la fenêtre minuscule. Je lui tournais le dos.

— On ne dit rien à Assia.

La voix de Brigitte :

— Rien ?

Je suis revenue face à elle. J'étais sûre de moi.

— Non, rien.

Brigitte a levé ses bras au-dessus de sa tête.

— Alors on la trahit aussi ?

— Non, on la protège.

Brigitte m'a observée. Elle était grise, des cernes presque noirs. Et puis elle a fermé les yeux. Son visage s'apaisait. Elle a cherché ma main.

— Tu aimes les belles histoires, Jeanne, hein ?

Oui, j'aime les belles histoires, mais pas seulement. Je ne voulais plus de pleurs dans l'appartement, plus de drame, plus aucun cri. J'espérais que nos gestes s'allègent, que nos mots retrouvent la place du cœur.

— Et donc, on lui file les 200 000 euros, c'est ça ?

J'ai hoché la tête. Oui. Pour Eva, comme convenu.

— C'est le prix de la paix ?

— Le prix de notre sérénité.

— Même si elle empoche le tout en se foutant de notre gueule ?

289

Je me suis rapprochée du fauteuil.

— Quelle importance, Brigitte ? Regarde-moi et dis-moi. Quelle importance ?

Elle m'a regardée.

— Tu as peut-être raison.

— Et donc ?

Elle a soupiré. Elle a croisé ses bras sur ses yeux. Et donc ? Long silence. Les bruits de l'hôpital. Voix étouffées. Rire d'une infirmière dans le couloir. Bourdonnement d'une télévision, dans un box à côté. Cliquetis d'un chariot de soins. Sonnerie d'un téléphone. Bip lointain d'un moniteur cardiaque. Un seau d'eau posé sur le sol. Le choc métallique de la poignée contre le plastique, le frottement de la serpillière.

Brigitte a reposé ses bras sur les accoudoirs.

Donc, oui. D'accord.

Puis elle a bu un peu d'eau. Elle a regardé l'horloge. Le soleil sur la vitre. Elle m'a souri.

— Je suis soulagée, Jeanne.

Elle aussi avait envie d'en finir. Et ne pas blesser notre belle histoire.

J'ai repris la main de Brigitte.

— On va faire rêver Assia. C'est le plus beau cadeau que tu puisses lui offrir.

22.

L'ours en peluche

J'ai tiré le rideau de la cabine d'essayage.

— Alors ?

Mélody a applaudi en riant.

— Radieuse, a souri Assia.

J'avais choisi une robe-bustier blanche, piquetée de fleurs des champs.

— Profites-en avant ta radiothérapie, a ajouté Brigitte.

Ma poitrine serait bientôt marquée par des étiquettes, des croix de couleur qui indiqueraient le positionnement des rayons. Pour l'instant, seul mon dernier pansement était visible.

— Ça ne fait pas trop pouffe ?

Assia portait un chemisier coquelicot. Elle a éclaté de rire.

— Merci du compliment !

J'ai marché dans le magasin, m'arrêtant devant les glaces.

— Elle a été taillée pour vous, a souri la vendeuse.

Il me faudrait aussi des talons. Quelque chose qui élève.

Nous avions commencé la journée en achetant un billet de train. Mélody et le père d'Eva étaient tombés d'accord. L'un et l'autre feraient la moitié du trajet. Lui partirait de la gare Belorusskaia, à Moscou, et Mélody de la gare de l'Est. Rendez-vous à Berlin.

— L'avion n'aurait pas été plus simple ? avait interrogé Assia.

— Je ne prends jamais l'avion.

Le train était allemand. Il quittait Paris à 10 h 55, arrivée à Berlin à 19 h 39. Il y avait aussi un direct de nuit pour Moscou mais la môme tenait à ce que l'homme fasse sa part de route.

— Il est direct ou il s'arrête à Karlsruhe ?

Mélody avait sursauté. Brigitte lui souriait.

— Pourquoi tu me demandes ça ?

Petit air innocent.

— Parce que c'est sur le chemin.

— Je ne sais pas. On a rendez-vous à Berlin, a répondu Mélody.

Elle était fébrile. Brigitte avait tenu à lui offrir l'aller. Elle se débrouillerait pour le retour.

Et oui, le train faisait bien halte à 13 h 25 dans la ville du Bade-Wurtemberg. Son périple ne durerait que deux heures et trente minutes.

Brigitte et moi avons aussi offert de jolies tenues pour Eva.

— Pas aujourd'hui. On achètera ça à mon retour, avait protesté Mélody.

Mais nous tenions à les choisir maintenant. Toute la matinée, nous avons poussé les portes des magasins de prêt-à-porter pour enfants. Cette petite robe était trop quelconque, ce cardigan trop chic, cette jupe trop moche. Brigitte avait retrouvé des forces. Elle puisait dans les rayons.

— Et ça, Mélody, qu'est-ce que tu en penses ?

Elle était fatiguée. Assise dans les boutiques, elle regardait les pulls, les chemisiers, les salopettes roses à fleurs en disant que peut-être, pourquoi pas, elle ne savait pas trop. Dans un magasin, nous avons trouvé une robe lavande ressemblant à la photo.

— Regarde, Mélody !

L'autre a hoché la tête.

— Cache ta joie ! a rigolé Brigitte.

Vers midi, Assia a sifflé la fin de partie.

— Vous voulez la tuer ou quoi ?

Mélody portait quatre sacs, les plus belles marques. Un pantalon, une doudoune pour l'hiver et deux gilets pour le printemps prochain. Nous lui avions tout offert.

Nous avons déjeuné en terrasse. Vite et léger.

— Ça ne va pas être facile de trouver le plus grand ours du monde, avait souri Brigitte.

Mélody terminait son croque-monsieur. Elle a levé les yeux.

— Je le trouverai à Berlin.

Brigitte a protesté.

— C'est le cadeau des trois tatas ! On y tient !

La plus grande peluche Teddy mesurait 340 centimètres. Plus de trois mètres de hauteur avec des pattes démesurées. Brigitte trouvait ça formidable. Je l'ai retenue à voix basse.

— C'est un peu dégueulasse de lui infliger ça, non ?
Elle m'a regardée.
— Qui a été dégueulasse ?
Assia tapait des mains.
— Incroyable !
Mélody était livide.
— C'est en vente ça ? C'est pas un article d'exposition ?
Un vendeur est accouru.
— C'est en vente, madame. Et vous ne trouverez pas ça ailleurs.
Mélody tournait autour du monstre. Elle était paniquée. Il fallait être deux pour le porter dans la rue.
— C'est vrai que dans le train, ça serait bizarre, a murmuré Brigitte.
— Et un peu plus petit ? J'ai demandé au vendeur.
Le jeune homme a eu un geste de la main.
— Le tout-venant est de l'autre côté.

Et il est retourné dans son rayon.

— Celui-ci !
Assia a montré un bel ours brun avec nœud doré. Un mètre cinquante, à peine. Bon regard et sourire niais.
— Ce n'est pas le plus grand du monde, a regretté Brigitte.
Son regard dans le mien. Il brillait.
— Mais il est plus pratique à transporter, j'ai répondu.
J'ai soulevé l'ours. Une vraie douceur, et un bon poids.
— Je paye, les filles, on s'arrangera plus tard.

294

Mélody nous suivait, les bras jusqu'à terre, encombrés de vêtements pour rien.

Sur le trottoir, tout le monde nous regardait. Les adultes souriaient. Les doigts des enfants montraient autre chose que nos têtes chauves.

— Je prends les paquets, tu portes l'ours, a commandé Brigitte.

Mélody au Golgotha, ployant sous sa croix de peluche.

Arrivée à l'appartement, la môme a posé l'ours dans un coin du salon.

— Vous le gardez en attendant mon retour ?

— Bien sûr, a répondu Assia.

Mais Brigitte est intervenue.

— Ah non ! Il faut qu'Eva le prenne dans ses bras sur le quai de la gare. J'aimerais que cela soit la première chose que la petite voie. Un ours immense, sa maman, sa nouvelle vie.

Elle marchait à travers la pièce. Elle récitait un monologue, dessinant la gare avec ses mains, la foule grise du lundi, le brouillard du soir tombé.

— Et là, je l'imagine qui lâche la main de son père et qui court vers toi. Tu la vois courir, Mélody ? Toi, tu attends, au milieu des voyageurs, sur le quai de Berlin. Ils sont soucieux, ils sont sombres, ils rentrent du travail harassés par l'ennui. Et toi, et l'ours, et ta fille. Tu vois ? Un rayon de lumière au milieu de la pénombre. Eva se jette sur toi, sur l'ours, et cette foule raide qui s'écarte pour laisser passer sa joie. Tu la vois aussi, Mélody ?

— Fabrice Luchini, sors de ce corps, a rigolé Assia.

Mélody était assise dans le canapé. Elle regardait Brigitte, l'ours, Assia, moi. Elle avait enlevé sa perruque blonde. Un moineau pelé.

— Tu crois ?

— Je suis sûre, lui a répondu Brigitte.

Même Assia trouvait l'idée belle.

— Et toi, Jeanne ?

J'ai regardé Brigitte.

— Moi, quoi ?

— Tu ne trouves pas que c'est un sacré moment de retrouvailles ?

J'ai hoché la tête. Oui, bien sûr. Un sacré joli moment.

— Et comme c'est juste un aller-retour, tu n'auras pas besoin de bagage supplémentaire, a ajouté Brigitte.

Mélody réfléchissait vite. J'ai détourné les yeux. J'avais mal pour elle.

— On va peut-être rester quelques jours en Allemagne, le temps de refaire connaissance, a annoncé la jeune femme.

Brigitte a hoché la tête.

— C'est une bonne idée, ça. Il ne faut rien brusquer.

Pour sa dernière soirée à l'appartement, Mélody avait souhaité se coucher tôt, mais Brigitte avait insisté. Elle voulait la garder encore un peu. Dans quelques jours, quelques semaines peut-être, elle reviendrait avec un enfant et tout serait bouleversé. Alors un dernier verre de cidre, un dernier joint, une dernière chanson les yeux fermés. Seule Assia rayonnait. Elle riait, installée entre les pattes de l'ours.

— Quand on passe autant d'argent liquide à la frontière, autant ne pas être discrète ! s'amusait-elle en levant son verre.

— S'ils ont un doute, ils éventreront la peluche, avait ri Brigitte.

Mélody souriait. Rien de plus. L'attitude polie de celle qui s'ennuie au repas de famille.

Depuis que Brigitte avait posé le sac d'argent devant elle, depuis qu'elle avait tiré la fermeture sur les liasses de cent euros, la jeune femme s'était tassée.

— Tu vois que René a tenu parole.

Mélody avait à peine hoché la tête, penchée bouche ouverte sur les billets verdâtres. Elle réalisait violemment. Elle n'a rien dit. A attendu que le sac soit refermé. Puis a hésité à le prendre. À le cacher dans son placard. Puis à dormir avec, plaqué contre elle dans son lit.

Je ne sais pas ce que ressentait Brigitte. Nous avions décidé de ne plus en parler. Mais chacun des gestes de la môme, chacun de ses regards me faisait mal. Quand même et malgré tout.

— C'est formidable de penser que tu vas revoir ta fille, hein ? avait souri Assia.

L'autre n'a pas répondu.

Alors Brigitte a passé un bras autour de ses épaules.

— Je sais que tu as peur de ce qui t'attend.

Sa joue brûlante contre celle de Mélody.

— Mais dès que tu la verras, tu retrouveras les gestes d'une mère. Je te le promets.

J'ai quitté le salon.

297

*

Nous étions l'attraction de la gare de l'Est. Même les agents de la SNCF voulaient caresser l'ours de Mélody. La jeune femme avait repris des couleurs. Notre petit déjeuner avait été chaleureux et drôle. Brigitte s'était calmée. Elle avait retrouvé sa douceur. Assia riait de tout. Sa brutalité aussi avait disparu. Serrées dans la voiture, nous avions installé la peluche au milieu. J'étais assise à l'arrière. Je caressais les boucles brunes. J'avais le cœur gros.

Les billets étaient contrôlés en tête de quai. C'est là, au milieu des autres, que nous nous sommes embrassées pour la dernière fois. Brigitte et Mélody d'abord, une longue étreinte. Puis Assia qui riait. Et puis moi qui pleurais. J'ai toujours détesté les quais de gare. Mais celui-là était le pire de tous. Lorsque Mélody s'est faufilée au milieu des voyageurs, nous nous sommes agrippées toutes les trois par la taille. Une muraille frémissante. Nous ne quittions pas l'ours des yeux. La petite voleuse avait bien du mal avec notre cadeau. Elle devait le faire passer d'un bras à l'autre, le caler sur son épaule, le tenir à deux mains pour éviter la cohue. Il dansait au-dessus des têtes, encore et encore, avec son sourire et ses yeux brillants. Malmené par le flot humain, sombrant par instants pour ressurgir plus loin. Le museau, puis un bras, puis les pattes, il dérivait. Et puis, en bout de quai, l'ours a disparu, grignoté par la foule et les entrailles du train.

— À bientôt, petite sœur, a murmuré Assia.

— À peut-être, la môme, a ajouté Brigitte.

23.

Mignonez

Le lendemain, je ne suis pas sortie. Du lit au fauteuil, à reprendre mes esprits. Assia était partie à l'aube. Et Brigitte aidait au Bro Gozh, malgré son arrêt maladie.

Vers 15 heures, elle m'a appelée.

— C'est la merde, Jeanne.

— Qu'est-ce qui se passe ?

— J'arrive.

Elle a mis un certain temps à parler.

Elle s'est assise à table.

— Les flics savent.

J'ai manqué d'air.

— Les flics ?

Elle a hoché la tête.

— Au moins un.

— Ton flic ?

— Mon flic.

Je me suis levée. J'ai paniqué. Allaient-ils débarquer à l'appartement ? Fallait-il que je fasse ma valise ? Je n'avais plus aucun endroit où aller. Et cela voulait dire quoi, « *ils*

savent » ? Ils savaient quoi et pour qui ? Brigitte, Assia ?
Mélody ? Moi ? Qu'est-ce qu'on allait faire ?

Brigitte avait repris son souffle.

— On jette ce sac, c'est tout.

— C'est tout ?

C'était tout, oui. Pas besoin de fuir ou de se cacher.

— Le commissaire est une belle personne, a murmuré
Brigitte.

À l'heure du déjeuner, Perig Le Gwenn avait commandé une galette à l'andouille de Guémené et un pichet
de cidre brut. Il était soucieux. Lorsque Brigitte est venue
débarrasser sa table, il l'a regardée en souriant.

— Tu ne me demandes plus de nouvelles des Serbes ?

Elle s'est raidie. Si, bien sûr. Mais elle ne voulait pas
l'embêter à table.

— Mais tu ne m'embêtes jamais, Brigitte.

D'un geste de la main, il lui a montré la chaise en
face de lui.

— Tu peux ?

Elle pouvait.

Drita Krasniqi, la jeune policière qui venait d'arriver
dans son service, était passée à son bureau. En prenant
un rendez-vous, cette fois. Elle avait compris la leçon.
Selon elle, le hold-up de la place Vendôme n'était pas
l'œuvre du gang serbe. Un témoin avait raconté qu'une
des braqueuses s'était exprimée en français. Leur explosif
était une pâte à modeler sans gluten issue de l'agri-
culture biologique. Et la croix serbe, sur le masque,
un faux grossier. Les « C » cyrilliques qui l'entouraient

avaient été dessinés à l'envers. Cette fois, avant que les caméras ne soient obstruées par de la peinture, la police avait de bonnes images des voleuses. Sauf de la meneuse masquée, qui portait une perruque aux couleurs de la France.

— Vous avez l'air déçue que ce ne soient pas elles, avait murmuré Le Gwenn.

La jeune policière a répondu oui. Son père avait été assassiné par la police de Slobodan Milosevic, le 15 janvier 1999. Elle et sa mère s'étaient réfugiées en France. S'engager dans la police avait été une façon de remercier ce pays. Et elle aurait aimé prendre sa revanche.

— Une fliquette kosovare qui serre trois crapules serbes, ça aurait été bon ça, hein ?

Elle a baissé les yeux.

— Seulement voilà. La police française n'est pas le lieu des vengeances personnelles.

Et puis il l'a remerciée, une fois de plus. Lui promettant un bel avenir.

— Il y avait une drôle de femme place Vendôme, ce jour-là.

Brigitte a regardé le commissaire.

— Les caméras du ministère ont chopé une fille chauve qui se dirigeait vers la bijouterie.

Il a bu un peu de cidre.

— Une très belle fille. Un peu dans ton genre.

Elle a passé une main sur son crâne.

— Oui, c'est ça. Soit chimio, soit punk à chien, on ne sait pas exactement.

301

Brigitte tremblait. Sous la table, sa jambe s'était emballée.

— Et il y avait une autre fille, avec elle. Une jeune. Et celle-là, on la connaît bien.

Elle a pris la carafe de cidre. Elle allait se servir.

— Je peux ?

Le policier a hoché la tête. Bien sûr.

— « Eva la poupée », on l'appelle. Une roublarde avec plusieurs identités qu'on suit depuis la maternelle. Chaque fois qu'elle quitte une taule, le gardien lui dit : « À tout à l'heure. »

Elle a bu. Ses dents claquaient contre le grès.

— Faudrait pas que les Serbes fassent des émules, Brigitte. Ce serait con.

Le restaurant se vidait doucement. Elle et le commissaire étaient presque seuls.

— Tu en penses quoi, ma mignonnez ? Ce serait con, non ?

Brigitte n'a pas bougé.

— Bon, en même temps, les filles sont l'une à côté de l'autre sur la vidéo, rien ne nous dit qu'elles sont vraiment ensemble. Elles ne parlent pas, rien. Et puis on ne les voit pas non plus entrer dans l'immeuble. C'est un angle mort.

Il a sorti son portable.

— Tu veux voir ?

Brigitte a levé une main. Non, merci. Il a joué l'étonnement.

— Je croyais que ça t'intéressait, cette histoire.

Elle a posé les mains sur la table.

302

— Qu'est-ce que tu veux savoir, Perig Le Gwenn ?

Le commissaire s'est calé dans sa chaise.

— Rien, Brigitte Meneur. Je ne veux rien savoir.

Il a regardé sa bolée vide. Le pichet désert.

— Je n'ai même pas voulu savoir que les Serbes n'y étaient pour rien.

Brigitte n'avait pas compris.

— J'ai demandé à Krasniqi de garder cette information pour elle. Ça lui a donné une peu d'importance. Elle était fière. Je lui ai dit que le silence aidait aussi à la manifestation de la vérité.

Brigitte avait toujours un foulard dans la poche arrière de son jean. Elle le mettait parfois, ici ou là, un jour où la bonne humeur n'était pas au rendez-vous. Un grand bandana rouge et blanc que Assia lui avait offert pour sa première chimio. D'un geste mécanique, sans quitter le policier des yeux, Brigitte s'est couvert la tête.

— Encore une piste qui s'effondre, c'est bien ma veine, a souri le commissaire.

Brigitte s'est rapprochée.

— On fait quoi, maintenant.

Le Gwenn, bolée levée devant les yeux.

— Dis-moi une chose.

— Je t'écoute.

— Tu t'es fait balader par la poupée ?

Elle a hoché la tête.

— Son père à l'agonie ?

— Quoi ?

— Son père qui ne peut pas payer une opération du cœur en Floride ?

Brigitte a levé une main. Sourire pâle. Elle saluait son dernier client.

— Sa fille enlevée par un Russe.

Le commissaire n'a pu retenir un sourire.

— On avait tout eu. Le père malade, la mère partie faire le djihad qui avait besoin d'argent pour revenir, le frère journaliste pris en otage en Irak, mais jamais d'enfant enlevé.

Soudain pensif.

— Elle a vieilli, la petite toxique. Aujourd'hui, elle se voit mère. Elle s'adapte.

— J'ai cru que son cancer lui avait tourné la tête.

Il a ri.

— Elle a commencé ses conneries à 15 ans. Rien à voir avec la maladie.

Brigitte s'est affaissée. Elle était profondément triste.

— Et donc, on fait quoi, maintenant, Perig ?

Le commissaire a croisé ses mains derrière sa nuque.

— On ne recommence pas.

Brigitte a haussé les épaules.

— Et pour la place Vendôme ?

— Le gang des Serbes a encore frappé. Même la presse en est convaincue.

Ce serait la thèse officielle. Seul problème, une radio avait affirmé qu'une Française, connue des services de police, pouvait être dans le coup. Il avait colmaté la fuite. Rien n'était certain. D'ailleurs, cette personne était probablement en Allemagne au moment des faits. Et le complice des Serbes, arrêté à la frontière, avait juré que les voleuses de Niš travaillaient seules. Elles étaient trop méfiantes pour faire confiance à des Français. Selon Interpol, elles venaient tout juste de rentrer au pays pour se faire oublier. La place Vendôme serait leur dernier méfait.

Brigitte gardait le silence. Lui, regardait le plafond, le grand drapeau breton au-dessus du comptoir, les affiches de la Saint-Patrick et du Festival interceltique.

— T'as de la chance d'avoir été baptisée à Notre-Dame-de-Croaz-Batz.

Elle a baissé les yeux. Il lui a pris la main. Une habitude, depuis qu'il l'avait accompagnée quatre heures dans son box de chimio.

— Tu en es où ?

Brigitte a fait la moue.

— Je crois que le foie est touché.

— Tu crois ou tu es sûre ?

— Ils m'ont dit que ça se répandait.

Le commissaire a baissé les yeux. Il regardait la main de Brigitte dans la sienne.

— Tu n'es pas en arrêt de travail ?

Elle a hoché la tête.

— Je suis bien ici. Je suis chez moi.

L'homme parlait bas.

— Que disent les médecins ?

— Ils disent que ça va être compliqué.

— Compliqué comment ?

— Très compliqué.

Il avait du mal avec les mots.

— Mais tu vas vivre ?

— Ça va être très compliqué, lui a répondu Brigitte.

Elle a regardé le policier. Et elle a vu l'enfant. Le petit Perig. Le garçon qui vivait dans sa rue, du côté de l'Hôtel de France. Le chagrin de leur premier soir, rideau fermé, à la lumière de la veilleuse de bar. Perig avait eu une grande sœur, l'âge de Brigitte ou presque. Elle s'appelait Katell. Malade toute son enfance, emportée par une leucémie à l'âge de neuf ans. La famille de Perig l'avait protégé de sa souffrance. Sa sœur aussi, qui a continué de lui sourire jusqu'au bout. Bien plus tard, il leur en avait voulu, à tous. Même à elle. De lui avoir caché la mort prochaine, de l'avoir écarté des tourments. Il n'avait pas vécu en famille mais à côté. Les adultes baissaient la voix lorsqu'il entrait dans la pièce. Sa mère s'enfermait pour pleurer. On lui disait que sa sœur était à l'hôpital pour une fièvre sans importance, un malaise passager, un problème de gencives, un petit mal de gorge. Jamais il n'avait eu le droit d'être triste. Jamais il n'avait su. La veille de la mort, il s'était éraflé le genou. Son père, sa mère autour de lui. Il pleurait comme un grand blessé tandis que Katell s'éteignait. Sa vie entière, il avait porté ce fardeau. Ne pas avoir compris, ne rien avoir deviné. Rire, chanter, vivre son enfance à une porte du drame. C'est peut-être pour ça qu'il était devenu flic. Découvrir, apprendre, savoir. Ne pas vivre dans la seule insouciance. C'est pour ça aussi qu'il avait aimé Brigitte. Il lui avait avoué le calvaire de sa grande sœur, le premier soir, sur le trottoir.

— Tu vas tenir bon toi, hein ?

Et Brigitte le lui avait promis.

Le policier a libéré sa main. Elle n'a pas enlevé la sienne, restée ouverte au milieu de la table. Et puis il s'est repris. A toussé dans son poing fermé, jetant un bref regard au pichet.

— Tu sais quoi, patronne ?

Brigitte Meneur a regardé Perig Le Gwenn. Son sourire revenu. Ses yeux du bout des terres.

Il a levé sa bolée à hauteur de son front. Et parlé haut, comme il le faisait à l'autre bout du restaurant bondé, pour couvrir les bruits et les voix.

— Les mouettes ont pied, *Mallozh Doue* !

24.

Gavroche

Brigitte avait eu du mal à se lever. Alors nous l'avions aidée. Assia et moi, comme on relève Lazare au tombeau. Elle avait passé une mauvaise nuit, de fièvre et de peur. Depuis plusieurs semaines, Assia dormait dans la chambre de Mélody. Pour ne pas réveiller son amie, pour ne pas être réveillée par elle. À l'arrivée de l'automne, son état s'était dégradé. Une infirmière venait chaque matin pour les soins. Elle avait du mal à manger, à boire, son ventre était un enfer. Assia s'était aussi inquiétée de la môme. Pourquoi ne revenait-elle pas ? Aucun appel téléphonique, aucune nouvelle. Alors nous lui avons menti, une fois encore.

— On ne va pas ajouter à la douleur, m'avait dit Brigitte.

Elle était en chimio. J'étais assise sur la chaise des accompagnants. Les yeux clos, elle dictait. Et je notais ses mots sur les dernières pages de mon carnet à spirale.

« *Les filles, j'ai été sévère avec Arseni. C'est un père,*

un vrai. Je pense qu'il a eu peur de moi. De ma légèreté. Il voulait le mieux pour notre Eva, et ce mieux, je ne pouvais lui offrir. C'est vrai qu'il n'aurait pas dû partir avec elle. Vrai aussi qu'il n'avait d'autre choix que celui de l'emmener. Mais quand nous nous sommes retrouvés à Berlin, sur ce quai de gare, j'ai compris. Eva n'arrivait pas à lâcher la main de son père. Elle n'a pas couru vers moi. Elle est restée blottie contre lui. C'est moi qui ai dû faire le chemin. Et vous savez quoi ? C'est l'ours qu'elle a serré d'abord. Pas moi. Arseni, lui, m'a prise dans ses bras. Elle avec son ours, moi avec mon homme. Quand je lui ai donné le sac d'argent, il l'a repoussé. Ce ne serait pas pour lui, mais pour nous. Une mère, un père et leur enfant. Il m'a suppliée de ne pas rentrer en France avec Eva, mais d'aller avec lui en Russie. Il pleurait, les filles. Vous imaginez ça ? Il pleurait. Arseni le dur, le violent, le sale mec, il pleurait de nous perdre. »

— De nous perdre ?

— De nous perdre, a répété Brigitte.

Alors j'ai écrit *« de nous perdre »*. Et puis j'ai signé Mélody. Pas d'enveloppe, de timbre, de preuve. Un joli papier à lettres bleu suffirait. Assia le croirait. Elle nous faisait confiance et elle avait raison.

Nous étions en novembre, un mois sans importance. Ni fête, ni joie, ni rien. Seulement les gris à venir. Mais ce jour était lumineux. Nous avions donc aidé Brigitte à se lever. Elle quittait rarement sa chambre. Et ouvrir la fenêtre n'était pas suffisant pour faire entrer la vie.

Assia avait acheté des tomates-cerises, des petits

bretzels. Et moi, un quart de champagne frais, du brut rosé. J'avais commandé un taxi.

— Au bois de Vincennes, s'il vous plaît.

Le chauffeur n'était pas causant. Ça nous allait. Assia à gauche, Brigitte à droite, moi au milieu, nous regardions les feuilles mortes danser dans le vent. Il n'allait pas pleuvoir. Il faisait à peine frais. Brigitte souriait.

— Vous vous donnez bien du mal les filles, hein ?

Assia n'a pas répondu. J'ai protesté en riant. J'ai pensé à mon Jules. La mort furetait dans notre appartement. Nous sentions qu'elle était là, à attendre. Elle observait sa proie. Chacun de ses gestes, de ses mots, de ses sourires. Elle ne repartirait pas sans notre amie. Elle était là pour ça. Dans le silence de la pièce, dans l'obscurité de sa chambre. Elle ricanait de notre tristesse. Elle patientait, la mort. Et lorsque Brigitte s'est levée, elle lui a murmuré : « À quoi bon ? »

Nous nous sommes assises sur la berge, face à l'île de Reuilly. Sur le lac d'automne, il y avait quelques mouettes, des moineaux, des oies. Nous avons installé Brigitte entre nous. Assia à gauche et moi à droite, son corps contre les nôtres. Assia a ouvert la barquette de tomates. J'ai donné la petite bouteille de champagne à Brigitte.

— À toi l'honneur.

Elle a souri. Les bulles, pas l'ivresse. Juste de quoi humecter nos lèvres.

Gavroche est apparu. Derrière le cygne mâle, la femelle et leurs deux petits aux plumes ébouriffées. Le canard à collier blanc les suivait. Il épousait leurs traces, faisant les mêmes détours et les mêmes écarts. Lorsqu'ils ont glissé sur le lac, le colvert ondulait à leurs trousses. Le père en majesté, la mère en inquiétude, leurs petits dans le sillage et l'oiseau vert luttant contre le clapot.

— Gavroche, j'ai dit en montrant le canard du doigt. Brigitte a hoché la tête.

— C'est lui ?

Oui, c'était lui. Et un peu moi. Et nous toutes, aussi. Il avait pris de l'assurance. Comme les grands cygnes blancs, il se dressait sur ses pattes au milieu du lac, les ailes écartées. Il ne s'envolait pas, il montrait sa force. Et sa faiblesse aussi. Il vivait.

Assia a enveloppé son amie dans une couverture. Et moi avec. Nous étions trois, protégées par le lourd tissu beige. Au loin, le canard prenait ses distances avec les cygnes. Il plongeait la tête dans l'eau, s'ébrouait brusquement, ne se retournait pas.

Il filait seul vers le large.

TABLE

Composition et mise en pages
Nord Compo à Villeneuve-d'Ascq

Cet ouvrage a été imprimé
par CPI Brodard & Taupin
pour le compte des éditions Grasset
à La Flèche (Sarthe)
en juin 2019

Grasset s'engage pour
l'environnement en réduisant
l'empreinte carbone de ses livres.
Celle de cet exemplaire est de :
550 g éq. CO_2
Rendez-vous sur
www.grasset-durable.fr

PAPIER À BASE DE
FIBRES CERTIFIÉES

N° d'édition : 21045 – N° d'impression : 3034403
Dépôt légal : août 2019
Imprimé en France